KB154075

소
풍

소풍

채영신 소설집

차 례

4인용 식탁

1

   그는 식탁을 자르기로 마음먹었다. 혼자 쓰기에 4인용 식탁은 너무 크다. 오늘 밤이면 4인용 식탁은 1인용 식탁들로 새롭게 태어날 것이다. 그는 1인용 식탁을 텔레비전 앞에 갖다놓고 밥을 먹을 것이고 볕 좋은 날엔 창가로 옮겨놓고 책을 읽거나 종이학을 접을 것이다. 총각 시절 그의 방을 가득 채우다시피 했던 수만 마리의 종이학은, 아내에겐 학생들에게서 받은 선물이라고 둘러댔지만, 실은 그가 다 접은 것들이었다.

   목공소에 전화를 걸어 그는 식탁 다리 열여섯 개를 주문했다. 언제 찾으러 올 거냐고 목공소 주인 남자가 물었다. 오늘 당장이요. 당장이란 말을 덧붙일 필요는 없었다고, 그런 식으로 조급한 마음을 드러낼 필요는 없었다고 그는 바로 후회했다. 감정을 질질 흘리고 다니지 마. 그런다고 사람들이 널 이해해줄 성싶으냐? 어릴 때 어머니로부터 자주 듣던 말이었다. 그는 사람들로부터 이해받고 싶은 마음이 없었다. 사람들이 이해라고 하는 건 백이면 백, 오해였다. 더 나쁜 건 이해받기 위해 내보인 치부가 언젠간 화살이 되어 자신을 향해 날아온다는 거였다. 그것을 그는 초등학교에 들어가기 전에 깨달았다. 솔직히 말해도 된다고 해서 솔직하게 털어놔선 안 된다는 것도, 거짓말일수록 상대방의 눈을 똑바로 쳐다보며 말해야 한다는 것도. 아내의 책장에 꽂혀 있는 책 제목대로, 그는 세상살이에 필요한 모든 것을 여덟 살 이전에 다 알았다.

오늘은 문을 일찍 닫아야 하니 다섯시 전에 와달라고 남자가 말했다. 오늘 밤에 제사가 있어서 서울까지 가야 해서요. 죄송해요, 선생님. 3년 전에도 남자는 별것 아닌 일에도 걸핏하면 죄송하다고 했다. 그는 미간을 찌푸렸다. 남자처럼 미안하다는 말을 입버릇처럼 달고 다니는 사람을 그는 또 한 사람 알고 있었다. 아내였다.

전화를 끊고 그는 욕실로 들어가 이를 닦았다. 다 닦기도 전에 초인종이 울렸다. 그는 대충 입안을 헹구고 현관으로 갔다.

한나는요?

문이 열리기 무섭게 박 선생이 물었다. 대답 대신 그는 박의 구두를 내려다보았다. 이 더운 날에도 박은 무릎까지 내려오는 치마에 검정 구두를 신고 있었다. 유부남 교사와 바람을 피우다 소도시의 학교로 전근을 온 박이었다. 그런 여자가 모범적인 여교사의 전형 같은 차림을 하고 다니다니.

경찰서에선 뭐라고…… 말이 없나요?

박이 물었다. 그는 말없이 목덜미를 문질렀다. 선생님들은 방학에 여행을 많이들 가시잖아요? 경찰들은 아내의 실종을 단순한 여행쯤으로 간주했다. 당신들 말대로 여행이라고 칩시다. 그렇다면 아내가 왜 나한테 한마디 말도 없이 여행을 간단 말입니까? 그의 항변에 경찰들은 웃을 듯 말 듯한 얼굴로 자기들끼리 시선을 주고받았다. 그거야 뭐 우리한테 물어보실 게 아니라…… 그 답은 선생님께서 아시겠죠. 그는 침을 삼켰다. 제대로 헹구지 않은 입안에서 계속 치약 맛이 느껴졌다. 위산 과다를 불러온다는 치약 속의 계면 활성제가 침에 섞여 위에 고여들고 있겠지. 생각만으로도 뱃속이 불편했다.

한나가 없어진 게 오늘로 꼭 열흘째예요.

탐색하듯 짯짯한 시선으로 그의 얼굴을 살피며 박이 말했다. 언제 봐도 사람을 불편하게 만드는 여자였다. 아내는 도대체 저 여자의 어떤 점이 마음에 든다는 건지. 시선을 걷어내려는 듯 그는 양손으로 얼굴을 세게 문질렀다.

한나가 여행을 간 거라고, 설마 그렇게 생각하시는 건 아니죠?

그는 모르겠다고 대답했다. 아내의 책꽂이엔 우리나라 방방곡곡에 숨어 있는 오지나 섬에 대한 안내서들이 즐비하게 꽂혀 있었다. 아내는 틈만 나면 그 책들을 꺼내 읽으며 여행지를 물색했지만 정작 그들이 여행을 떠난 건, 신혼여행을 제외하면, 단 한 번뿐이었다. 그러면서도 아내는 취미를 묻는 설문에 늘 여행이라고 답했다. 아내에게 여행이란 문장과 문장으로 이어진 길을 발이 아닌 눈으로 밟아가는 시간인지도 모른다고 그는 생각했다. 어쩌면 그가 밤마다 요리책을 읽으며 잠드는 것과 비슷한 건지도 모른다고.

한나의 교무실 책상 서랍에서 이게 나왔어요.

박이 핸드백에서 종이쪽지를 꺼냈다. 쪽지를 받으며 그는 박의 손을 내려다보았다. 아내와 달리 박의 손은 무표정했다. 아내는, 이상하게 들리겠지만, 표정이 있는 손을 갖고 있었다. 울기도 하고 웃기도 하고 따분한 표정을 짓기도 하는 손을.

웃음 치료 받을 때 쓴 거 같아요.

뜨악한 표정으로 그는 박을 쳐다보았다. 웃음…… 치료? 그는 텔레비전에서 웃음 치료 받는 사람들을 본 적이 있었다. 권태로운 표정으로 앉아 있다가 구령이 떨어지자마자 몸을 흔들며 웃어대던 사람들. 그 발작과도 같은 웃음을 배경으로 내레이터가 했던 말을 그는 기억하고 있었다. 사람의 뇌는 똑똑한 것 같아도 실은 바보라고, 그래서 마음은 울고 있어도 소리 내어 웃으면 뇌는 주인이 기분 좋은 상태라고 착각하고 서둘러 엔도르핀을 분비시킨다고. 그는 머리를 흔들었다. 웃음으로 자신의 뇌를 속여야 할 만큼, 무엇이 아내를 그토록 부대끼게 했을까.

모르고 계셨군요. 한나가 웃음 치료 받기 시작한 게 석 달도 넘었는데. 한나는 많이 힘들어했어요. 꼭 꼬집어 뭐가 힘들다, 이렇게 말할 건 없는데도 매순간 그냥 힘들다고…… 자기가 뭘 잘못한 건지 알 수는 없지만 남편만 보면 죄책감이 든다고, 그게 더 힘들다고 했어요.

그는 쪽지를 펼쳤다. 남편에게 바라는 점 다섯 가지를 쓰세요, 라고 고딕체로 인쇄된 문장 아래 1에서 5까지의 숫자가 세로로 박혀 있었다. 아내는 1에서 4까지는 비워둔 채 맨 밑에 이렇게 썼다. 나를 까맣게 잊어주었으면.

그는 아이들에게서 잊히길 바라는 교사였다. 아이들이 자기로부터 어떤 영향도 받지 않길, 종업식과 동시에 아이들의 뇌리에서 지워지길 소망했다. 간절히 잊히길 바라는 마음이 어떤 건지 그는 누구보다도 잘 알고 있었다. 그렇기에 아내를 이해할 수가 없었다. 더군다나 까맣게, 라니. 그 낱말에만 유독 세로 획 끝마다 동그랗게 잉크 번진 자국이 남아 있었다. 그는 까맣게…… 까맣게…… 중얼거렸다. 까맣게, 까맣게,

할 때마다 새까맣게 눌어버린 냄비 바닥과 피가 굳어 까맣게 엉긴 딱지가 번갈아가며 떠올랐다. 잉크가 번지는 동안 아내가 떠올린 심상은 어떤 것들이었을까.

경찰서에 가려구요. 한나가 결혼 생활을 힘들어했단 걸 아무래도 말해야 할 것 같아서요. 먼저 말씀드리고 가는 게 맞는 거 같아 들렀어요.

박이 그에게서 빼앗듯 쪽지를 가져갔다. 꼭 좀 그렇게 해달라고, 그렇게 해서라도 경찰들이 움직여줬으면 좋겠다고 말하고 싶었지만 그는 아무 말도 하지 않았다. 박은 목례를 하고 뒤돌아섰다. 그는 문을 닫았다. 갑자기 불어온 바람 때문에 필요 이상으로 큰 소리를 내며 문이 닫혔는데, 그는 어쩐지 그게 좀 마음에 걸렸다. 그는 허리를 숙이고 자신이 벗은 슬리퍼를 반듯하게 정리했다. 그리고 뒤돌아서다가 그는 눈을 치뜬 채 바닥에 주저앉고 말았다. 식탁이, 몸집이 크고 순한 짐승처럼, 무릎을 꿇고 앉아, 그를, 쳐다보고 있는 거였다……

그는 눈을 감았다. 잠시 뒤 눈을 떴을 때 식탁은 그냥 식탁이었다. 두번째였다. 아내가 사라지던 날 밤에도 식탁은 조금 전과 똑같은 모습으로 그를 쳐다보았다. 아내는 돌아오지 않을 것이다, 라는 문장이 가슴을 꾹꾹 밟고 지나갔다. 그냥 그런 생각이 뜬금없이, 그러나 확신처럼 강하고 분명하게 그를 사로잡았다. 그는 자신에게 다짐하듯 소리 내어 말해보았다.

오늘은 기필코 식탁을 자를 거다. 혼자 쓰기에 4인용 식탁은 너무 크니까, 어차피.

어차피, 라는 낱말이 떠오르는 순간 그는 따뜻한 물에 발을 담근 것처럼 온몸이 한껏 이완되는 것을 느꼈다. 어차피의 세계에서 벗어나기 위해 그는 부모의 집을 떠나왔고 선생이 되었고 아내와 결혼했다. 그는 자신이 그토록 떠나고 싶어 했던 어차피의 세계로 귀환했다는 것을 알았다. 그건 예상과 달리 쓸쓸하지 않았다. 오히려 제자리로 돌아온 것처럼 편안했다.

그는 다리에 힘을 주어 자리에서 일어났다.

*

아내는 수면 위내시경 검사를 받고 사라졌다. 그는 유리벽을 사이에 두고 아내의 검사 과정을 지켜보았다. 검사받는 내내 아내는 구역질을 심하게 했고 두 번이나 몸부림을 치며 헛소리를 했다. 아내가 잠에서 깨어난 뒤 그는 아내와 함께 진료실로 들어갔다.

아버님 되시나요?

의사가 물었다. 그의 머리가 하얗게 새어버린 뒤로 그들 부부를 부녀간으로 착각하는 사람들이 꽤 있었다. 애매한 고갯짓으로 답변을 얼버무린 채 그는 병명을 물었다. 만성 위축성 위염이라고 의사가 말했다. 약만 잘 먹으면 낫는 거냐고 아내가 물었다.

만성병이란 게 원래 병이 심한 것도 아니면서 쉽게 고쳐지지도 않아요. 평생을 그냥 안고 살아야 하는 경우가 대부분이에요.

의사가 평생이라고 말할 때 그는 어떤 막막함을 느꼈다. 그건 아내도 마찬가지인 모양이었다. 평생이라면…… 갑자기 목이 멘 듯 아내는 말끝을 흐렸다.

검사 과정을 녹화한 시디와 처방전을 들고 그들은 집으로 왔다.

정말…… 구역질에 헛소리까지…… 정말로 그랬어, 내가?

옷을 갈아입다 말고 아내가 물었다. 전혀 기억나는 게 없느냐고 그가 되물었다. 아내는 한숨을 내쉬더니 그를 쳐다보지 않은 채 중얼거렸다. 이상해, 난 그냥 푹 잤을 뿐인데. 내가 잠든 사이에 내가 모르는 또 하나의 나는 그렇게 힘들어했다니…… 아내가 옷을 마저 갈아입고 침실로 들어가 문을 닫았다. 용변을 보면서도 화장실 문을 닫지 않던 아내였다. 닫힌 문을 쳐다보다가 그는 아내가 벗은 옷을 뭉쳐 빨래 바구니에 넣었다.

그는 죽을 쑤기로 했다. 아침에 미리 씻어놓은 쌀을 냄비에 안치고 냉장고를 열었다. 냉장고는 온갖 식재료로 뒤죽박죽이었다. 냉장고에 든 것들을 다 꺼냈다. 상한 것들을 추리고 나니 먹을 만한 게 별로 없었다.

식용 소다를 푼 물에 행주를 적셔 냉장고를 닦고 나서 그는 싱크대 서랍에서 부엌칼을 꺼냈다. 칼은 몇 겹의 신문지로 둘둘 말려 있었다. 인사불성이 된 상태로 아내를 다치게 한 뒤로 그는 밤마다 칼을 신문지에 말아 서랍장 깊숙이 넣어놓고야 잠들 수 있었다.

그는 신문지를 벗겼다. 내가 모르는 또 하나의 나…… 방금 전에 아내가 중얼거렸던 말이 떠올랐다. 나라면 이상한 게 아니라 무서웠을 거라고 그는 속으로 말했다. 그는 뉴스에서 보았던 살인범을 생각했다. 소녀를 목 졸라 죽인 남자는 그 상황을 스스로도 납득할 수 없다는 표정을 짓고 있었다. 소녀의 목에 손을 얹는 순간까지도 자기가 누구를 죽이게 되리란 걸 짐작조차도 하지 못한 사람의 표정이었다. 그는 남자를 이해할 수 있을 것 같았다. 소녀를 죽인 건, 이게 말이 된다면, 카메라 앞에 선 그 남자가 아니라 남자가 모르는 또 하나의 사내가 아니었을까. 아내를 다치게 한 게 그가 아니라 그의 몸속 어딘가에 살고 있던, 그가 한 번도 말 걸어본 적 없는 또 하나의 낯선 그였던 것처럼.

그는 채소를 다져 냄비에 넣었다. 그리고 의자에 앉아 죽이 끓기를 기다렸다. 옆집에서 비명 소리가 들렸다. 곧이어 뭔가 세게 벽에 부딪치는 소리. 죽이 폭폭 끓어올랐다. 그는 불을 줄이고 냄비를 저었다. 옆집 여자의 비명이 점점 높아졌다. 그는 불을 끄고 냄비를 찬물에 담갔다. 아내는 뜨거운 걸 먹지 못했다. 식탁을 차리고 그는 아내를 깨웠다.

저 사람들이 부러울 때가 있어.

죽 그릇을 휘휘 저으며 아내가 말했다.

별 소리 다 듣겠네. 안 싸우고 사는 게 좋은 거지.

우린 안 싸우는 게 아니라…… 못 싸우는 거잖아.

그는 아내의 맞은편에 앉았다. 언젠가도 아내는 옆집 부부가 싸우는 소리를 듣다가 비슷한 말을 했다. 싸우고 화해하고 그러면서 서로를 이해하게 되는 게 아니겠어? 그는 아내가 생각하는 이해란 게 도대체 어떻게 생겨먹었을까 궁금했다. 서로에 대해 적당히 체념해버리는 걸 아내는 이해라고 착각하고 있는 게 분명했다.

우린 왜 남들처럼 싸우지도 못할까.

못 싸우다니…… 무슨 말이 그래요?

그의 입에서 존댓말이 튀어나왔다. 화가 날 때마다 그는 저도 모르게 말을 높였다. 아내가 픽 웃었다.

봐. 맞잖아, 못 싸우는 거.

그는 더 이상 대꾸하지 않았다. 밤새 온 집 안을 때려 부술 듯 요란하게 싸우고도 다음 날이면 아무 일도 없었다는 듯 함께 집을 나서는 옆집 부부가 그에겐 수수께끼였다. 죽었다 깨도 자신은 그럴 수 없다는 걸 그는 알고 있었다.

아내가 죽을 떠서 입에 넣었다. 그는 자리에서 일어나 정수기로 갔다. 물을 떠서 아내에게 갖다주다가 그의 왼발이 식탁

다리에 부딪쳤다. 그는 오른발을 그 자리에 같은 세기로 부딪뜨렸다. 그건 오래된 버릇 같은 거였다. 허벅지를 긁을 때도 수를 헤아렸다가 반대쪽 허벅지도 같은 수만큼 긁어야 마음이 편해졌다. 결혼하고 얼마 동안은 그가 그런 행동을 할 때마다 아내는 슬랩스틱 코미디를 본 것처럼 깔깔 웃어댔다. 하지만 그 웃음은 얼마 못 가 염려스런 표정으로 바뀌었고 또 얼마 못 가 짜증스럽다는 표정으로 바뀌더니 언제부턴가 아내는 아예 그런 그를 못 본 척했다. 지금도 마찬가지였다. 아내는 아무것도 보지 못한 것처럼 조용히 죽만 떠먹었다. 그러나 숟가락을 쥔 아내의 손이 하얗게 질린 걸 그는 놓치지 않았다.

그는 집에서 나와 유기농 식당으로 갔다. 늦은 점심을 먹고 장을 봐서 집에 돌아왔을 때 아내는 소파에 누워 텔레비전을 보고 있었다.

아까 검사받을 때…… 내가 뭐라고 헛소릴 했어?

텔레비전을 끄고 아내가 물었다.

아무 소리도 못 들었어. 유리벽으로 막혀 있어서.

정말?

정말.

장 봐온 것들을 냉장고에 정리하고 그는 소파로 가서 아내의 발치에 앉았다. 그가 앉기가 무섭게 아내는 발딱 몸을 일으켜 싱크대로 갔다. 그는 아내가 누웠던 자리에 누웠다. 잠이 쏟아졌다. 얼마나 잠들어 있었던 걸까. 전화벨 소리에 잠에서 깨었을 땐 이미 어둠이 내린 뒤였다. 전화를 받지 않는 걸 보면 아내는 집을 비운 모양이었다. 전화를 받으려고 몸을 뒤척이다가 그는 거실 구석에 앉아 있는 아내를 보았다. 아내는 두 다리를 뻗고 앉아 멍하니 식탁을 바라보고 있었다. 벨이 그치고 녹음된 아내의 목소리가 흘러나왔다. 저희는 집에 없습니다. 삐 소리가 난 뒤 말씀을 남겨주세요.

그 멘트 때문일까, 문득 이 집이 빈집처럼 느껴졌다. 아내도 그도 지금 이 순간 여기에 있는 게 아니라는, 자신이 보고 있는 광경은 지금 이 순간이 아니라 먼 미래의 어느 날을 미리 보고 있는 거라는 비현실적인 느낌이 그를 사로잡았다. 그는 막막한 심정으로 구부정하니 숙인 아내의 등을 바라보았다. 아내는 폭삭 늙어 있었다. 집을 비워둔 채 한데를 떠돌다가 호호백발이 되어서야 집에 돌아온 노파였다. 그도 마찬가지였다. 아내를 찾아 집 밖을 헤매다가 평생이란 것의 끝에 이르러서야 집에 돌아와 아내를 바라보고 있는 거였다. 그는 늙은 눈을 게슴츠레 뜨고 집 안을 천천히 둘러보았다. 냉장고…… 화분…… 텔레비전…… 그러다가 식탁에 눈길이 닿는 순간 설명할 수 없는 회한으로 가슴이 뻐근해졌다. 평생이라면…… 의사 앞에서 아내가 끝맺지 못했던 말이 떠올랐다. 평생이란 시간을 견딘 건 그도 아내도 아닌, 이 집에 남아 홀로 그들을 기다린 식탁이란 걸 비로소.

그만, 여기까지! 그는 벌떡 일어나 불을 켰다. 아내가 눈이 부신지 얼굴을 찡그린 채 그를 돌아보았다. 그는 집을 나왔다. 슬리퍼를 신은 채 아파트 산책로를 스무 바퀴쯤 돌고 돌아왔다. 아내는 집에 없었다. 그는 아내에게 전화를 걸었다. 식탁 위에서 핸드폰이 울렸다.

자정이 가까워 오도록 아내는 오지 않았다. 그는 소파에 앉아 요리책을 뒤적이며 아내를 기다렸다. 그러다가 등받이에 몸을 기대고 잠깐 잠이 들었다. 잠결에 그는 흐느끼는 소리를 듣고 눈을 떴다. 그러나 아내는 없었다. 그는 다시 요리책을 집어 들었다. 하품을 하며 고개를 들었다가 그는 기함을 하며 몸을 뒤로 젖뜨렸다. 식탁이, 몸집이 크고 순한 짐승처럼, 무릎을 꿇고 앉아, 그를, 쳐다보고 있는 거였다……

식탁을 만들자고 제안한 건 아내였다. 그의 부모가 사는 집에 갔다가 돌아오는 기차 안에서였다. 저녁상을 물리기가 바쁘게 어머니는 아내 앞에 공책을 밀어놓았다. 그동안 그를 먹이고 입히고 가르치는 데 들어간 돈을 조목조목 적어놓은, 일종의 장부였다. 없는 집 애들은 한겨울에도 찬물로 머릴 감던 시절에 앤 삼복더위에도 꼭 더운 물만 썼어.

그는 아내를 데리고 집을 나와 기차역으로 갔다. 집에서 가장 먼 도시로 떠나 부모와 상관없는 삶을 일구는 것, 그게 어린 시절 그가 꿈꾸었던 미래였다. 그는 지도를 벽에 붙여놓고 고향에서 가장 멀리 떨어진 도시에 동그라미를 쳐놓았다. 대학 진학을 기회로 그는 집을 떠나 동그라미 속의 도시에 자리를 잡았다. 그곳에서 그는 군 복무를 마쳤고 대학을 졸업했고 교편을 잡았으며 아내와 결혼했다. 그의 이야기가 끝나길 기다렸다가 아내가 말했다. 이상해. 내 고향이 누군가에겐 떠날 수 있는 가장 먼 곳이란 사실이……

아내는 입을 다물고 곰곰 생각에 잠긴 눈으로 허공을 바라보았다. 그는 잠을 잤다. 아내가 그를 깨운 건 기차가 막 천안을 지나고 있을 때였다. 좋은 생각이 났어. 우리 둘이서 식탁을 만드는 거야! 그는 많은 가구 중에 왜 하필 식탁이냐고 물었다. 그냥 식탁이어야 할 것 같아서…… 아니, 꼭 식탁이어야 해!

그가 생각한 건 티테이블 크기의 작은 식탁이었다. 열여덟 평짜리 아파트에 큰 식탁은 아무래도 무리였다. 하지만 아내는 커다란 식탁을 원했다. 생각해봐. 우리 아이들이 식탁에 앉아 그림을 그리고 수학 문제를 푼다고 낑낑대는 모습을. 난 유태인처럼 식탁에 온통 꿀을 발라놓고 아이들에게 글자를 가르칠 거야. 당신과 애들이 씨름을 하는 동안 난 식탁에서 파를 다듬으며 그 광경을 지켜볼 거라구. 이 모든 걸 하려면 코딱지만 한 식탁으론 어림도 없어.

그렇다고 아내가 마냥 커다랗기만 한 식탁을 원한 건 아니었다. 식탁 크기에 대해 아내는 전에 없이 까다로웠다. 네 식구가 밥을 먹고 책을 읽고 오목을 두기에 편리한 크기, 그러면서도 슬쩍슬쩍 팔꿈치가 닿고 종아리가 스칠 수 있는 정도의 크기, 그러니까 너무 복닥거리지 않으면서도 오순도순 모여 앉을 수 있는 크기여야 한다고 했다. 아내의 입에서 오순도순이란 낱말이 떨어지는 순간 그는 몸이 붕 떠오르는 느낌을 주체할 수 없어 아내의 팔뚝에 코를 묻었다. 세상이 꿈꾸는 대로 이뤄질 것 같은…… 열려라 참깨처럼, 아무리 완강히 닫힌 문도 오순도순이란 주문 앞에선 맥을 못 추고 열려버릴 것 같은……

다음 날부터 그들은 퇴근하는 대로 목공소로 달려갔다. 함께 톱질하고 못 박고 사포질을 했다. 넉넉잡고 보름이면 만들 수 있다는 식탁을 그들은 한 달이 걸려 완성했다.

식탁을 집으로 가져온 날 아내는 정성껏 식탁을 차리고 아껴두었던 로마네 콩티를 꺼냈다. 건배하기 전에 아내가 말했다.

우리 있잖아, 싸웠을 땐 반드시 화해부터 하고 식탁에 앉기로 해.

그는 고개를 끄덕였다.

또 있어. 서로에게 큰 잘못을 했을 때도 다 용서하기 전엔 식탁에 앉지 않기. 밥을 굶는 한이 있어도.

그는 알겠다고 대답하고 다시 잔을 치켜들었다.

잠깐만. 하나 더 있어.

뭐?

밥 먹고 있잖아, 특히 저녁 먹고 나서…… 서둘러 상 치우지 말기.

식탁에 남아 오래오래 이야기를 나누고 싶다고 아내가 말했다. 세상에서 가장 행복한 식탁, 이것이 자신의 오래된 꿈이라고. 그가 고개를 끄덕이고 나서야 그들은 건배를 할 수 있었다. 그가 잔을 세게 부딪치는 바람에 와인이 그의 손등에 튀었다. 자기 잘못이 아닌데도 아내는 얼른 마른행주로 그의 손등을 닦아주며 미안하다고 했다.

첫 만남에서도 그랬다. 그가 근무하는 학교로 부임해온 첫날, 비닐을 밟고 미끄러진 그녀는 황급히 달려온 그에게 죄송하다고 사과를 했다. 그 비닐은 그가 조금 전에 실수로 떨어뜨린 거였으니 사과를 해야 할 사람은 그였다. 그는 단박에 그녀의 바탕에 깔린 결핍을 알아보았다. 그들은 만난 지 반년도 안 되어 결혼식을 올렸다. 사람들은 너무 경솔한 결정 아니냐고 했지만 그는 한나란 여자에 대해 충분히 알고 있다고 자신했다. 누군가의 바탕을 안다는 건 그런 거라고.

그의 생각은 틀리지 않았다. 같이 살며 아내가 툭툭 내뱉는 말들은 결핍이란 바탕 위에 세부적인 그림을 추가하는 정도에 지나지 않았으니까. 이를테면 이런 것들이었다. 어느 날 밥을 먹다가 아내가 불쑥 이런 말을 꺼냈다.

맛없는 거 먹을 때면 난 정말 먹고 싶은 걸 상상해. 그러면 그 즉시 입속에 든 게 내가 상상한 음식으로 변해. 라면을 먹으면서 고등어조림을 생각하면 실제로 고등어를 먹고 있는 것처럼, 맛뿐만 아니라 비린내까지도 생생하게, 정말 그렇게 된다니까.

그 말을 듣는 동안 그는 아내가 그전에 했던 다른 말을 떠올렸다. 가슴이 큰 게 창피해서 어깨를 웅크리고 다니는 게 버릇이 되었다는. 그 말들이 하나로 연결되는 순간 그는 아내의 사춘기를 짐작할 수 있었다. 피가 되고 살이 되어 자신의 몸을 키운 그 빈한한 식탁에 대한 부끄러움. 그래서 몽우리가 잡히기 시작하는 가슴도, 예고 없이 팬티를 적신 초경도 그 가난한 식탁을 여과 없이 드러내는 것처럼 부끄러워 숨기기에 급급했을…… 그도 따뜻한 밥상을 받고 자라지 못했다. 그 결핍은 그로 하여금 사람을 만나면 본능적으로 상대가 받고 자란 밥상의 온도를 추측하게끔 했다. 제대로 된 밥상을 받고 자란 사람 앞에서는, 상대의 나이나 지위에 상관없이, 그는 웬만한 부당한 처사는 기꺼이 감수해야 하는 처지로 스스로를 낮추게 되었다.

여름방학을 얼마 앞두고 아내가 임신을 했다. 뱃속의 아기에게 바다를 보여주고 싶다며 아내는 여행 가방을 꾸려놓고 방학을 기다렸다. 방학이 시작되자마자 그들은 거제도로 여행을 갔다. 셋째 날, 몽돌 해수욕장 부근을 산책하다가 그는 아름다운 길로 선정된 길, 이란 이정표를 보았다. 그들은 화살표를 따라 걸었다. 그러나 아무리 걸어도 논두렁 밭두렁만 이어질 뿐 아름다운 길일 법한 길은 나오지 않았다. 관광객들을 붙잡고 물어봐도, 거기 사는 주민들에게 물어봐도 돌아오는 건 모른다는 한결같은 대답뿐이었다. 그는 돌아가자고 했지만 아내는 내친김에 하루만 더 머물자고 했다. 내친김에 일정에 없던 걸 추가한다는 건 그의 방식이 아니었다. 하지만 아내의 고집이 그를 이겼다. 다음 날 아침, 눈을 뜨자마자 그들은 아름다운 길을 찾아 나섰다. 해가 저물 때까지 다리쉼 한 번 하지 못하고 돌아다녔지만 그들은 결국 그 길을 찾지 못했다. 며칠 뒤에 아내가 하혈을 했다. 유산이었다. 아내는 자꾸만 수술 날짜를 뒤로 미루다가 더 늦추면 위험하다는 의사의 경고를 받고서야 수술을 받았다. 일주일 내내 그는 미역국을 끓였다.

여름방학이 끝났다. 아무 일도 없었던 듯 그들은 새 학기를 맞았다. 예전과 똑같은 나날이 이어졌다. 아침이면 심심한 된장국에 밥을 한 숟갈씩 말아 먹고 함께 출근했고 저녁이면 같이 돌아와 저녁상을 차렸다. 식탁에서의 약속을 그들은 잊지 않았다. 어두운 낯빛으로 식탁에 앉지 않았고 밥을 다 먹고 나서도 서둘러 상을 치우지 않았다.

이번 주 토요일이 당신 생일인데, 당신 친구들 불러서 파티 열까?

월요일 출근길, 안전벨트를 매면서 아내가 물었다. 그는 뜨악한 얼굴로 아내를 쳐다보았다. 그에겐 친구라고 부를 만한 사람이 하나도 없다는 걸 알면서 왜 이런 말을 하는 걸까.

여름방학이 끝나기 며칠 전에 그들은 함께 서울 나들이를 했다. 청량리 역사를 빠져나오는데 등 뒤에서 남자 목소리가 그의 이름을 불렀다. 그는 뒤돌아보지 않았다. 남자는 뛰어와 그의 어깨를 잡았다. 사람 잘못 보셨는데요. 그는 아내의 손을 잡고 천천히 역사를 나왔다. 아내는 하루 종일 의아한 눈으로 그를 힐끔거렸다. 집에 돌아와서도 할 말이 있는 듯 입술을 달싹거리며 그의 곁을 맴돌았다. 그러다가 잠자리에 누웠을 때 아내는 작정한 듯 입을 뗐다.

왜 그랬어? 그 사람…… 당신을 아는 게 분명했어. 당신 이름도 맞았구.

그는 잠든 척 아무 말도 하지 않았다.

안 자고 있는 거 다 알아. 말해줘, 왜 그랬는지.

고등학교 친구야. 알은척하지 않은 건 그 시절 전부, 그냥 기억하고 싶지 않아서야.

그럼 고등학교 때 친구가 하나도 없겠네?

응.

대학 친구는?

없어.

설마…… 초등학교나 중학교 친구도?

없어.

아내는 힘든 말을 하게 해서 미안하다고 했다. 그게 불과 일주일 전이었다. 일 년 전도 아니고 한 달 전도 아닌 그 일을 아내가 잊었을 리가 없었다. 그는 아내가 몹시 야비하다고 생각했다.

파티가 싫다면, 꼭 갖고 싶은 거 있어?

아내가 물었다. 그는 없다고 했다. 그에게 생일은 특별한 날이 아니었다. 아내가 말해주지 않았다면 모르고 지나쳤을 게 분명했다. 알았다고 해도 별다를 건 없었다. 퇴근길에 아내는 또 파티 이야기를 꺼냈다. 그가 싫다고 하자 받고 싶은 선물은 생각해뒀느냐고 물었다.

선물 대신, 생일날 하루만 집에 혼자 있게 해줘.

그냥 그런 대답이 툭 튀어나왔다. 말해놓고 나니 꽤 괜찮은 생각이다 싶었다. 아내를 만나기 전까지 십 년을 혼자 살았던 그였다.

딱…… 그것뿐이야?

그는 고개를 끄덕였다. 아내는 복잡한 감정이 얽힌 눈으로 그를 쳐다보다가 창밖으로 고개를 돌렸다. 저녁 식사를 하는 동안에도 아내는 숟갈질만 할 뿐 말이 없었다.

토요일 아침, 아내는 생일상을 봐놓고 새벽같이 집을 나갔다. 느긋하게 아침을 먹고 나서 그는 주차장으로 내려가 전날 미리 사서 트렁크에 숨겨둔 유리 용기들과 빨래 바구니를 갖고 올라왔다. 아내는 살림을 열심히 하긴 했지만 솜씨 있게 하는 편은 아니었다. 그는 분류되지 않은 채 뒤섞여 있는 빨래를 삶을 것과 아닌 것으로 구분해 빨래 바구니에 담았다. 플라스틱 용기에 담긴 반찬들을 투명한 유리그릇에 옮겨 담고 유통기한을 적은 라벨을 붙여놓았다. 옷장도 정리했다. 대충 쌓아놓은 옷들을 끄집어내 반듯하게 각을 잡아 개켰다. 욕실 바닥과 벽을 솔로 문질러 닦고 스타킹을 막대기에 씌워 가구 밑의 먼지를 훑어냈다. 비로소 집 안이 혼자 살 때처럼 질서가 잡혔다.

일을 마치고 그는 쿠폰북에서 중국집 전화번호를 찾았다. 유기농 음식만 챙겨 먹는 중에도 그는 한 달에 한 번씩은 자장면을 먹었다. 자장면은 뭐랄까, 어른이 된 그가 아직 어린 채로 남아 있는 그에게 먹이는 밥이었다. 다른 음식으론 절대 안 되는, 오직 자장면으로만 채워지는 허기가 있었다. 그는 중국집에 전화를 걸어 자장면을 시켰다. 혼자 살면서 가장 불편했던 때가 음식을 배달시킬 때였다. 늘 한 그릇만 주문하는 남자의 삶이 궁금하다는 듯 배달원들은 돈을 받고 나서도 얼른 나가지 않고 자꾸 그의 방을 힐끔거렸다. 언제부턴가 그는 중국 음식을 배달시킬 때면 꼭 두 그릇을 시켰고 배달원이 도착하기 전에 현관에 신발 한 켤레를 더 꺼내놓았다.

자장면을 먹고 그는 종이학을 접었다. 이백 마리쯤 접고 나자 싫증이 났다. 그는 아내에게 전화를 걸었다. 아내는 전화를 받지 않았다.

자정이 되어서야 아내는 술 냄새를 풍기며 집으로 돌아왔다. 그는 아내에게 냉장고를 보여주었다. 아내는 화가 난 사람처럼 냉장고 안을 쳐다보다가 침실로 들어갔다. 그는 꿀물을 타서 침실로 들어갔다. 블라우스를 팔에 걸친 채 아내는 옷장 앞에 버티고 서 있었다.

미안해. 살림을 거지같이 해서.

그는 얼굴을 찌푸렸다. 아내의 말투에서 박이 느껴졌다. 박에겐 깨끗하고 맘에 드는 게 아니면 다 거지 같은 거였다. 그는 아내가 박과 가까이 지내는 게 싫었다.

그러니까 당신 말은…… 사람을 가려 사귀라고?

아내가 어이없다는 표정으로 그를 돌아보았다. 그런 아내가 그는 정말로 어이가 없었다. 사람은 마땅히 가려 사귀어야 한다는 걸 저 나이 먹도록 어떻게 모를 수가 있을까. 그는 상대에 따라 관계를 맺는 선이 분명했다. 이 사람과는 커피는 마시지만 밥은 먹지 않는 사이, 저 사람과는 밥까지는 먹어도 술은 절대로 마시지 않는 사이. 치명적인 상처는 다 관계에서 비롯된다는 걸 그는 알고 있었다.

당신은 당신 자신을 어떤 사람이라고 생각해?

그를 빤히 쳐다보다가 아내가 물었다. 그는 아무 말도 하지 않았다.

당신…… 착한 사람이란 건 알겠는데…… 자꾸 헷갈려.

……

오늘 박 선생이 이런 말을 하더라. 다빈치가 「최후의 만찬」을 그릴 때 아주 선량하게 생긴 사람을 찾아 예수의 모델로 썼대. 그리고 아주 사악하게 생긴 사람을 유다…… 알지? 예수님 팔아먹은…… 그 사람의 모델로 삼았는데…… 나중에 보니 그 둘이 한 사람이었대.

……

박 선생이 그러는데…… 당신이 딱 그렇대. 예수도, 유다도 될 수 있는 얼굴.

그는 잠자코 아내가 벗어놓은 옷을 들고 침실을 나왔다.

이듬해 봄, 아내가 또 임신을 했다. 임신 사실을 알자마자 아내는 서툰 솜씨로 아기 옷을 뜨기 시작했다. 아내가 잠들길 기다렸다가 그는 아내가 코를 빠트린 부분까지 실을 풀고 다시 떠놓았다. 옷을 완성해놓고 아내가 감기에 걸렸다. 약 없이 견뎌보겠다고 버티는 아내를 설득해 병원을 찾았다.

아내는 열심히 약을 챙겨 먹었다. 그러나 아내가 먹은 건 감기약이 아니라 그의 피부병 약이었다. 임신 초기임을 감안할 때 결코 안심할 수 없는 약이라고 의사가 말했다.

아기를 지우고 돌아와 아내는 그가 끓인 미역국을 개수대에 쏟아버리고는 옷장에서 옷이란 옷은 몽땅 끄집어내 욕조에 담갔다. 아내는 입을 다문 채 몇 날 며칠 손빨래만 했다. 아내의 피부는 빨랫비누의 독성을 이길 만큼 튼튼하지 않았다. 아내의 손은 빨갛게 부풀어 올랐고 진물이 흐르더니 피부가 한 꺼풀 벗겨졌다. 아마 그때부터였을 것이다, 아내의 손에 표정이 나타나기 시작한 것은.

아내는 거의 입을 열지 않았다. 웃긴 말을 들어도 웃지 않았고 슬픈 영화를 봐도 울지 않았다. 화가 나도 얼굴엔 변화가 없었다. 그렇게 얼굴을 떠난 표정들이 하나하나 손으로 옮겨갔다. 그는 금방 아내의 손을 판독하는 법을 익혔다. 손이 하얘지면 말문이 막힐 만큼 기가 차다는 거고 붉어지면 당혹스럽다는 뜻이었다. 화가 치밀 땐 손등에 푸른 핏줄이 불거졌고 슬플 때면 손등이며 바닥까지 몽땅 파래졌다. 그러나 정작 아내 자신은 그 사실을 몰랐다. 아내뿐만 아니라 처가 식구들도, 심지어 박 선생조차 손의 변화를 전혀 눈치채지 못했다. 그에겐 그토록 자명하게 보이는 것들이 왜 다른 사람의 눈엔 보이지 않는 건지 의아했지만, 아무튼 그는 기뻤다. 그건 비로소 아내가 온전히 그에게만 속한 존재가 되었다는 증거였다. 그는 그 손에 대해 아무에게도, 심지어 아내에게조차도 말하지 않았다. 아내의 손은 세상에 오직 그만이 아는 비밀이었다.

이혼해, 우리.

시험문제를 출제하느라 퇴근이 많이 늦어진 어느 저녁이었다. 그가 현관문을 열었을 때 아내는 식탁보를 찢고 있었다. 이미 조각난 식탁보들로 거실이 난장판이었다. 그는 현관에 서서 맨몸으로 드러난 식탁을 바라보았다. 완성되어 집으로 옮겨온 날부터 식탁은 한 번도 그에게 맨몸을 보인 적이 없었다. 아내는 매일 밤 식탁보를 새것으로 갈았고, 식탁이 계절을 타기라도 하는 것처럼 여름엔 마로, 겨울엔 모직으로 보를 만들어 씌웠다.

알몸을 가려주듯 그는 외투를 벗어 식탁을 덮었다. 이 식탁에 마지막으로 아내와 마주 앉았을 때를 떠올려보고 싶었지만 기억나지 않았다. 둘째를 유산한 뒤로 아내는 밥을 짓지 않았다. 급식실에서 남은 밥과 국을 비닐봉지에 싸들고 와서 그것으로 대충 상을 보았다. 점심 때 학교에서 먹은 것과 똑같은 음식을 그는 저녁에도 먹었다. 그나마 다행인 건 급식에 쓰는 재료들이 유기농이란 것과 화학조미료를 쓰지 않는다는 점이었다. 아내는 그가 밥을 다 먹고 일어난 뒤에야 식탁에 앉았다. 그런 와중에도 아내는 식탁보 가는 것만큼은 빼먹지 않았다. 매일 밤 식탁보를 갈고 나서야 아내는 잠자리에 들었다. 그 식탁보들이 싹둑싹둑 잘려나가는 걸 무기력하게 바라보다가 그는 아내에게 다가갔다. 아내는 그를 쳐다보지도 않은 채 가위질만 계속했다. 가위를 움켜쥔 아내의 손등에 검푸른 핏줄이 툭툭 불거져 있었다. 그는 아내의 어깨에 손을 얹었다. 아내의 어깨가 움찔했다. 잠시 뒤 아내가 가위를 내려놓더니 입을 열었다. 이혼해, 우리.

박음질처럼 단단한 말투였다. 이혼을 말하는 아내를 앞에 두고 그는 청혼했던 날을 떠올렸다. 청혼을 결심한 날 그는

아내에게 이 도시에서 가장 좋아하는 장소로 자신을 안내해
달라고 했다. 아내는 소나무 숲으로 그를 데려갔다. 난 어릴
때부터 숲을 좋아했어. 놀이터에서 노는 대신 이 숲에서 나무
타기를 하며 놀았어. 어느 소설에선가, 아버지를 그려 오라는
숙제에 나무를 그리는 아이 얘기가 나오던데, 그거 읽고 아
나도 소설가가 될 수 있겠구나 생각했었어. 나도 그랬거든.
자화상 그리는 숙제를 받고 소나무를 그렸던 적이 있어. 객기
는 아니었어. 고작 열 살밖에 안 된 계집애가 무슨 객기를 알
았겠어. 실제로, 자주는 아니지만, 난 내가 소나무가 된 것 같
은 느낌을 받곤 했거든. 비가 막 쏟아지는 날 소나무 밑에 가
만히 누워 있으면 내가 소나무고 소나무가 나인 것 같은……
그 느낌이 얼마나 행복했으면 고 어린 게 깜찍하게도 이런 생
각을 다 했다니까. 아, 이제 죽어도 여한이 없다…… 말을 마
치고 아내는 까르르 웃었다. 그 자리에서 그는 아내에게 청혼
했다. 결혼하자는 말 대신 그는 당신과 함께 이 숲에 묻히고
싶다고 했다. 그런 비장한 청혼이 어디 있느냐며 아내가 또
웃음을 터뜨렸다. 그런데 이혼이라니.

　그는 아내를 끌어내다시피 집 밖으로 데리고 나왔다. 아내
와 함께 집 근처에 있는 포장마차로 들어갔다. 그는 아내와
자신의 잔에 차례로 소주를 따랐다. 아내의 잔에 처음으로 술
을 따르던 날이 기억났다. 아내가 그의 잔에 처음으로 술을
따라주었던 날도 그는 잊지 않고 있었다. 머릿속으로 첫 순간

들이 자박자박 지나갔다. 처음으로 아내의 등에 파스를 붙여주던 날, 처음으로 아내의 팔뚝에 코를 묻고 킁킁거리던 날, 처음으로 아내가 욕실 문을 열고 발 매트 위에 쪼그리고 앉아 똥 누고 있는 그에게 아무렇지 않게 말을 걸던 날…… 마지막 장면은 식탁이었다. 함께 만든 식탁에서 처음으로 밥을 먹던 날, 그와 아내의 젓가락이 접시 위에서 가볍게 부딪쳤다. 그 쇠붙이의 진동은 손을 간질이다 팔을 타고 몸통의 밑바닥이라고 부를 만한 곳에 고여 들었다. 그곳에서 그는 나비를 보았다. 나비 날개를 보는 순간, 그 얼룩과도 같은 무늬에 눈길이 닿는 순간, 뜬금없이 들리겠지만, 그는 그 나비가 그들이 함께 만든 식탁이란 걸 한눈에 척 알아보았다. 못 박고 사포질을 하는 모든 일들이 실은 도화지 위에 물감을 풀어놓는 놀이였다는 사실까지도…… 저녁마다 목공소에 틀어박혀 있던 그 한 달이 도화지를 반절로 나눠놓고 한쪽엔 그가, 다른 쪽엔 아내가 물감을 마구 짜며 놀던 시간이었다면, 식탁에서 첫 식사를 하는 지금은 도화지를 반으로 접었다가 펼친 순간이었다. 그는 눈앞에 드러난 데칼코마니를 감탄하는 마음으로 내려다보았다. 그의 물감과 아내의 물감이 서로 뒤섞여 만들어낸 나비 한 마리. 그와 아내의 시선이, 그와 아내의 말과 침묵이 엉기고 뒤섞여 왼쪽과 오른쪽에 똑같은 무늬를 만들어놓았다. 그는 이 나비가 그들이 함께할 평생이란 걸 이해했다. 평생이란 나비의 왼쪽 날개 끝부터 오른쪽 날개 끝까지를 더듬어가는 시간이란 걸, 좌우대칭의 나비처럼 모든 순간은 한 번으로 끝나지 않고 대칭점에서 되풀이되리란 걸. 그러므로 그가 생각한 끝은 첫 순간들의 반복이었다. 처음인 듯 설레며 아내의 잔에 술을 따르고 처음인 듯 뭉클하게 아내의 팔뚝에 코를 묻고 처음인 듯 쑥스러워하며 식탁 위에서 젓가락을 부딪치고, 그렇게 첫 순간들을 빠짐없이 되풀이하고 나서 아내와 함께 소나무 숲에 묻히는 것, 그것 말고 다른 끝은 없었다.

한마디도 하지 않는 아내를 앞에 앉혀놓고 그는 소주 세 병을 비웠다. 그리고 네 병째를 주문해 막 첫 잔을 따르는데 아내가 자리에서 일어났다. 값을 치르고 그는 서둘러 포장마차를 나왔다. 아내는 벌써 저만치 앞서 걷고 있었다.

포장마차로 도로 들어가 술병을 마저 비우고 그는 집으로 왔다. 완강히 닫힌 현관문을 바라보다가 그는 디지털도어록의 커버를 위로 올렸다. 순간 아내가 누군가와 전화로 했던 말이 떠올랐다. 집에 있을 때 남편이 키패드 누르는 소리가 들리면 있잖아 콱, 그냥 콱 숨이 막혀버려. 그 통화를 우연히 엿들은 뒤로 그는 천천히, 아내에게 표정을 수습할 시간을 주겠다는 듯 천천히 비밀번호를 누르게 되었다.

그는 현관문을 열었다. 아내는 거실 한쪽에서 가방을 꾸리고 있었다. 그가 똑똑히 기억할 수 있는 건 거기까지였다. 갈증 때문에 새벽에 눈을 떴을 때 그는 아내의 신음 소리를 들었고 아내의 옷에 배어 있는 피를 보았다. 천 조각들로 어질러진 거실 바닥을 본 기억, 그 조각 사이에서 가위를 본 기억, 그걸 움켜쥐고 아내에게 달려갔던 기억이 토막토막 떠올랐다. 그는 아내를 업고 응급실로 갔다. 다행히 상처는 깊지 않았다. 통원 치료를 해도 무방하다고 했지만 아내는 입원을 하겠다고 했다.

내가 부르기 전까지는 오지 마, 전화도 하지 말고.

집에 오자마자 그는 집 안에 있는 가위란 가위는 모두 내다버렸다. 그러고도 마음이 놓이지 않아 칼을 몽땅 신문지에 싸서 서랍장 깊숙이 처박았다. 그리고 보름 동안 아무것도 먹지 않았다. 먹지 않겠다고 결심한 게 아니라 그냥 삼킬 수가 없었다. 단식을 한 지 며칠 만에 그의 머리가 하얗게 새어버렸다. 병원에 나타난 그를 보고 아내는 그 자리에 주저앉았다. 이렇게 착하면…… 착한 당신을 두고 나보고 어쩌라고…… 당신은 왜 사람을 떠날 수도 없게 만드는 거야…… 새하얀 그의 머리칼을 매만지다 아내는 울음을 터뜨렸다.

아내는 그와 함께 집으로 돌아왔다. 그날부터 아내는 다시 저녁상을 차리기 시작했다. 그는 인터넷을 뒤져 웃긴 얘기를 찾아 식사 후에 아내에게 들려주었다. 그때마다 아내는 과장되게 큰 소리로 웃어댔다. 하지만 손은 따라 웃지 않았다. 아내가 요란하게 웃는 동안에도 손은 갑갑하고 따분한 표정을 지었다.

아내의 손만 아니라면 평화롭다고 말해도 좋을 시간이 타박타박 흘러갔다. 새해를 맞아 아내는 교회에 나가기 시작했다. 일요 예배뿐만 아니라 수요 예배와 새벽 예배까지 빼먹지 않았다. 틈만 나면 아내는 성경을 필사하며 기독교 방송을 들었다. 종종 교인들이 몰려와 예배를 보기도 했다. 그들 속에 섞여 메트로놈처럼 상체를 흔들며 찬송을 부르는 아내가 그는 당혹스러웠다. 그러다가 어느 날부턴가 아내는 교회에 아예 걸음조차 하지 않게 되었다. 대신 아내가 찾은 건 봉사 활동이었다. 주말마다 아내는 치매 노인 요양소로 가서 목욕 봉사를 했다. 몸이 아픈 날에도 빠지는 법이 없었다. 그러나 그것도 얼마 못 가 그만두더니 요가를 한다고, 그림을 그린다고, 서예를 해보겠다고 몇 달씩 여기저기로 쏘다녔다. 마지막으로 아내가 찾은 건 문학원이었다. 아내는 매일, 거의 밤을 새다시피 소설을 썼다. 그러나 그것도 석 달을 채우지 못했다.

문학원에 발길을 끊고 나서 아내는 학교에 나가는 것 말고는 아무 데도 나가지 않았다. 퇴근하는 대로 아내는 집에 돌아와 밥을 지었다. 아내의 밥상은 더 이상 예전 같지 않았다. 밥은 너무 되거나 너무 질었고 국은 너무 짜거나 너무 싱거웠다. 그가 들려주는 우스갯소리에 아내는 언제나 큰 소리로 웃었다. 그러나 아내의 손은 늘 울었다. 아내의 웃음소리가 점점 높아질수록 손은 더 큰 소리로 울어댔다. 그는 아내의 손

앞에서 안절부절못하고 쩔쩔맸다.

웃긴 얘기 말고 무서운 얘길 해봐.

어느 날 저녁, 그가 준비한 이야기에 한바탕 웃고 나서 아내가 말했다. 그가 귀신 이야기를 하려 하자 아내는 고개를 흔들었다.

그렇게 무서운 거 말고 왜 있잖아, 정말 공포스러운 기억.

그는 얼른 떠오르는 게 없다고 했다.

그럼 내가 먼저 할게. 나한텐 옥수수 밭…… 그게 정말 무서웠어.

옥수수…… 밭?

그래, 옥수수 밭. 내가 어릴 때 목장에서 자란 건 알고 있지?

응.

학교 끝나고 집에 가려면 옥수수 밭을 빙 둘러 가야 했어. 뙤약볕 아래 자갈길을 걷기가 너무 덥고 힘들어서 어느 날 난 옥수수 밭을 가로질러보기로 했어. 그건 누워서 떡 먹기만큼 쉬워 보였어. 집을 정면으로 바라보고 서서 그 방향으로만 곧장 걸어가면 될 테니까.

……

하지만 옥수수 밭에만 들어가면 얼마 못 가 길을 잃고 마는 거야. 나보다 훨씬 키가 큰 옥수숫대 사이에서 길을 잃으면 너무 무서워서 옥수숫잎에 팔뚝이 쓸리는 것도 모르고 정신없이 그 사이를 뛰어다녔어.

……

밤이 아닌 대낮이라 더 무서웠다면 글쎄, 당신이 이해할 수 있을까?

그는 아내의 손을 쳐다보았다. 아내의 손은 모처럼 아무 표정 없이 평온했다. 그는 가만히 팔을 뻗어 맞은편에 앉은 아내의 손을 잡았다.

밤마다 난 옥수수 밭에서 헤매던 생각을 하며 떨었어. 그런데…… 그런데 있잖아, 그 순간에도 난 다 아는 거야. 내일이면 또 옥수수 밭으로 들어가게 되리란 걸. 지금 생각해보면 내가 정말 두려워했던 건 바로 그거였어. 그렇게 무서워했으면서도 내일도 모레도 옥수수 밭으로 들어가게 될 거란 사실…… 그렇게 영영 옥수수 밭에서 헤어나지 못할 거란 사실……

말을 멈추고 아내가 그를 쳐다보았다. 눈앞의 그를 보고 있는 게 아니라 기억 속의 그를 추억하고 있는 것 같은 눈빛이었다. 아내가 사라진 건 그다음 날이었다.

*

목공소에서 주문한 것들을 찾아 그는 집으로 돌아왔다. 현관문 앞에 식탁 다리를 내려놓고 그는 키패드에 일곱 개의 숫자를 눌렀다. 아내와 그의 생일을 조합해서 만든 번호였다.

비밀번호를 완성했을 때 그는 두 사람이 하나가 된 거라는 주례의 선언보다 더 구체적으로 아내와 영원히 한 몸이 되었음을 실감했다. 그 기억이 그를 쓸쓸하게 했다.

그는 손잡이를 비틀어 문을 열었다. 문이 열리는 순간 집 안에서 커다란 웃음소리가 터져 나왔다. 아내가 집에 돌아온 게 분명했다! 그는 식탁 다리를 내버려두고 집 안으로 뛰어들어갔다. 하지만 집 안은 조용했다. 조용하다 못해 괴괴하기까지 했다. 아내가 돌아온 흔적은 어디에도 없었다. 이 고요. 하지만 그는 그 속에서 어떤 열기 같은 걸 감지했다. 그건 말하자면 막 시험이 시작된 교실의 정적과 흡사했다. 선생이 시험지를 안고 문을 여는 순간 물을 끼얹은 듯이 조용해지는, 입은 다물었지만 열기와 흥분까지는 미처 수습하지 못한……

식탁 다리를 현관으로 옮겨놓고 그는 싱크대로 갔다. 식탁을 개조하기 전에 마지막으로 밥을 지어 밥상을 차리기로 했다. 쌀을 씻어 밥통에 안치고 그는 냉장고에서 감자 두 알을 찾아 국을 끓였다.

그는 밥솥을 열고 밥을 펐다. 그리고 막 주걱을 내려놓는데 등 뒤에서 잠자리! 하고 외치는 소리가 들렸다. 그는 고개를 돌렸다. 어린 사내아이가 저보다 조금 큰 여자아이의 귀를 잡고 웃고 있었다. 그는 밥그릇을 손에 든 채 아이들을 쳐다보았다. 잠시 뒤 여자아이가 사내아이의 말을 받아 외쳤다. 날아갔다! 그러자 다시 사내아이, 누구한테! 이번엔 여자아이,

엄마한테! 사내아이가 엄마를 부르며 식탁 주변을 뛰어다녔다. 그러자 침실 문이 열리며 아내가 나왔다. 얘들아, 그만. 밥부터 먹고 놀아야지. 아내는 수저 네 벌을 식탁에 늘어놓고 아이들을 의자에 앉힌 뒤 자리에 앉았다. 그는 서둘러 밥과 국을 네 그릇씩 펐다. 그가 앉기를 기다렸다가 아내가 손을 모았다. 자, 기도하자. 손 모으고 눈 감고. 그는 손을 모으고 눈을 감았다. 눈을 떴을 때 식탁엔 그 혼자였다. 그는 묵묵히 국에 밥을 말아 먹었다.

설거지를 마치고 나자 할 일이 없었다. 이제 결심했던 일을 할 때가 되었다고 그는 생각했다. 그래, 한두 시간 미룬다고 달라질 건 없으니까, 어차피.

그는 식탁을 한쪽 벽에 붙여 세워놓고 바닥에 비닐을 깔았다. 그리고 현관에 놓인 식탁 다리를 들어 옮기다가 벽에 팔꿈치를 부딪쳤다. 반대쪽 팔꿈치마저 그 자리에 부딪뜨리고 나서 그는 소리 내어 웃었다. 자신의 웃음소리가 집 안을 한 바퀴 돌고 귀로 고스란히 흘러들어왔다. 혼자 살 때 가장 민망했던 순간이 그럴 때였다. 함께 웃어줄 사람이 없는데 소리 내어 웃었다는 걸 깨달을 때마다 그는 누가 보고 있는 것도 아닌데 얼굴이 붉어졌다. 문득 아내가 보고 싶었다. 그는 전화기를 들고 아내의 핸드폰 번호를 눌렀다. 충전기에 꽂아놓은 아내의 핸드폰에서 벨소리가 흘러나왔다. 노래가 그치고 음성 안내가 시작되었다. 죄송합니다. 고객님이 전화를 받을 수 없으니……

　그는 거칠게 전화기를 내려놓았다. 왜 다들 미안하다고 하는지, 왜 미안한 걸 알면서 미안할 일을 되풀이하는지, 아니 뭐가 그리 늘 미안한 건지 그는 정색을 하고 따져 묻고 싶었다. 그는 아내의 핸드폰을 들었다. 폴더를 열자 액정에 '부재중 전화 1통', 이라고 떠 있었다. 그는 픽 웃었다. 어쩌면 난 처음부터 아내에게 부재중이란 형식으로 존재했었는지도 몰라.

　그는 아내의 핸드폰을 도로 충전기에 꽂아놓고 돌아섰다. 컴퓨터 시디롬 플레이어에 반쯤 꽂힌 시디가 눈에 띄었다. 아내가 내시경을 받던 날 병원에서 준 시디였다. 그는 컴퓨터를 켜고 시디를 플레이어에 넣었다. 잠깐 지글거리더니 모니터 위에 아내의 내장이 떠올랐다. 끝없이 이어지는 내장 위로 거제도의 길들이 겹쳐졌다. 이정표만 있을 뿐, 이틀을 헤맸는데도 끝내 모습을 드러내지 않던 아름다운 길. 관광객도, 심지어 그 동네 주민들조차 몰랐던 걸 보면 아름다운 길이란 애당초 없는 건지도 모른다. 그는 내시경 카메라가 비추는 대로 묵묵히 아내의 내장을 바라보았다. 어쩌면 그게 아름다운 길인 줄 모르고 서둘러 지나쳐버렸던 걸까. 이제 카메라는 아내의 위를 보여주고 있었다. 실핏줄이 지렁이처럼 엉켜 있는, 만성병을 앓고 있는 위. 저 즈음이었겠지, 아내가 몸부림을 치며 헛소리를 내지른 게.

그는 숨을 크게 들이마셨다가 내쉬었다. 헛소리를 듣지 못했다고 아내에게 했던 말은 거짓이었다. 보호자실과 검사실이 유리 벽으로 가로막혀 있던 건 사실이지만, 보호자실에 달린 스피커를 통해 그는 아내의 헛소리를 똑똑히 들을 수 있었다. 그 말을 그는 잊을 수가 없었다. 무의식중에 내지른, 그야말로 헛소리일 뿐이라고 생각하고 싶었지만 바로 그 점 때문에 그에겐 더 치명적이었다.

컴퓨터를 끄고 그는 다시 벽시계를 쳐다보았다. 일곱시가 다 되어가고 있었다. 아홉시 전에 끝내려면 더는 미룰 수가 없었다.

그는 한쪽에 세워둔 식탁을 비닐 한가운데에 갖다놓았다. 그리고 식탁 상판에 열십자로 금을 그었다. 손끝이 식탁에 닿을 때마다 그의 눈앞에 어떤 장면들이 번뜩이며 나타났다가 사라졌다. 이 식탁이 숲속의 나무였던 시절의 모습들이었다. 다람쥐가 가지를 오르내릴 때 즐거워하는 나무…… 모진 북풍에 눈을 감고 죽은 듯이 봄을 기다리는 나무…… 우듬지에 새들이 날아와 둥지를 틀길 안타깝게 기다리는 나무…… 나무는 언제 가장 행복했을까. 나무는 언제 가장 불행했을까. 제 그늘에 앉아 땀을 들이는 나그네에게 나무는 단 한 번이라도 사랑을 느껴본 적이 있었을까.

대답을 기다리듯 그는 식탁에 손을 얹고 눈을 감았다. 한참 뒤 그는 눈을 떴다. 나무의 말을 다는 알아들을 수 없었지만,

한 가지만은 분명히 알 수 있었다. 나무가 이제 그만 숲으로 돌아가고 싶어 한다는 것. 그는 이해한다는 듯 고개를 끄덕였다. 평생을, 평생이란 시간을 이 집에서 혼자 견딜 자신이 없 겠지, 너도.

그는 결심이 선 듯 베란다로 나가 전기톱을 들고 왔다. 전 원 버튼을 누르자 무서운 소리를 내며 톱날이 돌았다. 그는 톱날을 식탁에 갖다 댔다.

작업은 한 시간 만에 끝났다. 그는 잘린 조각들을 비닐로 잘 감쌌다. 그리고 욕실로 들어가 톱밥으로 범벅된 몸을 꼼꼼 히 씻었다.

2

그로부터 3년 뒤, 박 선생은 신문에서 이런 기사를 읽었다.

14일 오후 2시 10분께 C시에 위치한 소나무 숲에서 토 막 난 변사체가 발견되었다. 중앙경찰서에 따르면 이날 주 부 A(51세, 여)씨가 동네 사람들과 함께 산나물을 캐러 산 에 올라갔다가 변사체를 발견해 신고했다. 발견 당시 변사 체는 심하게 토막 나 있는 상태였고 유기한 지 오래되어 이 미 시신 각 부위가 대부분 탈구 및 부패되었으나 양손만 훼 손되지 않은 상태였다. 전문가들은 땅속에 시신이 들어가면 제일 먼저 썩는 부분이 지방질이 없는 부위, 즉 손가락 발가락인데, 모든 부위가 썩은 상태에서 양손만이 썩지 않고 있었다는 점은 도저히 과학적으로 설명이 불가능하다고 입을 모았다.

나는

이야기다

나는 외치를 만났다. 서울의 최저 기온이 영하 십칠 도까지 떨어진다고 예보된 아침이었다. 냄비를 받치기 위해 펼친 낡은 신문 위에 외치는 미라의 모습으로 누워 있었다. 오천삼백 년 동안 알프스의 빙하에 묻혀 있던 얼음 인간 외치. 닭 뼈를 발라내다 말고 가만히 사진 속의 미라를 내려다보았다. 한때 그 몸속에 깃들어 있었을 따뜻한 숨을 떠올리기엔 너무나도 딱딱하고 건조해 보이는 한 구의 미라. 손끝에서 떨어진 국물이 미라의 사진 위로 떨어졌다. 오천삼백 년 전에 숨겨놓은 전언처럼 뒷면에 새겨진 글씨가 드러났다.

나는 더 몸을 낮추고 좌우가 뒤집어진 글자를 읽었다. 동그랗게 젖은 원의 한가운데 드러난 낱말은 '그러나'. 입술을 달싹거려 그러나, 라고 발음해보았다. 순간 휘장이 걷히듯 세월이 싹 걷히며 오천삼백 년 전에 가닿은 듯한 느낌이, 짐승 가죽을 걸치고 돌도끼를 들고서 알프스의 산자락을 밟고 있는 것 같은 느낌이 나를 사로잡았다. 어쩌면 외치는, 이 낱말을 열쇠처럼 쥐여주기 위해, 차디찬 빙하 속에서, 나를, 기다리고 있었던 것은, 아닐까.

닭 뼈를 마저 발라내고 믹서에 갈아놓은 찹쌀을 냄비에 부었다. 저만치 떨어져 앉아 있던 고양이들이 내가 일어서기가 무섭게 닭 뼈 더미로 몰려들었다. 가스 불 위에 냄비를 얹고 방으로 들어갔다. 퉁퉁 부은 얼굴에 입을 헤벌리고 매트리스 위에 누워 있는 남편이 보였다. 그 위에 외치가 겹쳐지는 순간 얼음 인간이란 낱말 위에 식물인간이 포개졌다. 얼음과 인간이란, 식물과 인간이란 얼마나 부자연스러운 조합인지. 인조인간이니 늑대 인간이니 하는 말들은 뒤에 '인간'을 붙여 그 억지스러움을 부각시킴으로써 그들은 인간이 아니라는 것을, 인간 밖으로 밀려난 존재들이란 것을 강조하고 있는 게 아닐까. 그렇다면 식물인간이란…… 병명일까 학명일까.

가스 불을 끄고 현관문을 열었다. 칼바람이 뺨을 저몄다. 문을 잠그고 열쇠를 빈 화분 속에 떨어뜨렸다. 두 시간쯤 지나면 자원봉사자가 와서 이 열쇠로 문을 따고 집 안으로 들어갈 것이다. 알맞게 식은 닭죽을 남편에게 먹이고 따뜻한 물수건으로 남편의 몸을 닦아줄 것이다. 나는 대문을 향해 좁은 계단을 올랐다. 문턱을 넘다가 반쯤 땅에 묻힌 집을 뒤돌아보았다. 그리고 주문을 외듯 읊조렸다. 그러나.

얼음 인간 연구에 있어서 최대 쟁점은 '그는 과연 누구였고, 왜 추운 알프스에 왔으며 어떻게 죽어갔을까' 하는 문제였다.

눈을 떴다. 유리 부스 안의 침대 위였다. 가볍게 식기 부딪치는 소리와 발걸음 소리가 크리스마스 캐럴에 섞여 유리 부스 안을 떠돌았다. 나는 몸을 뒤척여 모로 돌아누웠다. 사람들은 여전히, 내가 잠들기 전과 마찬가지로, 테이블에 둘러앉아 빵을 뜯거나 와인을 마시고 있었다.

레스토랑의 저녁은 평화로웠다. 이 아늑한 공간이 내 일터였다. 내가 하는 일은 서빙도 요리도 아닌, 레스토랑 한복판에 설치된 두 평 남짓한 유리 부스 안에서 먹고 자고 노는 일이었다. 사람들은 나를 보기 위해 맛도 그저 그런 스테이크에 기꺼이 곱절의 값을 지불했다. 혼자 자기 방에 있는 여염집 처녀처럼 눈썹을 다듬거나 노래를 흥얼거리며 발톱을 깎는, 시시할 정도로 싱거운 일상을 과장 없이 보여주는 것이 내가 할 일이었다. 아침 열한시부터 밤 열한시까지, 하루의 절반을 이 안에서 머무르는 대가로 하루의 나머지 반쪽이 지탱되었다. 남편의 몸 위로 소복이 먼지가 내려앉고 그 곁에서 고양이들이 알뜰히 닭 뼈를 핥는 그 속수무책의 시간이.

금요일 저녁답지 않게 홀에는 빈자리가 많았다. 미리 예약

하지 않으면 자리를 잡을 수 없었던 금요일 밤이 이렇게 한산
해진 건 가까운 곳에 패밀리 레스토랑이 문을 열면서부터였
다. 말이 패밀리 레스토랑이지, 서빙을 하는 반라의 여자애들
때문에 패밀리와는 결코 함께 갈 만한 곳이 못 된다며 사장은
목에 핏대를 세우곤 했다. 패밀리 레스토랑이 거창하게 개업
식을 하던 날만 해도 사장은 천하태평이었다.

"거기가 아니라도 여자를 벗겨놓고 눈요기시키는 곳은 많
아. 직접 보는 것과 상상으로 벗겨보는 건 완전 다른 차원이
지. 호기심으로 한두 번 걸음을 할 수는 있어도 우리 손님들
이 그리로 옮겨갈 일은 없을 테니 두고 봐."

하지만 우리 레스토랑을 찾는 손님은 하루가 다르게 줄어
들었고 사장은 눈에 띄게 초조해하기 시작했다.

웨이터가 유리 부스 문을 두드렸다. 그가 들고 있는 쟁반에
는 비빔국수와 편지가 놓여 있었다. 티 테이블에 상이 차려지
는 동안 등받이 없는 의자에 앉아 편지 봉투를 열었다. 세로
획이 금방이라도 쓰러질 것 같은 사선으로 내리그어진 글씨
체—'그'였다. 사장은 화장실에 칸칸이 우편함을 설치해놓고
사흘에 한 번씩 편지들을 수거해 나에게 갖다주었다. 음담패
설 일색인 편지들 속에서 그의 글은 달랐다. 나는 봉투 위에
연필로 '17'이라고 썼다. 그의 열일곱번째 편지는 '혼자 텔레
비전을 보았어요'라는 문장으로 시작되고 있었다. 나는 편지
를 무릎에 내려놓고 젓가락으로 국수를 돌돌 말았다. 첫 편지

에서 그는 어릴 적 꿈이 대통령이 되는 거였다고 했다. 한때 대통령을 꿈꿔본 적 없는 아이도 있을까. 그런데도 나는 그 문장을 읽으며 그라는 사람 전부를 이해한다는 터무니없는 생각을 했다. 그가 몇 살인지, 어떤 일을 하는지, 그가 여자인지 남자인지조차 모르면서 그를 알고 있다는 확신을 갖게 된 건 그가 위태로워 보이는 글씨에 담아 보낸 꿈, 이라는 낱말 때문이 아니었을까. 등 뒤에서 전화벨이 울렸다. 국수를 입에 넣으려다 말고 나는 팔을 뒤로 뻗어 수화기를 집어 들었다.

"뭐 하는 거야, 너!"

사장이었다.

"그렇지 않아도 미치고 팔짝 뛸 지경인데, 너까지 자꾸 이럴래?"

사장이 낮은 목소리로 씹어뱉듯 말했다. 나는 말없이 고개를 숙이고 편지를 읽어 내려갔다.

'당신은 지금 사랑하는 사람과 함께 있습니까? 라고 프로 그램 진행자가 물었어요. 그 질문이 나를 지목한 것처럼 느껴졌어요. 나는 당신을 생각했어요. 처음 유리 부스 안에서 잠든 당신을 본 뒤로 내 오랜 불면증이 씻은 듯 사라져버린 건 참으로 신기하고 특별한 체험이었어요. 그 뒤로 나는 약을 먹지 않아도 쉽게 잠들 수 있게 되었어요. 말 한 번 나눠보지 않은 당신이 이렇게 느껴지는 게 행복하면서도, 솔직히 왠지 모르게 두려워요, 유리.'

눈을 감았다. 유리 부스 안을 떠도는 크리스마스 캐럴이 눈물처럼 귓속으로 흘러들었다. 아기 예수가 태어난 고요하고 거룩한 밤은 헤롯왕에 의해 무수한 사내아이들이 죽임을 당하게 되는 무서운 밤을 예고하는 시간이기도 했다. 누군가에겐 기쁜 소식이 다른 누군가에겐 바닥없는 나락이 되기도 한다는 걸 그는 알고 있을까. 나는 국수를 입에 넣었다. 수화기를 통해 사장이 내쉬는 한숨 소리가 들렸다.

"네가 먹는 걸 보면서 널 먹는 장면을 상상할 수 있게끔…… 그렇게 먹어보란 말이야. 제발!"

자정이 가까워오는 시간인데도 대형 할인마트는 사람들로 북적거렸다. 나는 성인용 종이 팬티를 진열한 곳으로 갔다. 그것은 생리대와 아기 기저귀 사이에 쌓여 있었다. 종이 팬티 두 상자를 내렸다. 포장지엔 은발의 남녀 노인이 마주 보고 웃는 사진이 박혀 있었다. 꿈이나 신념 말고, 종교나 이념 말고, 하다못해 일상의 권태나 치정 문제도 아닌, 오로지 배설물을 처리하는 데 온 신경을 집중해야 하는 삶이란.

나는 세트로 포장된 생리대 묶음을 하나 집었다. 한 손에는 종이 팬티를, 다른 한 손에는 생리대를 들고 계산대로 갔다. 어깨에 멘 가방이 미끄러져 내려와 팔목에 걸쳐졌다. 나는 손목을 꺾어 가방을 지탱하며 앞에 선 여자가 쇼핑 카트에 실린 물건을 계산대로 옮기는 모습을 지켜보았다. 맥주, 샴푸, 밀

가루, 감자칩, 스타킹…… 과자 봉지를 들고 싸우는 아이들이, 텔레비전 앞에 앉아 맥주를 마시는 젊은 부부가 있는 집안 풍경이 그 더미 위로 펼쳐졌다. 계산이 끝나갈 즈음 여자가 불쑥 떠올랐다는 듯 계산대 끝에 매달린 콘돔을 빼서 물건 더미 위에 얹으며 하품을 했다. 어느 대목에선가 불쑥 여자에 대한 강렬한 적의가 솟구쳤다. 여자가 누리고 있는 모든 것이, 무릎이 튀어나온 저 후줄근한 추리닝까지 포함해서 몽땅, 내 몫을 가로챈 것처럼 느껴졌다.

여자가 또 하품을 하며 계산대를 통과했다. 내 차례였다. 계산은 얼마 걸리지 않았다. 지갑을 열며 여자의 뒷모습을 눈으로 좇았다. 여자는 입구에 있는 크리스마스트리 앞으로 가서 허리를 굽힌 채 뭔가를 적고 있었다. 물건을 들고 서둘러 여자가 서 있는 곳으로 갔다. 크리스마스트리 꼭대기에는 '당신의 소원을 이뤄드립니다'라는 문구가 박힌 리스가 달려 있었다. 여자의 소원은 최신형 냉장고를 갖는 거였다. 여자가 쪽지를 접어 트리에 매달고 유리문 밖으로 사라지는 걸 확인한 뒤 나는 볼펜을 쥐었다. 그리고 난생처음 소원이란 낱말을 접해본 아이처럼 입술을 달싹거려 소원이라고 발음해보았다. 꼭 이뤄지길 바라는 소원 같은 건 없었다. 여자에게 최신형 냉장고가 주어지는 일만큼은 절대 일어나지 않길 바랄 뿐이었다. 나는 여자가 트리에 매단 쪽지를 떼어 코트 주머니에 넣었다.

대문은 닫혀 있지 않았다. 경첩이 헐거워진 대문은 손잡이를 꽉 틀어쥐고 들어올리면서 당겨야 겨우 닫혔지만 이 집에 사는 누구도 그렇게까지 문단속에 신경을 쓰지 않았다. 어깨로 문을 밀고 안으로 들어갔다. 계단을 내려가 물건을 내려놓고 빈 화분 속에 손을 집어넣었다. 이미 꽁꽁 언 손으로도 찬 기운을 느낄 수 있을 만큼 열쇠는 차가웠다. 열쇠를 구멍에 꽂았다. 나야말로 굳이 문단속을 해야 할 만큼 귀중한 것을 갖고 있지 않았다. 남편을 돌볼 피붙이가 하나만 있었어도 나는 진작 이 집을 떠났을지 모른다. 어쩌면 문을 잠그고 따는, 매일 반복되는 이 행동은 내 마음을 단속하기 위한 일종의 의식이 아닐까.

문을 열자 성냥을 그을 때와 같은 알싸하고 화한 냄새가 코에 끼쳐왔다. 나는 냉장고 앞으로 갔다. 자원봉사자가 쓴 쪽지가 손잡이 옆에 붙어 있었다. 그는 남편에게 죽을 먹인 시간과 양을 꼼꼼하게 적어놓았다. 건성으로라도 그것에 눈길을 준 건 정성에 대한 나름의 예의일 뿐 다른 뜻은 없었다.

'택배 받아두었어요. ↘ 2시'

화살표를 눈으로 따라 내려가자 싱크대 밑에 놓여 있는 상자가 보였다. 상자를 열었다. 상자 속에는 하트 모양의 병과 주사기, 약병이 들어 있었다. 병과 주사기를 꺼내자 '분재 고양이 만드는 법'이라는 제목이 박힌 종이가 보였다. 복사 상태가 썩 좋지 않은 한 장짜리 설명서였다. 그제야 인터넷 서

핑을 하다가 분재 고양이에 대한 글을 읽었던 게 기억났다. 나뭇가지를 철사로 감거나 잘라 원하는 형태로 키워내는 분재 식물처럼, 고양이를 원하는 모양의 병에 넣어 키우면 그 모양대로 자라난다는 내용이었다. 마름모꼴 고양이도, 공 모양의 고양이도, 심지어 꽃 모양의 고양이도 가능하다고 했다. 하지만 내가 이 물건을 주문한 건 겨울이 되기 훨씬 전이었고 나는 이미 주문했었다는 사실조차 까마득히 잊고 있었다. 이 물건은 어디에 처박혀 있다가 왜 지금에서야 불쑥, 내 앞에 나타난 걸까.

상자를 닫아 싱크대 밑에 밀어 넣고 방으로 들어갔다. 남편의 몸 위에 엎드려 있는 고양이들이 보였다. 고양이들은 창턱이나 의자에 올라탄 것처럼 안락해 보였다. 나는 손에 들린 외투를 휘둘러 고양이들을 쫓았다. 고양이들은 털을 곤두세우고 나를 향해 하악, 소리를 내질렀다.

남편 곁에 두 다리를 뻗고 앉았다. 나 왔어. 나는 말했다. 하지만 말을 했다는 건 어디까지나 생각일 뿐, 그것은 소리가 되어 입 밖으로 나오지 않았다. 남편이 식물인간 판정을 받았을 때만 해도 나는 쉴 새 없이 떠들어댔다. 눈에 보이는 것, 머릿속에 떠오르는 모든 것을 말로 옮기느라 이야기들은 제대로 끝을 맺지 못한 채 다음 이야기로 넘어가곤 했다. 말할 게 없을 때는 예전에 남편이 했던 말들을 남편의 어투를 흉내 내어 말하기도 했다. 아버진 동정심이 많은 분이셨어. 비둘기들이 불쌍하다고 늘 먹을 걸 챙겨주셨지. 언제부턴가 비둘기들이 우리 집으로 몰려들기 시작했는데 얼마 못 가 지붕이고 마당이고 비둘기 똥 때문에 살 수 없을 지경이 된 거야. 그래서 이사를 나오는데, 하, 당신이 그 광경을 봤어야 해. 이삿짐차를 따라 무리 지어 날아오는 비둘기 떼, 당신 상상할 수 있겠어? 시아버지에게 비둘기가 있었다면 남편에겐 고양이가 있었다. 남편은 거리에 버려진 고양이들을 그냥 지나치지 못했다. 고양이 털에 알레르기 반응을 보이는 남편은 정신없이 재채기를 해대는 것으로 하루를 시작하면서도 고양이들을 버리지 못했다. 내가 화를 낼 때마다 남편은 돌아앉으며 중얼거렸다. 고양이한테서 난 상처 핥는 법을 배웠어.

　내가 입을 다물게 된 건 쓰레기통에서 정액이 들어 있는 콘돔을 발견한 뒤부터였다. 나를 제외하면 내 집을 드나드는 건 자원봉사자들뿐이었다. 그들은 남편에게 미음을 먹이고 남편을 씻기고 욕창에 약을 바르고 기저귀를 갈아주었다. 왜 내 집 쓰레기통에서 콘돔이 나온 것일까. 도대체 그들이…… 거기에서 나는 생각을 끊어버렸다. 아무짝에도 쓸데없는 게 물음표였다. 나는 스타킹을 벗고 누워 남편을 안았다. 고대 중동 지역에서 행해졌다는, 산 사람을 시체와 함께 돌무덤 안에 가두는 형벌이 떠올랐다. 그렇게 하면 산 사람이 시체의 기운을 계속 들이마시게 됨으로써 결국 까맣게 썩어 죽게 된다고 했다. 나는 콧구멍을 한껏 벌려 숨을 크게 들이마셨다.

잠이 쏟아졌다. 어느새 고양이 두 마리가 남편의 몸 위에 사이좋게 누워 있었다. 고양이들을 쫓으려다가 그냥 두었다. 하품이 났다. 나는 잠 속으로 빠져들었다.

눈이 내리고 있었다. 함박눈이었다. 나는 유리 부스 안에 서서 레스토랑의 외벽인 통유리 너머로 거리를 내다보았다. 여기서 바깥 거리를 보고 있으면, 통유리의 네모난 틀 때문인지, 영화관에 앉아 스크린을 바라보고 있는 것 같은 느낌이 들었다. 거리를 오가는 사람들은 다 비슷비슷해 보였다. 엇비슷한 모습으로 눈을 맞으며 걷는 사람들…… 그래, 눈 내리는 거리에선 누구나 눈을 맞는 거구나. 그 생각이 얼마간 나를 편안하게 했다.

눈은 계속 내렸고 사람들은 계속 오갔다. 무료하고 단조로운 장면이 이어졌지만 나는 거리에서 눈을 뗄 수가 없었다. 기다림 때문이었다. 실내에 울려 퍼지는 크리스마스 캐럴 때문일까, 평평 쏟아지는 함박눈 때문일까, 이 느닷없는 기다림이란. 내가 기다리는 대상이 무엇인지조차 알지 못했지만 그건 아무래도 상관없었다. 이 기다림이 그냥 지나쳐서는 안 되는 운명과의 조우를 위한 것이라면 기다림을 예감하게 한 무엇이 그 대상을 꼭 짚어 지목해줄 거라고 믿었다. 내 생각은 틀리지 않다. 통유리 바깥으로 한 남자가 나타났을 때 바로 내가 기다리던 그 대상이란 걸 그냥, 그러나 분명히 알 수 있었으니까.

남자는 턱을 약간 앞으로 내밀고 어깨를 구부정하니 숙인 채 느릿느릿 걸었다. 사람들이 남자의 곁을 빠르게 지나갔다. 너무 느린 속도 탓인지 남자는 혼자 다른 공간에 있는 것처럼, 사람들과 하나의 풍경으로 묶이지 않았다. 내 눈이 점점 한데로 모아지고 있다는 느낌이 들더니 눈동자가 숯불처럼 뜨거워지기 시작했고 어느 순간부턴가 내 시선은 엑스레이처럼 외투와 살갗을 뚫고 들어가 남자의 뼈에 닿아 있었다. 사람들과 차들과 맞은편 빌딩들이 어디론가 사라지고 높고 푸른 산이 남자를 에워쌌다. 인체 해부도처럼 뼈를 덜거덕거리며 남자는 21세기 서울 거리가 아닌 아득한 과거의 산길을 걸어가고 있었다. 그 위로 입을 헤벌린 채 눈만 끔벅거리며 누워 있는 남편의 모습이 지나갔다.

손바닥을 두 겹으로 포개 홧홧한 눈을 감쌌다. 잠시 뒤 눈을 떴을 때 남자는 레스토랑의 문을 열고 안으로 들어오고 있었다. 머리에 쌓인 눈을 털더니 남자는 유리 부스 바로 앞자리로 왔고, 외투를 벗어 팔걸이에 걸친 뒤 의자에 앉았다. 마침표를 찍듯 남자의 행동에선 단절감이 느껴졌다. 실내에는 여전히 크리스마스 캐럴이 흘렀다. 서기로 헤아리기 전의 아득한 과거에서 온 남자는 캐럴이 흐르는 공간에서 왠지 불편하고 쓸쓸해 보였다. 남자는 허리를 세우고 앉아 유리 부스 안의 나를 쳐다보았다. 눈이 아려서 손바닥을 눈꺼풀에 없었다. 손을 치웠을 때 남자는 그 자리에 없었다. 홀 안을 구석구석 둘러보았지만 남자의 모습은 어디에서도 찾을 수가 없었다. 짙은 피로를 느끼며 침대에 드러누웠다. 전화벨이 울렸다.

"다 결정했다. 나도 패밀리 레스토랑으로 바꾸기로 했다."

사장의 목소리에선 모처럼 활기가 느껴졌다.

"유리 부스 같은 건 싹 걷어내고 저쪽처럼 바닥에 거울을 깔 거야. 요즘 사람들한텐 그게 더 먹혀."

"……"

"당장 모레부터 공사 들어가기로 했어. 크리스마스이브에 맞춰 개업하려면 시간이 촉박하니깐."

전화기를 내려놓자마자 사장은 바쁜 걸음으로 레스토랑을 나섰다. 웨이터가 유리 부스 안으로 스테이크와 몇 통의 편지를 날라왔다. 주방장은 가장 정통적인 방법이라며 꼭 소의 무릎뼈를 밤새 고아낸 육수로 소스를 만들었다. 태어난 지넉 달도 되기 전에 도살된 송아지 살코기에 어른 소의 골수를 우린 국물을 끼얹은 요리. 언젠가 회식 자리에서 그가 했던 말이 떠올랐다. 일본 음식 중에 닭고기 계란덮밥이란 게 있어. 걔들은 그걸 오야코돈부리(親子丼)라고 불러. 닭과 계란을 아버지와 아들로 표현해놓다니 흠, 너무 신랄하지? 모르는 척 지나치고 싶은 부분까지 적나라하게 드러냈다는 건 뭐랄까, 밥 자체보다 그게 품은 은유를 음미하겠다는 거 아니겠어? 내가 만든 요리는 그런 의미에서 손님들에게 보내는 내 육필 편지야. 고기 조각을 입에 넣었다. 그의 어법대로라면 내가 먹는 것은 밥인 동시에 밥의 무서움이었다. 관을 통해 콧속으로 흘러들어간 죽을 식도로 밀어내리고, 위에서 주무르고, 낱낱으로 분해된 영양소를 소장의 융털로 힘껏 빨아들이는, 그 모든 과정을 시치미 뚝 떼고 감쪽같이 해내는 남편의 몸에 대한 무서움. 최초로 오야코돈부리를 만든 사람은, 아니 주린 배를 채우기 위해 손 가는 대로 집어다가 만들었을 음식에 최초로 그 이름을 갖다 붙인 사람은 누구였을까. 찬바람 속에 자복하듯 엎드려 있을 내 집이, 그 집을 무뚝뚝한 표정으로 지키고 있을 시간이 떠올랐다. 오늘은 어제를, 어제는 그제를 복습하는 시간이었으므로 내일은 아마도 오늘의 반복이 될 터였다. 한때 나를 가장 못 견디게 했던 그 사실이 이젠 무엇보다도 나를 편안하게 했다.

포크를 내려놓고 쟁반 위에 놓인 편지 봉투를 집어 들었다. 편지는 모두 네 통이었다. 나는 '그'의 편지를 찾았다.

'눈을 맞으며 당신을 만나러 가요. 걷다가 자꾸 돌아서서 내 발자국을 보게 됩니다. 언제부턴가 당신을 만나러 갈 때마다 두려움이 느껴져요. 당신을 알게 되는 순간 되돌아오는 길이 사라지고 말 것 같은 두려움. 그러면서도 난 왜 자꾸 당신을 찾게 되는 걸까요, 유리?'

실내의 조도가 낮은 탓에 눈이 쏨벅거렸다. 나는 고개를 들어 실내를 둘러보았다. 사람들은 빵을 뜯거나 커피를 홀짝거리거나 대화를 나눌 뿐 아무도 나를 쳐다보지 않았다. 레스토랑 한복판에 있는 유리 부스 따윈 아예 보이지도 않는 것처럼. 그 두 평 남짓한 부스 안에서 혼자 노는 여자에 대해선 눈곱만큼의 관심도 없는 것처럼. 하지만 내가 하품을 하자 홀 안에 도미노처럼 하품이 퍼졌다. 나는 눈을 비비며 편지를 내려다보았다. 맨 마지막 문장이 눈길을 확 잡아끌었다. '도대체 당신은 무엇입니까?'

갑자기 머리가 멍해졌다. 나는 입술을 달싹거려 그 문장을 읽어보았다.

도대체. 당신은. 무엇. 입니까.

나는 이야기예요. 적어도 당신에게만큼은 나는 이야기예요. 당신은 유리 부스에 있는 나를 관람하는 데서 그치지 않고 한 편의 소설처럼 읽어 내려가요. 당신도 이미 그 사실을 잘 알고 있어요. 그렇지 않다면 당신은 누구입니까라는 흔한 문장을 놔두고 당신은 무엇입니까라고 물었을 리가 없어요. 그렇지 않다면 당신은 굳이 나에게 이름을 붙일 까닭이 없어요.

하나님은 사람을 빚고 아담, 이라는 이름을 주셨어요. 이야기란 모름지기 이름 짓기에서 시작된다고 해도 과언이 아닐 거예요. 더군다나 당신이 나에게 붙여준 유리라는 이름은 대충 갖다 붙인 예사로운 이름이 아니에요. 유리에게, 로 시작되는 편지를 받았을 때 편지지를 쥔 손이 부르르 떨린 까닭이 거기에 있어요. 거창하게 말하자면 내가 어떻게 존재해야 하는지, 당신으로부터 그 형식을 명령받은 느낌이었다고나 할까요.

유리라는 이름을 봤을 때 내가 생각한 건 온도였어요. 사전을 찾아보니 유리란 규사, 탄산나트륨, 탄산칼슘 등을 천삼백 도 이상의 높은 온도에서 녹인 다음 급속도로 냉각시켜 만든 물질이라고 되어 있더군요. 다시 말해 투명해지기 위해선 어마어마하게 뜨겁게 끓다가 곧바로 차갑게 얼어붙는 과정이 필요하다는 거예요. 눈치챘나요, 당신? 모르겠거든 앞의 문장을 다시 한 번만 천천히 읽어보세요. 펄펄 끓였다가 차게 얼려 만든 것, 뜨거움과 차가움의 극한을 오가는 과정에서 비로소 투명해지는 것, 그게 바로 이야기가 아니고 뭐겠어요?

나는 이야기예요. 나는 이야기에서 태어났어요. 내 부모가 신접살림을 차린 좁고 어두운 방엔 벽이며 천장에 여배우의 브로마이드가 붙어 있었어요. 아버지는 천하의 박색인 엄마를 안을 때마다 방에 도배하다시피 해놓은 여배우의 사진을 바라보았어요. 그 모욕의 순간을 엄마는 박씨 부인을 상상하며 견뎌냈어요. 전생의 죄로 박색으로 태어났지만 액운을 채우고 아름다운 외모를 되찾은 박씨 부인을. 그건 아버지도 마찬가지였어요. 브로마이드 속에서 웃고 있는 여배우, 자신을 그런 여자를 품에 안을 수 있을 만큼의 능력을 갖춘 백마 탄

왕자쯤으로 상상하지 않았겠어요? 왕자를 꿈꾸는 정자가 절색이 된 박씨 부인을 꿈꾸는 난자와 만나 내가 만들어졌어요. 하지만 이 말은 나만 이야기란 뜻이 아니에요. 세상 모든 사람은 다 이야기 속에서 잉태되어 이야기를 찢고 세상에 나오고 이야기를 먹고 자라요. 물론 당신도 이야기지요.

나는 지금 셰에라자드를 생각하고 있어요. 왕비가 바람을 피운 것 때문에 하룻밤 지낸 신부를 죽이게 된 아랍의 왕, 발등에 떨어진 죽음을 피하기 위해 자그마치 천 일하고도 하룻밤 동안 끊임없이 이야기를 지어내 왕에게 들려준 셰에라자드. 그 속에 이야기의 본질이 들어 있는 건 아닐까요. 아무리 복제되고 변형되어도 본질은 변하지 않기 때문에 모든 이야기는 절박하고 슬픈 건지도 몰라요. 떡 광주리를 이고 가는 엄마를 따라가면서 떡 하나 주면 안 잡아먹지, 하는 호랑이…… 호랑이에게 떡을 다 빼앗기고 결국 고개를 넘을 때마다 사지를 하나씩 뜯기는 엄마…… 하늘에 올라가 해와 달이 된 오누이…… 어때, 슬프지 않은가요? 모든 옛날이야기들이 오래오래 행복하게 살았습니다, 로 끝나는 것도 어쩌면 그 슬픔을 감추기 위한 나름의 장치인지도 몰라요. 설마 당신, 산전수전 다 겪은 우리의 주인공들이 정말 오래오래 행복하게 살았다고 날 설득하려는 건 아니겠죠?

이 레스토랑은 이제 없어져요. 유리 부스는 모레 새벽 철거될 거예요. 유리 부스가 사라져도 당신은 당신대로, 나는 나대로 이야기를 이어갈 테죠. 이야기는 제 스스로 흘러갈 거고 제 스스로 끝맺을 거예요. 이야기는 나의 것이고 나 자신이기도 하지만 그 사실을 깨닫는 순간 이미 나를 떠난 무언가가 되어버린다는 건 어때요, 참 역설적이지 않나요? 우린 돛단배처럼 그 흐름 위에 가만히 몸을 맡기면 돼요. 그걸 모르고 그토록 부대끼며 몸부림쳤다니요. 어쩌면 그것조차 이야기를 풍성하게 하기 위한 시간이었을까요?

겨울잠을 자는 곰처럼 나는 긴 잠 속으로 빠져들었다. 잠에서 깨어나고 나서 나는 남편의 기저귀를 갈고 전자제품 대리점으로 달려가 문짝이 세 개짜리인 커다란 냉장고를 샀다. 그리고 동물병원에 들러 태어난 지 한 달도 안 된 새끼 고양이를 샀다.

그날 저녁 대리점 직원이 냉장고를 설치하고 돌아가자마자 나는 싱크대 밑에 밀어둔 종이 상자를 꺼냈다. 설명서대로라면 분재 고양이를 만드는 건 별로 어려울 게 없어 보였다. 설명서에 적힌 대로 나는 새끼 고양이를 바구니에 집어넣고 스물네 시간을 꼬박 굶겼다. 그리고 기운 없이 늘어진 새끼 고양이에게 신경안정제를 주사한 뒤 하트 모양의 유리병에 밀어 넣었다. 작은 병은 고양이 몸에 바듯했다. 병에 집어넣는 순간 마지막 발악을 하듯 고양이가 사납게 그르렁거리며 발톱으로 내 손등을 할퀴었다. 차가 덮치는 순간 남편도 이랬을까. 발악은커녕 눈만 끔벅거리며 그 순간을 맞지 않았을까. 설명서에는 '순간접착제로 항문을 막으면 끝♪♬♩'이라고 적혀 있었다. 이 음표에 맞는 노래가 뭐가 있을까 생각하며 고양이 항문에 접착제를 발랐다. 날카로운 비명을 지르며 고양이가 푸르르 몸을 떨었다. 그 비명에 화답하듯 남편이 하품을 했다. 식물인간이 된 뒤 남편이 할 줄 아는 거라곤 눈을 끔벅이는 것과 하품하는 것뿐이었다. 하품을 할 때만큼은 몸이 성할 때와 다를 게 없었다.

스포이트에 우유를 담아 유리병 안에 집어넣었다. 앓는 소리를 내던 고양이가 얼른 스포이트에 입을 갖다 대었다. 천천히 고무 주머니를 눌러 우유를 고양이 입속으로 떨어뜨려주었다. 나는 고양이가 담긴 병을 남편의 베개맡에 갖다놓았다. 식물인간과 분재 고양이. 동물에서 식물로 종의 경계를 넘어섰다는 점에서 둘은 똑같았다. 남편과 고양이는 두 그루의 나무로 서로의 곁에 남게 되었다. 나는 손목시계를 풀어 남편의 손목에 채웠다. 시계에 귀를 갖다 댔다. 남편의 맥박 위로 똑딱똑딱 시간이 흘렀다. 이제 고양이는 남편에게 상처를 핥는 법이 아닌, 시간을 핥는 법을 가르쳐주게 될까.

집 밖으로 나가 눈 속에 묻어두었던 포도주를 꺼냈다. 병따개로 코르크 마개를 뺐다. 향이 끝내준다면서 주방장이 이별 선물로 준 포도주였다. 처음엔 묵직하면서도 가벼운 향을 풍기고 다음 순간 오래 방치된 듯한 똥 냄새를 풍기다가 새콤

달콤한 향으로 마무리한다고 했다. 나는 남편의 코에 튜브를 끼우고 차가운 술을 천천히 부었다. 찬 음료를 마실 때마다 반사적으로 어깨를 으쓱거리던 남편이 떠올랐다. 그때마다 어른이 된 그의 몸에 남아 있는 배냇짓을 본 것 같아 나는 혼자 웃곤 했다. 나는 옷 속으로 손을 넣어 남편의 맨 어깨를 만졌다. 어떤 희미한 진저리도 느껴지지 않았다. 손바닥을 통해 전해지는 건 오직 메마름이었다. 나는 술병을 입에 대고 포도주를 몇 모금 삼켰다. 묵직하면서도 가벼운 향을 느낄 수 있을 거라던 주방장의 말과 달리 술은 떫기만 했다. 하긴 묵직하면서도 가벼운 게 있을 수나 있을까. 무거우면서도 가벼운 것. 뜨거우면서도 차가운 것. 싫으면서도 좋은 것. 슬프면서도 기쁜 것. 추하면서도 아름다운 것. 그 이율배반 자체가 서로에게 진통제 역할을 하고 있는지도 모른다고 나는 생각했다. 슬쩍 뇌를 속여 통증이 사라진 것처럼 느끼게 하는 진통제처럼, 그 단순해 보이는 말장난이 실은 차갑기만 한, 슬프기만 한, 추하기만 한 순간들을 어떻게든 건너가기 위한 절박한 속임수인지도 모른다고.

병을 내려놓고 눈을 감았다. 처음의 떫은맛이 차차 가시고 비린내 같은 게 혀에 감돌았다. 이걸 오래 방치된 똥 냄새라고 표현한 주방장에게 감탄했다. 바람과 햇빛과 빗물에 씻긴, 얕보고 비웃는 시선에 씻긴, 이미 오래전에 체온을 잃은 똥의 냄새. 처음으로 그가 만든 음식이 아닌, 그라는 사람이 궁금해졌다. 그는 늘 무료해 보였다. 음식을 만들고 있을 때도, 자기가 만든 음식을 먹는 사람들을 쳐다볼 때도, 사람들과 어울려 웃고 떠들며 술을 마실 때도. 그날 남편에게 그 사고가 일어나지 않았다면 어땠을까. 남편 역시 그처럼 따분해하며 나이를 먹어가고 있지 않을까.

방문을 열어놓고 주방으로 갔다. 작은 창으로 펑펑 쏟아지는 눈이 보였다. 크리스마스는 벌써 지나갔을지도 모른다. 사장은 패밀리 레스토랑을 차질 없이 개업했을까. 주방장은 여전히 밤새 소의 무릎뼈를 고아내고 있을까.

냉동실을 열었다. 냉기가 허옇게 뿜어져 나왔다. 문득 외치가 나에게 준 열쇠—'그러나'가 떠올랐다. 그건 어떤 식의 반전에 대한 암시 혹은 주문이었을까. 나는 고개를 흔들었다. 그 열쇠로 어떤 문을 딸 수 있을지, 그 건너편에 있는 세상은 어떤 모습일지 궁금하지 않았다. 그건 이제 다른 누군가의 몫이 될 거였다.

냉동실 선반을 다 뽑고 나서 나는 그 안으로 들어갔다. 몸을 웅크리자 냉동고는 내 몸에 맞추기라도 한 것처럼 꼭 맞았다. 문을 닫으려는 순간 하품이 났다. 눈물이 고였다. 눈을 꾹 감아 겨우겨우 눈물 한 방울을 만들었다. 누군가 나를 발견했을 때 뺨에 맺힌 눈물 한 조각이 유리 조각처럼 반짝이고 있다면 이 이야기가 한결 산뜻하게 시작될 수 있지 않을까. 그런데 외치는 왜 그 추운 알프스로 간 걸까.

말의
미소

진찰은 간단했다. 몇 가지 질문을 던지고 맥을 짚어본 게 다였다. 그 단순한 절차로 내가 받은 고통을 빠짐없이 담아 낼 수 있을지 미심쩍었다. 찐득찐득한 것이 목구멍에 들러붙 은 것 같은 이물감에 잠을 설친 게 벌써 보름째였다. 목을 쥐 어뜯으며 뒤척거렸던 열다섯 번의 밤을 보름이라고 뭉뚱그려 말해버려도 되는 건지.

"다시 말하면 다분히 심리적인 병이란 뜻이죠."

남자의 말에 나는 얼마간 저항감을 느꼈다. 내 몸이 겪고 있는 생생하고 구체적인 이 고통이 다분히 심리적인 거라니. 나는 억울한 심정으로 남자를 쳐다보았다. 대나무가 프린트 된 푸른 가운을 입고 있는 남자는 한의사라기보다는 일식집 주방장 같았다.

"환자분 같은 그런 증세를 매핵기라고 하죠. 매실 씨앗이 목에 걸린 것 같다고 해서 붙여진 이름입니다."

병명을 아는 게 퍽이나 중요한 작업이라도 되는 듯 남자는 입술을 길게 늘여가며 한 자씩 또박또박 발음했다.

매. 핵. 기.

당뇨나 고혈압에는 없는 특별한 울림이 거기에는 있었다. 쥐라기 혹은 빙하기라고 발음할 때처럼, 어디론가 쑤욱 빨려 들어갈 것 같은 아찔함으로 혀가 멈칫거려지는…… 병명들 속에서 매핵기를 쏙 빼내어 쥐라기 옆에 세워놓은 것은, 그러니까 '매핵기'에서 '기'의 한자를 기(氣)가 아닌 기(期)로 오역한 것은 내 의지가 아니었다. 남자가 매핵기라고 하죠, 하는 순간 생각하고 자시고 할 것도 없이 나는 발을 헛디딘 사람처럼 십여 년 전의 과거로 미끄러져버리고 말았으니까. 십여 년 전, 내가 혜승과 함께 살았던 사 년간의 시간 속으로. 어쩐지 내 귀에는 매핵기가 병명이 아닌, 그 사 년간의 시간을 지목한 명칭처럼 들렸다. 지질학적으로 지구의 역사를 백악기니 빙하기니 하고 구분 짓듯이 사람의 평생을 병리학적인 측면에서 나누면 그 사 년은 매핵기에 해당하는 시기라고.

"침을 놓아야 하니까 침구실로 옮기시죠."

나는 침구실로 들어가 침대에 누웠다. 남자가 알코올 솜으로 내 몸의 이곳저곳을 문질렀다. 남자의 동작은 빠르고 경쾌했다. 내 몸을 아주 잘 알고 있다는 느낌이 들었고 이 남자는 여자와 어떤 식으로 섹스를 할까 궁금해졌다. 한의원에 들어온 이후 처음으로 가벼워지는 순간이었다.

"요즘에 특별히 스트레스를 받은 일이 있죠?"

다리에 침을 꽂으며 남자가 말했다. '있나요?'라고 묻지 않고 '있죠?'라고 하는 남자의 말투가 귀에 거슬렸다. 질문의 형태를 취하고 있을 뿐 남자는 사실상 내가 중압감에 시달리고 있다고 단정 짓고 있었다. 혜승이 떠올랐다. 느닷없이 전화를 걸어 너희 집에 가려고 해, 하던 혜승. 내 생활이란 건 매일 똑같은 일상의 반복이었다. 청소하고 빨래하고 요리하고, 장 보는 길에 서점에 들러 책 둘러보고. 변화라면 장바구니의 내용물이나 식탁에 오르는 반찬이 달라지는 정도의, 변화라고 말하기엔 입이 부끄러울 만큼 사소한 것들이었다. 그 반복에서 제외되는 게 있다면 혜승의 전화뿐이었다. 하지만 나는 혜승의 전화를 '특별한' 스트레스라고 선뜻 인정하고 싶지 않았다. 십여 년이 훌쩍 지난 지금까지도 내 삶이 그녀에 의해 휘둘리고 있다고는 생각하고 싶지 않으니까.

혜승에게서 전화가 온 것은 몇 주 전이었다. 정확히 말하면 전화가 아니라 문자였다. '너희 집에 가려고 해. 괜찮니?' 발신자의 이름이 없었지만 나는 단박에 혜승이란 걸 알아보았다. 핸드폰으로 문자를 날리면서도 마침표와 물음표까지 찍어가며 철저하게 띄어쓰기를 할 만한 사람은 혜승뿐이었다.

하지만 그런 힌트 때문에 혜승이란 걸 안 것은 아니었다.

그냥 알아버렸다고, 문장을 보는 순간 팍 느낌이 와버렸다고 말한다면 이상하게 들릴까. 나는 그 문장을 자연스럽게 혜승의 목소리로 읽었다. 띄어쓰기와 문장 부호가 눈에 띈 것은 그다음이었다.

나는 멍하니 앉아 있다가 '괜찮아'라고 답장을 보냈다. 전송을 누르는 순간 혜승의 '괜찮니?'와 나의 '괜찮아'가 과연 같은 뜻일까 하는 의문이 들었다. 두 개의 괜찮아 사이에 사년의 시간이 오래전에 버려진 마을처럼 쓸쓸한 모습으로 엎드려 있었다. 곧 핸드폰 액정에 전송 완료, 라는 메시지가 떴다. 완료라는 낱말을 나는 후련하면서도 착잡한 심정으로 내려다보았다. 전화벨 소리가 시작된 것은 그때였다. 혜승과 함께 살았던 기숙사, 지은 지 백 년도 더 된 낡은 기숙사에 울려 퍼지던 쩌렁쩌렁한 전화벨 소리. 밥을 먹을 때에도 연속극을 보고 있을 때에도, 완료라는 말을 비웃듯, 그 소리가 계속 귀에서 맴돌았다. 며칠이 지나자 이번엔 목까지 답답해지기 시작했다. 오늘이 혜승이 오겠다고 한 9월의 네번째 토요일. 비까지 이렇게 쏟아지고 있는데, 혜승은 정말 올까.

"여기가 천돌이라고 하는 자린데요, 여기에 침을 맞고 나면 가슴이 후련해지는 걸 느끼실 거예요."

팔과 다리에 침을 놓고 나서 남자는 목 아래에 침을 놓았다. 가슴에 침을 꽂고 요가에서 말하는 송장 자세로 누워 나는 가만히 비 오는 소리를 들었다. 번개가 번쩍하더니 그야말로 우레와 같은 소리로 천둥이 쳤다. 남자가 창을 쳐다보며 혼잣말로 중얼거렸다.

"이렇게 쏟아지면 이거…… 환자분들 오시기 불편하실 텐데."

남자의 목소리는 따뜻했다. 천돌에 꽂은 침이 피뢰침처럼 그 목소리를 흡수해 내 몸속으로 흘려보냈다. 나는 남자를 쳐다보았다. 근심스럽게 창밖을 내다보고 있는 남자는 더 이상 일식집 주방장처럼 보이지 않았다.

"어떤 일을 하세요?"

한의사가 입을 연 것은 한참 시간이 흐른 뒤였다. 별 뜻 없이 묻는, 그저 지나가는 말에 불과하다는 걸 알면서도 기습을 당한 듯 나는 움찔했다. 비단 지금뿐만이 아니었다. 언제 어느 때고 이 질문은 흘러버리지 못하고 내 속에 고여 나를 부대끼게 했다. 넌 뭘 하는 사람이지?…… 도대체 뭘 하는 사람이지, 넌?

"전 뭐…… 다른 뜻이 있어서가 아니고…… 스트레스의 원인이 뭘까 싶어서요. 매핵기란 게 일종의 히스테리거든요. 침 치료랑 탕약을 드시는 것도 중요하지만요, 무엇보다 마음을 편히 먹는 게 중요해요. 운동을 하면 도움이 될 거예요."

한의사가 난처한 표정으로 침을 뽑았다. 나는 고개를 끄덕거렸다. 불도 들어오지 않는 깜깜한 지하 세탁실에서 누구의 것인지도 모르는 빨래를 밤새 주무르던 내 인생의 매핵기를 표현하기에 히스테리보다 더 적절한 말이 또 있을까.

침구실을 나왔다. 침 맞은 자리가 뻐근했다. 치료비를 계산하고 현관으로 갔다. 자동문이 열렸다. 인기척만으로도 열리는 문. 혜승이 떠올랐고 소설이 떠올랐다. 문은 고사하고 나에게 비집을 틈도 허락하지 않는다는 점에서 혜승과 소설은 꼭 닮아 있었다. 센서에 의해 작동하는 자동문처럼, 내 의지와 상관없이, 언제든 나를 열어젖힐 수 있다는 것도 그 둘의 공통점이었다. 내가 꼼짝도 하지 않으니까 열렸던 자동문이 스르르 닫혔다. 핸드폰이 울렸다. 액정에 떠오른 건 집 전화번호였다. 나는 팔을 뻗어 신발장에 놓인 구두를 내렸다. 자동문이 또 열렸다.

"엄마, 지금 어디야?"

작은애였다. 나는 집에 가는 중이라고 대답했다.

"엄마한테 부탁할 게 있는데 깜빡했어."

나는 한의원을 나섰다. 엘리베이터 앞에 섰다. 버튼을 누르려다가 말고 나는 통화 중이란 사실을 떠올리고 계단을 향해 몸을 돌렸다.

"뭐냐면 있잖아, 동화책을 희극으로 바꿔 써야 하거든. 월요일까지 해가야 해."

"네 숙제잖아."

"내 숙제가 아니라…… 선생님이 엄마한테 부탁한 거야. 오늘 해줄 수 있지?"

계단으로 발을 내딛는데 핸드폰에서 통화 대기 신호가 들렸다. 혜승의 전화번호가 액정에 떠올라 있었다.

"무슨 동환데?"

"『말의 미소』라는 책이야. 엄마가 희극 써주면 우리가 연극 만들어서 학예회 때 발표할 거야. 잘할 수 있지, 엄마?"

나는 희극을 희곡으로 바로잡아주고 전화를 끊었다. 곧바로 혜승에게서 전화가 걸려왔다. 혜승이 두 번이나 연달아 전화를 걸어 하고자 하는 말은 둘 중 하나일 터였다. 가지 못하게 되었어. 혹은, 지금 출발할게. 내가 기대하고 있는 게 어느 쪽인지 알 수 없었다. 나는 핸드폰 폴더를 열고 여보세요, 라고 말했다.

"나야."

혜승이 말했다. 오랜 부재에도 불구하고 너는 나를 기억하고 있을 거라고 확신하는 저 자신감. 혜승답다고 생각했다가, 금방 나는 그 생각을 지웠다. 도대체 혜승다운 게 뭔지. 혜승으로 인해 힘들었던 시간은 어쩌면 나 스스로가 내린 단정들에서 비롯된 것인지도 모른다. 나 자신보다 나를 더 잘 아는 사람이 혜승이듯, 혜승을 가장 잘 아는 사람은 나라고 믿어 의심치 않았던 그 시간들.

"지금 출발했어. 너 사는 데가 용인, 맞지?"

"응. 넌 어딘데, 지금?"

"서울이야. 가는 길에 잠깐 분당 서울대병원에 들러야 해.

거기까진 길을 아는데 그 뒤론 몰라."

"주소를 불러줄 테니까."

"소용없어. 내비가 탈이 났거든."

내비, 라고 발음할 때 혜승의 목소리에 비음이 섞였다. 혜승이 말한 내비가 애완견이 아니라 내비게이션을 줄인 말이란 걸 알아채는 데까지는 몇 초의 시간이 걸렸다. 십여 년 전에도 혜승은 비음 섞인 목소리로 m을 용용이란 애칭으로 불렀다. 기숙사 잔디밭에 이불을 깔아놓고 그 위에 나란히 누워혜승의 사랑 이야기를 듣는 걸 나는 좋아했다. 햇볕에 달궈진이불 위에 배를 깔고 누워서 용용이가 말이야, 하는 혜승의목소리를 듣는 시간의 그 해낙낙함이라니. 그에 반해 내가 혜승에게 내 연애를 털어놓는 곳은 칙칙한 술집이었다. 민중가요가 흐르는 지하 주점에서 나는 민주투사 같은 표정을 짓고앉아 사랑이 이렇게 힘든 거라면, 하고 운을 떼곤 했다. 뭐가그렇게 심각하냐면서 깔깔대던 혜승의 그 신경질적인 웃음소리……

"지금 설명해줘도 다 까먹을 것 같아. 병원에 들렀다가 출발할 때 다시 전화할게."

혜승이 먼저 전화를 끊었다. 혜승의 스스럼없는 말투. 대학을 졸업한 뒤로 거의 만난 적이 없다는 사실을 혜승은 잊은걸까. 친구 선주의 결혼식장에서 혜승과 마주쳤던 날이 떠올랐다. 식이 끝나고 혜승과 나는 찻집으로 들어갔다. 내가 아무 말이나 떠오르는 대로 주워섬기는 동안 혜승은 말없이 커피만 홀짝거렸다. 혼자만의 독백은 금방 끝나버리고 그 뒤의 오랜 침묵. 불편함을 이기지 못하고 나는 또 입을 열었다. 시원하게 맥주나 할까?…… 나 술 끊었어…… 담배 없니?…… 나 담배 끊었는데. 그게 마지막이었다. 그날 결혼한 선주가 낳은 허니문 베이비가 아홉 살이 되도록 연락 한번 없던 혜승이었다. 새삼스럽게 혜승은 왜 나에게 오겠다는 걸까. 목이 답답했다. 아무 소용이 없다는 걸 알면서도 나는 가슴팍을 두드리며 캑캑거렸다.

빌딩을 나섰다. 어느새 빗줄기가 가늘어져 있었다. 굳이 우산을 펴지 않아도 될 정도였지만 나는 커다란 골프용 우산을 펴들고 거리로 나섰다. 큰길을 따라 걷다가 산을 향해 직각으로 꺾인 길로 접어드는데 뒤에서 경적 소리가 났다. 고개를 돌렸다. 남편이 모는 은색 소나타가 보였다. 내가 우산을 접고 차에 오르길 기다렸다가 남편은 묻지도 않은 말에 대답했다.

"회사에 나갔다가 오는 길이야. 실장님이 잠깐 보자고 해서."

남편은 추리닝 바지에 반팔 티셔츠를 입고 있었다. 아무리 쉬는 날이라고 해도 남편은 그런 차림으로 회사에 갈 수 있는 사람이 아니었다. 반바지 차림으론 동네 슈퍼에도 가지 않는 사람이 남편이니까. 나는 남편이 어디에 머물다가 오는지 알고 있었다. 고작 한 시간을 그곳에 머물기 위해 왕복 두 시간을 길바닥에 버렸을 남편.

"그나저나 당신은 뭐래, 병원에선?"

"별거 아니래요. 마음 편히 먹으면 낫는대."

남편은 한숨을 내쉬며 내 손등 위에 자신의 손바닥을 포갰다. 속으로 하나에서 열까지 빠르게 센 뒤에 나는 슬그머니 손을 빼내며 차창 밖으로 고개를 돌렸다. 지금쯤 혜승은 고속도로를 달리고 있겠지.

나는 운전대를 잡은 혜승의 모습을 그려보았다. 잘 되지 않았다. 기숙사에서의 사 년. 그 어디를 뒤져봐도 운전하는 혜승을 떠올릴 만한 폼 나는, 그럴듯한 모습 같은 건 없었다. 한밤중에 담배가 떨어지면 혜승과 나는 방방마다 돌아다니며 쓰레기통을 뒤져 담배꽁초를 주웠다. 그 꽁초들을 풀어서 신문지 조각에 새로 말아 필터도 없이 들이마시던 연기. 기숙사 규정을 어기고 커피포트에 몰래 끓인 라면을 안주 삼아 마시던 소주. 심심하면 혜승과 나는 몇 시간이고 지하철역에 쪼그리고 앉아 지나가는 사람들에게 점수를 매기며 킥킥거렸다. 그래도 심심하면 나무젓가락을 들고 길거리의 빗물받이 틈새에 떨어진 동전이나 단추를 주웠다. 이따금 학교 앞 선술집에서 소주를 마시기도 했다. 시켜놓은 안주에는 손도 대지 않은 채로 각자 한 병씩 소주병을 쥐고 앉아 건배도 첨잔도 없이 홀짝홀짝 마시던 소주. 점호 시간에 임박해서 기숙사로 돌아올 때마다 우리는 의식이라도 치르듯 운동장 구석에 쪼그리고 앉아 오줌을 누었다. 운동장을 빙 둘러싼 돌계단, 어두운 데만 귀신같이 골라서 붙어 앉은 연인들. 하나님이 너랑 너랑은 함께 살아라, 죽어도 중간에 헤어지기는 없다, 이렇게 딱 정해줬으면 좋겠어. 연애는 너무 힘들어. 알궁둥이를 내놓고 앉아 중얼거리던 혜승의 술에 풀린 목소리.

……가난했던 그 시절. 그 궁기의 시간. 그것은 사실이 아니었다. 혜승도 나도 돈이 궁한 편은 아니었다. 아니, 우리는 호주머니가 제법 넉넉한 편에 속했다. 집에서 학비는 물론이고 용돈까지 넉넉하게 부쳐왔기 때문에 그녀와 나는 딴 친구들처럼 아르바이트를 할 필요도 없었다. 우리 옆방에는 라면을 상자째 사다가 쟁여놓고 기숙생들에게 팔아 학비에 충당하던 친구가 있었다. 그 친구는 기숙사 출입이 통제되는 밤중에 기숙생들을 상대로 곱절이 넘는 이문을 남기고 라면을 팔다가 사감 선생에게 들켜 강제 퇴사당했다. 가난은 그런 친구들이 느껴야 할 몫이지 내 것은 아니었다. 그런데도 그 시절을 떠올릴 때마다 생생하게 되살아나는 이 허기는 도대체 어디에서 비롯된 것인지.

"참, 차 부장님 사모님이 병원에 입원했다네."

차를 출발시키며 남편이 말했다. 나는 룸미러로 남편을 쳐다보았다.

"브레이크를 밟아야 하는데 액셀을 밟아버렸대. 차가 완전히 박살났는데 다행히 사람은 크게 다치진 않았다더라구."

"세상에!"

"무사고 운전 경력 이십 년이라던데…… 만날 오가는 길이 라 방심한 모양이야."

남편이 운전대를 잡지 않은 손으로 턱을 문질렀다. 별 느 낌 없이 사용하던 말이 특별한 울림으로 다가오는 순간이 있 는데 지금이 그러했다. 방심. 방(放)과 심(心)을 술목 관계로 묶어 정신을 차리지 않은 상태를 '마음을 놓아버리다'라고 표 현한 낱말. 나는 그 조어(措語)에서 두려움을 읽었다. 단단히 움켜쥐고 있던 마음이란 놈을 어느 순간 가차 없이 탁, 놓아 버리는 몸에 대한 두려움. 나를 운전대로부터 멀어지게 한 것 은 바로 그, 내 몸에 대한 두려움이었다.

지난여름 언니의 갑작스런 죽음에 나는 직접 차를 몰아 고 속도로를 달렸다. 가슴이 꼬챙이로 쑤셔대는 것처럼 견딜 수 없이 고통스런 와중에도 내 손은 차선을 바꿀 때마다 깜빡이 를 켰고 뒷사람을 위해 비상등을 밝히는 배려도 잊지 않았으 며 과속 카메라가 있는 곳마다 내 발은 어김없이 브레이크를 밟고 있었다. 며칠 동안 잠을 자지 못해 졸음이 쏟아지는 와 중에도 손이 알아서 척척 그림을 그려내더라는 어느 화가의 말은 조금도 과장이 아니었다. 그게 몸이었다. 그런 몸이 기 특하고 믿음직스러우면서도 한편으론 두려웠다. 이런 식으로 훌쩍 정신의 통제를 벗어나는 몸뚱이라면 때에 따라선 얼마든지 나를 파괴하는 자폭용 폭탄이 될 수도 있을 거라는 두려움. 차선을 바꿀 때마다 깜빡이를 켜는 것도 몸이지만 브레이크 대신 액셀을 밟아버리는 것 역시 몸이라는…… 그 두려움에 대해서 말했을 때 남편은 대답했다. 내가 당신을 다 이해할 수 있을 거라고 기대하지 마. 내가 당신을 속속들이 이해했다면 당신은 글을 쓰지 않았을지도 몰라. 그 두려움에 대해서 써봐, 부디 용기를 내서.

집에 도착했다. 큰길에서 산을 향해 몇 블록 올라가면 단독주택이 모여 있는 동네가 나타나는데, 동네 입구에 있는 살구색 벽돌집이 우리 집이다. 남편은 집 앞의 텃밭에 차를 세웠다. 텃밭 딸린 집. 이사하기로 결정하고 나서부터 남편은 '탈서울'과 '텃밭'을 입에 달고 살았다. 텃밭 딸린 집을 찾아 우리는 주말마다 차를 몰고 서울 근교의 도시들을 훑고 다녔다. 반년을 헤맨 끝에 우리는 용인의 갈매골 아래에 정착하기로 의기투합했다. 목마른 말이 물을 마시러 내려온다는 곳, 갈매골. 서울의 아파트를 처분한 돈에 은행에서 융자받은 돈을 얹어 우리는 텃밭 딸린 집을 샀다.

"어떻게 저렇게 잘 키웠지?"

차에서 내리자마자 남편은 혼잣말을 하며 옆집의 텃밭으로 건너갔다. 이리 와봐, 여보. 남편이 나를 향해 손짓했다. 나는 남편이 서 있는 곳으로 다가갔다. 쪼그리고 앉아 상추를 솎고 있는 노부부가 보였다.

"참 잘 키우셨네요. 저흰 아예 싹도 나지 않고 죽어버리던데요."

상추를 내려다보며 남편이 말했다. 지난봄에서 초여름까지 우리 식탁에 하루도 거르지 않다시피 올라왔던 푸성귀가 상추였다. 잎을 떼어내면 그 자리에서 잎이 나오고, 떼어내면 또 나오고 또 나오고…… 아삭거리는 식감이며 짙은 향도 좋았지만 우리는 다른 무엇보다 그 한정 없음에 감탄했다. 술이라도 한두 잔 걸친 날이면 남편과 나는 요술 방망이나 화수분을 얻은 것처럼 든든해하며 텃밭을 둘러보곤 했다. 하지만 상추대가 웃자랄수록 상추는 쓴맛이 점점 더 강해졌다. 밭을 갈아엎고서 상추씨를 새로 뿌린 게 한 달 전인데 아무리 기다려도 싹은 돋아나지 않았다.

"여름엔 너무 무더워서 상추가 싹을 못 틔워요."

할아버지가 말했다. 할머니가 말을 보탰다.

"냉동실에 씨를 얼렸다가 뿌리면 되는데, 그걸 모르셨구만."

"씨를…… 얼렸다가요?"

남편이 허를 찔린 표정으로 할머니의 말을 되받았다. 나는 거울 속의 나를 쳐다보듯 남편을 바라보았다. 내 표정도 남편과 별반 다르지 않을 터였다. 임계치까지 체온을 낮춘 채 혹한을 견뎌냈을 작은 씨앗. 지금은 겨울이라고, 세상은 온통 여름이지만 여름 속에서 혼자 겨울을 겪는 외로움 없이는 싹을 틔울 수 없는 거라고 스스로에게 최면을 걸면서 그 시간을 견뎌냈을 이 생명.

"자꾸 망쳐봐야 느는 게 농사입디다. 우리도 뭐 서울 토박이가 농사에 대해 뭘 알아야지. 이렇게 해서 망치고 저렇게 해서 망치고 그래보니까 이제 좀 알겠다 싶은 거지. 처음 여기 왔을 때 이이가 쑥갓에 꽃핀 거 보고 뭐라는 줄 알아요? 들국화 참 예쁘다, 이러고 있더라니까."

노부부는 서로 얼굴을 마주 보며 유쾌하게 웃었다. 문득 남편의 눈을 들여다본 게 퍽이나 오래전이라는 데에 생각이 미쳤다. 언제부턴가 시선을 엇비낀 채 묻고 대답하게 된 우리였다. 나는 남편을 쳐다보았다. 어, 벌써 시간이 이렇게 됐네. 내 시선을 피하느라 과장된 몸짓으로 시계를 들여다보더니 남편이 집을 향해 큰 소리로 아이들을 불렀다.

"은재야! 은덕아!"

대답이 없었다. 남편은 담장까지 걸어가 다시 아이들의 이름을 불렀다. 아이들이 현관문을 열고 밖으로 나왔다. 학교에 가지 않는 토요일이라고 아이들은 아직까지도 잠옷 차림이었다.

"어서 나와서 장갑들 껴."

"뭐 할 건데?"

현관 손잡이를 잡고 서서 큰애가 물었다.

"대파 옮겨 심고 무도 솎아야 돼."

"비도 오는데?"

"비 오는 날 옮겨 심어야 잘 자라는 거야. 얼른 옷 갈아입고 나와."

"알았어."

대답하는 큰애의 목소리가 퉁명스러웠다. 뒤돌아서며 남편은 한숨을 내쉬었다. 남편의 마음을 나는 십분 이해했다. 우리가 아이들에게 주고 싶었던 것은 햇빛 푸지게 드는 집과 새소리와 피톤치드뿐만이 아니었다. 아프리카에 산다는 어느 소녀처럼 뱀과 대화하고 치타와 뒹굴며 노는 것까진 아니더라도, 산에는 계절마다 어떤 꽃이 피고 지는지, 새들은 어떤 소리로 우는지 자연스럽게 깨달으며 커가길 바랐다. 하지만 아이들은 산에 오르는 걸 싫어했다. 마당에 나와 저녁 먹는 것도 좋아하지 않았다. 아이들은, 서울에서와 마찬가지로, 파리도 모기도 없는 집에 틀어박혀 게임을 하고 영화를 보고 책을 읽으려고만 들었다. 작은애는 텃밭 가꾸기라도 좋아했지만 큰애는 그것마저도 따분해했다.

"은덕이는 아빠랑 대파 옮겨 심고, 은재는 엄마랑 무 솎아라."

남편은 아이들에게 장갑을 나눠주었다.

파종한 지 한 달도 채 안 지났는데 그새 무가 빽빽하게 자라 있었다. 겨울에 김장을 담글 무였다. 나는 고랑에 쪼그리고 앉아 한 뼘쯤 간격을 두고 무를 솎았다. 큰애는 내 뒤에 앉아 성의 없이 잡초를 뽑았다.

"엄마, 희극, 오늘 중으로 다 쓸 수 있지?"

남편이 캐낸 대파를 손에 들고 작은애가 물었다.

"희극이 아니라 희곡이라니까. 근데 그걸 선생님이 왜 엄마한테 부탁하신 건데?"

내 물음에 작은애가 씩 웃으며 말했다.

"내가 있잖아, 우리 엄마는 소설가라고 쫌 자랑을 했거든."

건성으로 잡초를 쥐어뜯던 큰애가 끼어들었다.

"야, 엄마가 무슨 소설가냐. 소설가가 아니라 소설가 지망생이지. 소, 설, 가, 지, 망, 생!"

큰애가 장난스럽게 집게손가락으로 허공을 콕콕 짚으며 한 자씩 발음했다.

"왜 쓸데없이 그런 소릴 하고 다녀, 넌!"

나는 작은애를 쳐다보며 언성을 높였다. 작은애의 얼굴에서 웃음기가 가셨다. 변명하듯 작은애가 말했다.

"그게 아니라…… 수업 시간에 선생님이 소설 제목 아는 거 있으면 하나씩 써보라잖아. 동화 말고 소설로. 난 '토요일'이라고 썼어. 그랬더니 선생님이 누가 쓴 소설이냐고……"

상황이 대충 파악되었다. 뭐라고 할 말이 없었다. 「토요일」은 내가 작년 봄에 쓴 것으로, 문예지 공모전에 응모했다가 예심도 통과하지 못하고 떨어진 단편소설이었다. 그것을 끝으로 일 년하고도 반년이란 시간이 흐르는 동안 나는 단 한 문장도 쓰지 못하고 있었다. 나는 누그러진 목소리로 작은애에게 물었다.

"희곡으로 바꿀 동화가 뭐라고 했지?"

"『말의 미소』."

"어떤 내용인데?"

"되게 감동적이야. 난 세 번이나 읽었어. 어떤 내용이냐면, 음…… 선생님이랑 애들이 말을 한 마리 사. 그 말 이름이 비르 아켕이야. 비르 아켕은 사막의 도시라는 뜻이야. 사막의 도시…… 정말 멋지지, 엄마?"

작은애가 동의를 구하는 눈으로 나를 쳐다보았다. 나는 고개를 끄덕거렸다. 한의원을 나서면서 전화를 받았을 때 나는 작은애가 발음한 '말'이 뛰는 말이 아니라 언어를 뜻하는 거라고 생각했었다. '말의 미소'라는 구절을 볼 때 백의 아흔아홉은 히히힝거리는 말을 떠올리겠지. 언어의 미소라고 생각한 내가 정말이지 지긋지긋하게 느껴졌다. 작은애의 설명이이어졌다.

"근데 어른들은 말을 키우는 것엔 아무런 관심도 없어."

"야, 무슨 설명이 그러냐."

큰애가 불쑥 끼어들었다.

"내가 말해줄게, 엄마. 어느 시골 마을에 초등학교가 있어. 선생님은 아이들에게 희망을 주기 위해 말을 사기로 마음먹어. 하지만 마을 어른들은 그런 것엔 하나도 관심이 없어."

"거봐. 형도 결국 그 얘길 하면서 뭘."

"무슨 얘기?"

"어른들은 말을 키우는 일엔 아무런 관심도 없단 얘기."

"난 줄거리를 말한 거고 넌 밑도 끝도 없이 그 얘길 꺼낸 건데 그게 어떻게 똑같냐? 아무튼 엄마, 선생님이랑 아이들이 돈을 몽땅 털어서 말을 사러 백작한테 가. 그 백작은,"

"형! 선생님이 맨 앞에 서고 아이들이 그 뒤에 한 줄로 길게 서서 걸어간 얘기부터 하고."

"야, 답답아. 그게 뭐가 중요하냐?"

"그게 왜 안 중요해? 내가 볼 때 형은 지금 중요한 건 다 빼놓고 말하고 있다구. 선생님이 애들한테서 걷은 동전을 꺼냈을 때 백작이 어떤 표정을 지었는지도 말하지 않고 넘어갈 작정이었지?"

"그런 건 중요한 게 아니야. 나중에 덧붙여도 충분하다구. 아무튼 엄마, 이 말이 아이들을 보자마자 막 웃는 거야."

"형이야말로 정말 답답하다. 그 얘길 하기 전에 비르 아켕이 어떤 말인지 설명해야지."

"아, 답답해. 난 빠질 테니까 네가 다 해. 어차피 내 숙제도 아니니까."

"알았어. 내가 설명할 테니까 형은 빠져 있어. 끼어들기만 해봐."

화난 표정으로 큰애를 쳐다보던 작은애가 나를 향해 고개를 돌렸다.

"비르 아켕은 혈통이 썩 훌륭한 말은 아니야. 하지만 네 번의 경주에서 우승했고 서른여덟 번이나 등수 안에 들었던 말이야."

"그 숫자가 뭐가 중요하냐?"

"참견하지 말고 형 일이나 똑바로 해. 난 그게 중요하니까."

"아예 책을 들고 와서 줄줄 읽지 그래?"

큰애가 호미로 밭을 파헤치며 구시렁거렸다. 작은애는 제형에게 뭔가 한 소리 하려다가 삼키고는 다시 나를 쳐다보았다. 핸드폰이 울렸다. 나는 바지 주머니에서 핸드폰을 꺼냈다. 발신자는 미진이었다. 내가 어, 미진아, 하고 전화를 받자 미진은 다짜고짜 나 속상해 죽겠어요, 하고 말문을 열었다.

"나 아는 선배가 있는데요, 자기가 편집장한테 부탁해서 내원고 실어주기로 했다고 막 생색을 내는 거예요. 근데 언니, 그게 있잖아요…… 아, 정말 욕 나와."

나는 핸드폰을 귀에 댄 채 큰길가로 걸어갔다. 잠깐 뜸을 들였다가 미진이 말을 이었다.

"그 문예지란 게 언니, 내가 정말 웬만해선 이런 말도 안하겠어. 근데 그게 정말 아무도 모르는 이름 없는 잡지인 거예요. 서점 직원도 모르는 잡지라면 말 다한 거 아니에요? 그렇지 않아도 초라해 죽겠는데 정말……"

말끝에 미진이 한숨을 푹 내쉬었다. 눈을 꾹 내리감고 콧구멍을 벌름거리며 호흡을 가다듬고 있을 미진의 모습이 그려졌다.

미진은 나와 함께 문학원에서 사 년 동안 함께 공부한 동기였다. 같은 날 문학원에 들어온데다 두 아이를 키우는 엄마라는 공통점도 갖고 있어 적지 않은 나이 차에도 불구하고 쉽게 가까워질 수 있었다.

서너 달에 한 편도 겨우 쓸까 말까 한 나와 달리 그녀는 한 달에 한 편씩 단편소설을 내놓았다. 한창 손이 많이 가는 두 살과 세 살배기 딸을 키우면서도 그녀는 새벽 두시가 되면 어김없이 일어나 책상에 앉는다고 했다.

미진은 작년에 두 군데 신문사 신춘문예에 동시 당선되면서 화려하게 등단했다. 성탄절 전날 밤에 미진은 전화를 걸어 언니, 나 당선됐대요, 아무래도 꿈인 것만 같아서 허벅지를 자꾸 꼬집게 돼요, 라고 했다. 초등학생이 책을 읽는 것처럼 억양이 느껴지지 않는 말투였다. 미진은 상투적인 표현을 싫어했다. 퇴고할 때 제일 먼저 하는 작업이 상투적인 말을 거르지 않은 채 습관적으로 쓴 부분이 있는지 '색출'해내는 거라고 말할 정도로. 그런 미진이 꿈인 것만 같아서 허벅지를 꼬집는다는 표현을 쓰다니. 그 상투적인 표현이, 거기에 담긴 진정성이 나를 울컥하게 했다.

그러나 꿈만 같은 시간도 잠시, 미진은 아무 데서도 원고 청탁이 들어오지 않는다고 전화기를 붙들고 징징대기 시작했다. 그때마다 나는 언니답게 미진을 달랬다. 그러나 수화기를 내려놓을 때마다 나는 쓴웃음을 지을 수밖에 없었다. 누가 누굴 위로하고 있는 거지, 지금?

나는 미진이 부러웠다. 등단한 것도 물론 부러웠지만 그보다는 매일 새벽마다 지친 몸을 일으켜 책상에 앉는 정신력이, 글 쓰는 시간이 너무나 행복하다는 그녀의 열정이 부러웠다. 나는요 언니, 새벽에 일어나 세수하고 노트북을 켜는 순간이면 너무너무 흥분되어서 막 가슴이 떨려요. 언니도 그렇죠?

막 가슴이 떨리는…… 그래, 나에게도 그런 시절이 있었다. 소설이란 걸 써보겠다고 결심하고 아이들을 어린이집 종일반에 맡겨놓고 방에 틀어박혀 글을 쓰던 시간. 첫번째로 쓴 단편소설을 문예지 신인문학상에 응모했는데, 그것이 최종심까지 올라갔다. 첫 작품이 이 정도라면 등단은 식은 죽 먹기일 것 같았다.

나는 의기양양하게 장편소설을 시작했다. 코끼리 사육사를 주인공으로 한 소설이었다. 그 글을 쓰기 위해 나는 두 달 동안 거의 하루도 거르지 않고 능동의 어린이대공원을 찾았다. 사육사들과 수의사들, 조련사를 만나 인터뷰했다. 그들은 내가 직접 코끼리 방사장을 청소해볼 수 있도록, 아기 사자에게 분유를 먹이고 사경을 헤매고 있는 토끼를 돌볼 수 있도록 배려해주었다.

오후 두시쯤 집으로 돌아와 컴퓨터를 켜는 순간이면 미진의 말마따나 너무 흥분되고 긴장되어 가슴이 떨렸다. 이따금 이게 정말 내가 쓴 문장이 맞나 싶도록 좋은 문장이 손끝에서 흘러나왔다. 누가 뭐래도 그건 천사의 도움이 분명했다. 내가 글에 몰두해 있는 순간이면 어김없이 찾아와 내 생각이 미처 다다르지 못한 얼개와 문장을 귀에 속삭여주는 천사. 글을 쓰고 있다는 것만으로도 더 바랄 것이 없던 시간이었다. 손을 멈추고 꼭 맞는 낱말을 찾기 위해 머릿속을 헤집는 순간의 즐거움. 자판을 두드리는 손가락 사이를 빠져나간 문장이 강아지처럼 꼬리를 흔들며 저만치 앞으로 달려 나가는 걸 쳐다보고 있을 때의 흐뭇한 조바심. 장편소설을 쓰는 백일 동안 나는 소설만 생각했다. 하루에도 몇 번씩 글을 쓰다 말고 혼자 배꼽을 잡고 웃었고 두 다리를 뻗고 앉아 울었다. 천이백 매의 원고를 묶어 응모했다. 결과는 낙방. 여름이 왔다. 땀으로 뒤발한 채 중편소설을 썼지만 예심도 통과하지 못했다. 그리고 그해 가을, 나는 문학원 선생을 만났다.

선생을 만난 곳은 광화문 교보문고였다. 심사평을 읽기 위해 교보문고에 가서 문예지를 뒤적거리다가 나는 문학원 광고를 보았다. 공중전화로 가서 광고에 적힌 번호로 전화를 걸었다. 아마도 중년이지 싶은 음성의 남자가 전화를 받았다. 그는 잡지 코너에서 잠깐만 기다리고 있으라고 했다. 얼마 지나지 않아 중년을 넘긴 남자가 나에게 다가왔다.

"방금 전에 전화를 건……"

"네, 저, 문학원……"

"따라오세요."

나는 그렇게 선생을 만났다. 그를 따라 골목길을 걸었다. 교보문고 뒤편의 먹자골목을 가로지르자 허름하고 낡은 건물이 나타났다. 계단은 비좁고 어두웠다. 문학원은 그 건물 맨 꼭대기에 있었다. 테이블을 사이에 두고 나는 선생과 마주 앉았다.

"글은 좀 써봤나요?"

선생이 물었다.

"장편과 중편과 단편을 한 편씩 썼습니다."

"오, 그래요?"

선생은 기대에 찬 눈으로 나를 쳐다보았고 나는 선생의 등 뒤에 걸린 달마도를 바라보았다. 소설 잘 쓰는 비법을 감춰둔 것 같은 그 부리부리한 눈동자. 어쩌면 그 눈동자가 나를 문학원에 등록시킨 게 아닐까. 아무튼 나는 첫 수업 시간에 내 소설을 내놓았다. 선생의 평가는 혹독했다.

"이 글은 소설이 아니야. 그냥 이야기지. 이따위 동네 여자들 수다를 소설이라고 최종심에 올리다니, 참."

나는 얼굴을 붉히면서도 이상하게 가슴이 설레었다. 선생의 말대로 수다를 옮겨놓으면 그게 소설이라고 생각했던 나였다. 단편소설과 장편소설에 맞는 문장이 따로 있다는 생각 같은 건 꿈속에서도 해본 적이 없었다. 첫 수업을 마치고 문학원을 나서자마자 나는 남편의 회사로 달려갔다. 남편의 회사는 문학원과 지척에 있었다.

"여보, 나 금방 작가가 될 수 있을 것 같아요. 내 글의 문제점을 콕콕 짚어주는 선생님을 만났으니까."

"잘됐네. 진작 그런 델 찾았어야 했는데……"

"지금이라도 선생님을 만나게 된 건 다 우리 부모님 기도 덕분이야. 낮엔 구름 기둥, 밤엔 불기둥으로 이스라엘 백성을 인도하신 하나님, 내 딸의 글을 구름 기둥 불기둥으로 인도해주세요. 이게 우리 엄마 아빠의 기도문이잖아요."

"그런 기도문이라면 좀 찜찜한데?"

"왜?"

"이스라엘 백성이 사십 년이나 헤맨 광야는 실은 사십여 일이면 가로지를 정도의 넓이밖에 되지 않는다잖아. 그걸 무려 사십 년 동안이나 헤매고 다니도록 인도한 구름 기둥 불기둥이라면…… 장모님께 말씀드려. 당장 내일부터 기도문 딴 걸로 바꾸시라고."

"듣고 보니 그렇네."

"웃자고 한 소리야, 이 사람아."

"……"

"근데 여보, 난 물론 소설이란 걸 모르지만…… 독방에 틀어박혀 기도하듯 외롭고…… 철저하게 혼자가 될 수밖에 없는 작업이 소설 쓰기일 거야. 같이 쓰는 동료가 있건 없건, 지도해주시는 선생님이 계시건 안 계시건 상관없이…… 지름길에 대한 기대는 애당초 품지 마, 여보."

"······."

"지름길은커녕······ 사십 일이면 족한 거리를 사십 년 동안 헤매는······ 어쩌면 그게 문학이 아닐까."

일주일에 한 번씩 수업을 받기 위해 문학원을 찾았다. 삐걱거리는 유리문을 밀고 좁고 어두운 계단에 첫발을 디딜 때마다 내가 시험관에서 수정된, 착상되기 위해 엄마 자궁 속으로 조심스럽게 들이밀리는 수정란처럼 느껴졌다. 나는 선생의 말을 공책에 옮겨 적었다. 단편소설은 과학이다. 중편소설이 나무라면 단편은 그 나무를 톱으로 잘랐을 때 드러난 단면이다. 체험과 상상이 빚은 '진실을 비집고 들어가는 거짓말'이 소설이다······ 나는 탯줄로 선생의 말을 빨아들이며 부지런히 세포를 나눠 몸을 키웠다. 눈이 생기고 귀가 열리고 손가락 발가락이 생겼다. 그러나 내 글은 써놓고 보면 늘 수정란 그대로였다. 눈은 점점 높아지는데 손은 여전히 낮은 곳에 머물러 있는 상태가 지루하게 계속되었다. 그런 내 글은 스승의 마음에 들지 않았다. 합평 시간에 내 소설이 형편없이 난도질 당할 때마다 나는 선생의 등 뒤에 걸린 달마도를 바라보았다. 때로는 꾸짖는 눈빛으로, 때로는 달래는 눈빛으로 달마는 그 큰 퉁방울눈으로 나를 가만히 내려다보았다.

계속 응모하고 계속 떨어졌다. 글 쓰는 게 점점 두려워졌다. 차라리 잘난 척하며 혼자 내 멋대로 쓸 때가 좋았다. 혼자 글을 쓰던 시절…… 글을 쓰다가 문득 고개를 들었을 때 창밖에 내리던 눈…… 아, 쌀가루 같은 눈이다! 하고 탄성을 내지르던 순간의 그 희열은 이미 내 것이 아니었다. 꼭 맞는 낱말을 고르느라 머릿속을 뒤적이는 일도 지겹기만 했다. 썩을. 나는 입술을 앙다물고 노트북 모니터를 쏘아보곤 했다.

정작 글 쓰는 시간은 하루에 채 두 시간도 되지 않았다. 그런데도 집안일은 손에 잡히지 않았다. 집 안은 늘 엉망이었다. 봉지도 뜯지 않은 채소들이 냉장고에서 썩어나갔고 여름옷과 겨울옷이 뒤섞여 한 서랍장 안을 뒹굴었다. 주말이면 남편이 멸치를 볶고 베란다 물청소를 했다. 아이들은 엄마의 도움 없이 스스로 준비물을 챙겼다. 남편도 아이들도 불평 한마디 없었다. 남편과 아이들의 새해 소망은 늘 나의 등단이었다. 해가 바뀌어도 새해 소망은 변하지 않았다. 어느 날 작은애가 젓가락을 입에 문 채 밥상을 내려다보다가 입을 열었다. 엄마, 소설 같은 거 그만두고 요리 배우면 안 돼? 어머니는 말했다. 너무 지루해서 인제 네 기도가 잘 안 나와. 첫술에 배부르는 사람도 많던데 우리 딸은 왜 이렇게 더디냐? 언니는 말했다. 내 말 오해하지 말고 들어. 글 때문에 네가 점점 까칠해지고 어두워지는 것 같아. 그놈의 소설, 이만 접는 게 낫지 않겠니?

나야말로 이놈의 소설, 제발이지 때려치우고 싶었다. 가족들에게 미안하고 부끄럽고, 무엇보다 이렇게 사는 게 나 자신에 대한 예의가 아닌 것 같았다. 청소를 하든 산책을 하든 친구를 만나든 상관없이 소설을 쓰지 않는 시간은 몽땅 시간 낭비인 것처럼 여겨지는, 제대로 쓰지도 않으면서 늘 쫓기듯 사는 이런 생활을 그만두고 싶었다. 그래서 그만두려고 마음먹기도 했다. 그러나 노트북을 탁 닫는 순간, 소설 쓰기를 포기하는 소설가 지망생 얘기를 써보면 어떨까 하는 생각이 퍼뜩 떠오르는 거였다. 돌아서며 나는 풀썩 웃고 말았다. 그만두고 싶다고 그만둘 수 있는 게 아니었다.

"등단하면 좋을 줄 알았는데 하나도 달라진 게 없네요."

미진이 말했다.

"어쩌다 소설이란 것에 발을 들여놓게 된 건지. 여기에 쏟아부은 노력으로 장사를 했으면 벌써 부자가 됐을 텐데."

미진이 말끝에 흥흥, 웃었다. 나는 미진이 앞에 있기라도 한 것처럼 고개를 끄덕였다.

"나 아는 선배는요, 장편으로 등단한 선밴데요, 얼마 전에 이혼했대요. 그 이혼 사유가 뭐냐면요, 소설을 제대로 쓰기 위해서래요. 언니, 우린 그렇게 치열하지 않아서 요 모양 요 꼴인가……"

미진이 한숨을 내쉬더니 전화를 끊었다. 나는 텃밭으로 돌아갔다. 남편과 아이들은 묵묵히 밭일을 하고 있었다. 굳이 내 손까지 보태지 않아도 금방 끝낼 수 있을 것 같았다. 집으로 들어가려는데 작은애가 나를 불렀다. 나는 작은애를 돌아보았다.

"식탁 위에 책 올려놨어, 엄마."

나는 집 안으로 들어갔다. 주방으로 갔다. 식탁 위에 책과 공책과 볼펜이 놓여 있는 게 눈에 들어왔다. 책에 얹어놓은 딸기 맛 사탕 두 알. 나는 껍질을 까서 사탕을 입에 넣고 식탁에 앉아 책 표지를 내려다보았다. 갈색 말과, 그 말을 둘러싼 아이들의 모습이 그려져 있었다.

사탕을 입에 문 채 나는 말의 미소, 라고 발음해보았다. 눈으로 갈색 말을 보고 있으면서도 말이란 게 한사코 뛰는 말이 아니라 언어로 와닿았다. 코앞에 들이댄 증거에도 아랑곳하지 않고 억지소리만 되풀이하는 고집불통처럼.

책은 한눈에도 얄팍해 보였다. 희곡으로 바꿔 쓰는 데 한두 시간이면 충분할 것 같았다. 차라리 잘됐다 싶었다. 손 놓고 있기보다는 뭔가 하고 있는 편이 시간 보내기에 도움이 될 테니까. 혜승을 기다리고 있는 지금 내 마음은 뭘까, 매 맞기 직전 같은 긴장과 두려움에 지루함까지 보태져 있는 상태였다. 얼마나 긴장했느냐면, 솔직히 말해, 아까 한의원을 나설 때부터 지금까지 나는 구약성서에 나오는 야곱에 관한 생각을 떨치지 못하고 있었다. 배고픈 형 에서에게 죽 한 그릇으로 얼렁뚱땅 장자권을 산 야곱…… 아버지와 형을 속이고 장자에게 내려질 축복을 가로챈 야곱…… 형이 무서워 외삼촌 집으로 도망간 야곱…… 세월이 흘러 가족과 함께 고향으로 돌아오는 야곱…… 형이 자신을 죽이지나 않을까 두려워 종들과 선물과 아내와 아들을 앞세워 형 에서의 환심을 사려는 야곱…… 할 수만 있다면 나도 야곱처럼 혜승에게 전령을 보내 미리 내 마음을 전하고 싶은 심정이었다. 이런 내가 어처구니없게 느껴졌다. 굳이 나와 혜승의 관계를 에서와 야곱에 빗대어본다면 내가 에서면 에서지 야곱이 될 수는 없기 때문이었다. 내가 혜승에게 빼앗긴 것은 있어도 빼앗은 것은 없었다. 그러므로 내가 혜승에게 일말의 죄책감을 갖고 있다는 것부터가 나 스스로도 납득할 수 없었다. 도대체 혜승을 향한 이 정체불명의 죄책감은, 이 정체불명의 부채감은 어디에서 비롯된 것일까.

혜승에 대한 생각을 미뤄두고 싶었다. 나는 공책을 펼치고 맨 위에 '말의 미소'라고 썼다. 처음부터 끝까지 책을 다 읽고 나서 희곡으로 쓸까 하다가 한 단락씩 읽으면서 바로바로 바꿔 쓰기로 했다. 책을 펼쳤다. 『말의 미소』는 이런 문장으로 시작되고 있었다. '그 마을의 초등학교는 지붕이 덮인 작은 안마당과 넓은 운동장, 그 한쪽에 붙은 화장실, 그리고 선생님의 사택이 딸려 있는 아주 낡은 학교였다.'

그 문장을 읽는 순간, 갑자기 발목이 접질린 사람처럼, 나는 외마디 비명을 지르며 그 자리에 주저앉아버렸다. 쓰러진 나를 순식간에 흰색 건물이 에워쌌다. 지은 지 백 년이 넘은 낡은 기숙사. 수녀원 같은 정갈함과 소박함이 느껴지던 공간.

중앙에 작은 정원이 있고, 그 정원을 둘러싸듯 미음자로 지어 올린 사층짜리 건물. 그래, 하늘에서 내려다보지 않는 한 밖에선 절대로 들여다볼 수 없게끔 사방이 막혀 있던 그 정원, 햇볕 좋은 날엔 이불을 잔디밭에 펼쳐놓고 그 위에 누워 햇볕을 쬐던……

처음이었다. 대학을 졸업한 뒤 기숙사의 모습을 구체적으로 떠올려본 건 지금이 처음이었다. 십여 년 동안 한번도 그곳을 제대로 기억해본 적이 없다는 사실이 나를 놀라게 했고 내 가슴속에 그 공간이 이토록 선명하게 들어앉아 있다는 사실이 나를 놀라게 했다. 얼마나 생생하게 기억하고 있느냐면 『말의 미소』의 첫 문장을 다 읽기도 전에 나는 이미 정원에 널어 말린 이불에서 나던 햇볕 냄새며 라디에이터에서 쉭쉭거리며 뿜어져 나오던 증기의 냄새까지 다 맡아버린 터였다. 나는 심호흡을 한 뒤 다시 볼펜을 손에 쥐었다.

지붕이 덮인 작은 안마당과 운동장, 그 한쪽에 선생님의 사택이 딸린 낡은 학교. 운동장에서 놀고 있는 아이들. 교사 앞에 팔짱을 끼고 서서 아이들을 쳐다보고 있는 선생.

선생 : (손으로 턱을 문지르며 혼잣말을 한다.) 지난 몇 년 동안 아이들의 수가 반으로 줄었어. 남아 있는 이 아이들에게 내가 해줄 수 있는 게 뭘까. 더 늦기 전에 아이들이 무언가에

흥미를 갖도록 해야 할 텐데…… (곰곰 생각에 잠긴 얼굴로 왔다 갔다 하다가 드디어 좋은 생각이 났다는 듯 손뼉을 치며 큰 소리로) 그래, 말을 사자! (아이들, 일제히 선생을 향해 고개를 돌린다.)

　아이 1 : 선생님, 지금 뭐라고 하셨어요?

　선생 : 말을 사자! 우리 함께 말을 키워보자.

　아이들 : 네? 말이요? (서로 얼굴을 쳐다보다가 한목소리로 환호하며 팔짝팔짝 뛴다.)

　아이 1 : 나는 말을 타고 로데오 놀이를 할 테야.

　아이 2 : 나는 말을 타고 자동차와 경주할래.

　아이 3 : 나는 말을 인형처럼 씻겨주고 예쁘게 꾸며줄 거야. (아이들, 큰 소리로 웃는다.)

　아이 4 : 나는 말을 잘 돌봐줄 거야.

　아이 5 : 나는 말에게 날개를 달아줄 거야. 그래서 함께 하늘로 날아올라야지!

　(아이들, 또 웃는다. 선생, 흐뭇한 얼굴로 고개를 끄덕이며 아이들의 말을 듣는다.)

　핸드폰이 울렸다. 폴더를 열었다. 혜승이었다. 여보세요, 라고 말하려는데 작아질 대로 작아진 사탕이 꿀꺽, 목으로 넘어갔다. 혜승이 말했다.

　"병원이야. 지금 나서려구."

"병원을 나와서 우회전해. 그리고 다섯시 방향으로 오다가 오리역 방향으로 좌회전해."

"오케이. 거기까지."

혜승이 전화를 끊었다. 다섯시 방향, 이라고 말할 때 가슴에서 뚝, 나뭇가지 부러지는 소리가 났다. 『말의 미소』의 첫 문장에 붙들려 나는 여태 기숙사 이곳저곳을 헤매고 다니고 있었다. 내 입에서 다섯시 방향, 이라는 말이 떨어지는 순간 내 눈앞에 있던 기숙사 식당의 벽시계가 다섯시에 멈춰 서버렸다. 수업이 막 끝나고 저녁 식사가 시작되기 직전의, 기숙사 전체가 전화벨 소리로 가득 차버리던 시간, 오후 다섯시.

기숙사는 지하 일층, 지상 사층의 흰색 건물이었다. 전화기는 지하를 제외한 각층마다 복도 중앙에 여섯 대씩 놓여 있었다. 저마다 1에서 6까지의 아라비아 숫자를 몸체에 달고 기다란 나무 선반 위에 얌전히 놓여 있던 여섯 대의 전화기. 그 풍경을 기억하려니 그 속에 어설프게 숨겨져 있던 조바심과 신경질이 함께 떠오른다. 방문 위에 달린 스피커로 이름이 호명된 뒤 몇 번 전화 받으세요, 하면 쏜살같이 달려 나가 전화를 받아야 했다. 잠시라도 꾸물대다가 수화기를 들면 이미 끊겨 있기 일쑤였다. 하지만 필사적으로 달려 나와 전화를 받았으면서도 누구 하나 헐떡거리며 통화를 하는 사람은 없었다. 전화 받는 곳이 하필이면 샤워장 앞인 탓에 물소리와 젖은 슬리퍼 끄는 소리, 옆 사람이 통화하는 소리 때문에 상대방이 하는 말을 알아듣기도 쉽지 않았지만 상대가 그 부산스러운 분위기를 읽고 서둘러 전화를 끊어버릴까 봐 여유로움을 가장하며 통화를 하던 앙큼한 처녀들.

급하게 저녁 약속을 잡는 오후 다섯시의 전화 통화는 특히나 더 흥분된 목소리였다. 한껏 멋을 낸 아이들이 약속 시간에 늦지 않기 위해 서둘러 기숙사를 빠져나가는 모습을 지켜보다가 혜승과 나는 손을 잡고 식당으로 내려가 모차르트를 들으며 밥을 먹었다. 내 기도가 끝나길 기다렸다가 혜승은 짧은 이야기를 꺼내놓았다. 그 뒤를 이어 내 이야기가 시작되고. 그렇게 하나씩 이야기를 나눈 뒤에 우리는 밥을 먹기 시작했다.

혜승의 이야기 속의 주인공은 늘 혜승이 아는 어떤 사람이었다. 혜승의 친구, 혹은 친구의 친구, 때로는 친구의 친구의 언니의 친구까지 주역을 맡을 때도 있었지만 혜승 자신이 주인공으로 등장할 때는 없었다. 이를테면 이런 식이었다. 내친구의 친구의 언니 얘긴데 있잖니, 그 언니가 다니는 중학교 앞에 정원이 멋진 집이 있었대. 언니는 이따금 그 집 앞에가서 문틈으로 정원을 들여다보았대. 그런데 하루는 그 집 주인 아들이 문을 열어주더래. 손가락으로 나무를 하나씩 가리키면서 이건 무슨 나무, 이건 무슨 나무, 이렇게 이름도 가르쳐주더란다. 그 순간 언니는 생뚱맞게도 그림을 그리고 싶다는 생각이 들더래. 나무랑 그 사람이랑 그 사람의 목소리랑

풀 냄새까지 생생히 담긴 그림을. 뭘 그려보고 싶다는 생각을 한 건 그때가 처음이었대. 이건 내 친구의 동생 얘긴데 있잖니, 걘 고등학교 때 심하게 따돌림을 당했대. 왕따란 게 얼마나 무서우냐면, 어렸을 때도 안 그러던 애가 있잖니, 그때부터 오줌을 질질 싸고 다니기 시작하더래. 정신과 치료를 받아도 소용이 없더래. 대학 들어가면서 그 증세가 사라지긴 했지만 아무튼 이 년 동안을 기저귀를 차고 다니다시피 했다더라. 이건 내 친구 얘긴데 있잖니, 어릴 때 깜깜한 밤에 친구들하고 술래잡기를 했대. 숨을 곳이 마땅치 않아서 내 친구는 어쩔 줄 모르고 우왕좌왕하다가 깨밭 앞에 두 팔을 쫙 벌리고 가만히 서 있었대. 근데 술래가 그 앞을 지나가면서도 내 친구를 보지 못하더래. 내 친구는 기적이란 낱말을 들을 때마다 그때를 떠올린대.

나를 주인공으로 내세우지 않은 건 나도 마찬가지였다. 끝도 없이 이야기가 나오는 혜승과 달리 나는 할 이야기가 없었다. 나는 주로 내 경험을 친구의 이야기인 것처럼 각색해서 말했다. 나는 만원 버스에서 도시락을 떨어뜨린 이야기를 들려주었다. 뚜껑이 열린 채 내용물이 쏟아진 도시락. 냄새난다고 아우성치는 사람들. 그 애는 자기 것이 아닌 것처럼 시치미를 뚝 떼고 코까지 싸쥐고 얼굴을 찡그리고 있다가 버스를 내렸다. 똥 위에 주저앉아 잠든 어릴 적 이야기도 들려주었다. 초등학교 1학년 때. 학교에서 돌아와보니 집에는 아무도 없었다. 햇볕 좋은 봄날. 그 애는 수돗가에 쪼그리고 앉아 똥을 누다가 그 위에 주저앉은 채로 잠이 들어버렸다. 무슨 좋은 꿈을 꾸는지 해낙낙한 표정을 짓고 앉아서.

눈치 빠른 혜승은 똥 위에 주저앉아 잠든 아이가 나라는 걸 알아챘다. 한참 시간이 흐른 뒤 혜승은 말했다. 넌 좋은 작가가 될 수 있을 거야. 제 똥 위에 앉아 행복한 표정으로 잠들 수 있는 사람이라면 위안을 주는 글, 딴 사람과는 뭔가 다른 글을 쓸 수 있을 테니까. 가만. 혜승은 내 이야기의 주인공이 나라는 걸 어떻게 그렇게 싱겁게 알아챘을까. 혹시 혜승도 그런 게 아니었을까. 혜승의 이야기 속에 등장한 친구의 친구의 친구, 친구의 언니의 친구가 혹시 혜승 자신이었던 것은 아닐까. 그땐 왜 이 생각을 한번도 해보지 못했을까.

아무튼 우리가 기숙사 식당에서 나눈 이야기는, 그것이 내 이야기든 친구의 이야기든 상관없이 시시한 이야기임에는 분명했다. 시시한 이야기들. 시시하고 싱거운 이야기들. 시시하고 싱겁고 따분한 이야기들. 산다는 게 양파처럼, 거기서 거기인 이야기들이 겹겹이 포개진 것과 다름없다고 말하듯.

밥상머리에 앉아 시시하고 따분한 이야기를 나눈 건 어쩌면 부실한 밥 때문이었을지도 모르겠다. 비싸기로 소문난 기숙사비에도 불구하고 기숙사 밥은 형편없었다. 식단을 짜고 말고 할 것도 없었다. 대충 이런 식이었다. 월요일 날 점심 때 맑은장국이 나오면 다음 끼니엔 맑은장국 남은 것에 된장을 풀고 감자를 넣은 된장국이 나왔고, 그다음엔 된장국을 물로 희석한 뒤에 신 김치를 넣은 김칫국이 식탁에 올랐다. 김칫국이라고 이름 지어진 국을 먹다가 맑은장국에 들어갔던 북어나 된장국에 들어갔던 감자를 만날 때의 그 당혹스러움이란, 분명 씹히는 거라고 알고 있던 식품이 이도 대기 전에 물컹하니 흐트러져버릴 때의 그 불쾌감이란. 그래서일까, 기숙사 밥을 먹고 나면 포만감에도 불구하고 허기진 느낌을 떨칠 수가 없었다.

나는 식탁 위에 걸린 벽시계를 쳐다보았다. 정오가 다 되어가고 있었다. 점심을 준비하기엔 좀 이른 감이 있지만 혜승이 도착하기 전에 식탁을 치우고 싶었다. 나는 공책 위에 책을 덮어놓고 식탁에서 일어났다. 밖으로 나갔다. 남편은 나무 의자 등받이에 엉덩이를 걸치고 앉아 핸드폰으로 누군가와 통화를 하고 있었다.

"내 밑에 있는 현철이 말이야. 소개시켜줄 아가씨 없어?"

핸드폰 슬라이더를 내리며 남편이 말했다.

"학벌 좋고 성격 좋고 실력도 있고. 여자 보는 눈도 까다롭지 않은데."

남편이 덧붙였다. 어떤 여자를 원하는 거냐고 나는 물었다.

"만났을 때 느낌만 좋으면 된대. 딱 하나, 글 쓰는 여자만 빼고."

말을 해놓고 남편이 겸연쩍게 웃었다.

"작가는 절대 사절이라네, 그놈이."

"작가가 왜?"

"대부분 남자들이 작가 아내를…… 아무래도 꺼리지 않겠어? 자기 사생활이 어떤 식으로든 드러나는 게 부담스러울 테고…… 까칠하고 예민한 데가 있잖아, 글 쓰는 사람들."

"……"

"가장 불편한 건…… 글 속에 어떤 식으로든 아내의 생각이 녹아 있을 테고…… 적당히 모르고 지나가고 싶은 부분까지…… 들여다보고 싶지 않은 것까지 다 알게 된다는 거겠지. 같이 사는 사람끼리 너무 깊이 알면…… 힘들잖아."

남편이 딴청을 피우듯 장갑 낀 손으로 호미에 묻은 흙을 털어내며 말했다. 당신도 나랑 사는 게 힘드냐고 물으려다가 말고 나는 큰애에게로 다가갔다. 큰애가 솎아놓은 무가 소쿠리 가득했다. 나는 소쿠리를 들고 호박 넝쿨로 갔다. 호박을 하나 따서 소쿠리에 얹었다. 나는 소쿠리를 들고 현관문 쪽으로 몸을 틀었다. 아까부터 곁눈질로 나를 힐끔거리던 작은애가 문 열어줄게, 하고 소리치면서 쏜살같이 달려와 내 옆에 섰다. 나는 남편을 쳐다보았다. 남편은 못마땅한 눈으로 작은애를 쳐다보고 있었다.

"무청으론 뭐 할 건데, 엄마?"

작은애가 물었다.

"삶아놨다가 된장국 끓이게."

"어떻게 삶는데? 무청 삶는 거 엄마한테 배워야겠다."

작은애는 작은 소리로 속삭이며 힐끔힐끔 아빠 눈치를 살폈다. 엄마 궁둥이만 따라다니면서 살림을 거드는 작은아들을 남편은 탐탁지 않아 했다. 작은애가 도서관에 가서까지 요리책을 뒤적거리는 걸 보고 남편은 평소의 그답지 않게 격양된 목소리로 나를 비난했다. 딸이 없다고 당신이 은덕일 여자애로 키우고 있는 거 아냐? 작은애가 현관문을 열었다. 내가 먼저 들어가길 기다렸다가 작은애가 얼른 내 뒤를 따라 들어왔다.

"그거론 뭐 만들 건데?"

턱짓으로 소쿠리 위에 얹힌 호박을 가리키며 작은애가 물었다.

"국."

나는 짧게 대답했다.

"국이라면…… 호박국?"

대답 대신 나는 고개만 끄덕였다.

"엄마가 밥 안쳐. 국은 내가 끓일게."

작은애는 내 허락을 기다리지도 않은 채 잽싸게 냄비에 물을 받아 가스레인지 위에 얹었다.

"호박국은 엄마, 새우젓으로 간하는 거지?"

작은애는 내 눈이 아닌 입을 쳐다보며 물었다. 아이는 지금 내 눈에 담긴 거절의 빛을 확인하기 두려운 것이다. 내가 아무 말도 하지 않자 작은애는 초조한 듯 빠르게 눈을 깜빡거렸다.

나는 쌀을 씻어 밥통에 안쳐놓고 식탁에 앉아 책을 펼쳤다. 아까 읽은 데에서 이어 몇 장을 더 읽어 내려갔다. 말을 살 돈을 마련하기 위해 전전긍긍하는 선생. 말을 키울 꿈에 부푼 아이들. 마을 어른들이 정부 정책에 반대하는 시위를 하기 위해 파리로 떠난 어느 일요일, 지금 당장 저금통을 깨트리라고 말하는 선생. 말을 사기 위해 한 줄로 길게 서서 마을을 떠나는 선생과 아이들.

"엄마, 이거."

현관문 열리는 소리에 이어 큰애의 목소리가 들렸다.

"옆집 할머니가 엄마 갖다주래. 여기 내려놓는다."

나는 식탁에서 일어나 현관으로 갔다. 큰애는 보이지 않고 신문지로 둘둘 만 꾸러미가 현관 바닥에 놓여 있었다. 꾸러미를 들고 식탁으로 돌아왔다. 신문지를 펼쳤다. 상추였다. 도로 신문지로 상추를 마는데 패트릭 스웨이지의 얼굴이 보였다. '사랑과 영혼의 배우 패트릭 스웨이지 별세'.

나는 신문을 펼치고 날짜를 확인했다. 거의 2주 전의 기사였다. 패트릭 스웨이지가 췌장암으로 투병 중이라는 것은 알고 있었지만 그의 죽음은 몰랐다. 「사랑과 영혼」은 혜승과 함께 세 번이나 보았던 영화였다. 가을이 지나고 겨울이 다 가도록 혜승과 나는 그 영화의 주제곡인 「언체인드 멜로디(Unchained melody)」를 입에 달고 살았다. 밥을 씹으면서도 칫솔질을 하면서도 끊임없이 흥얼거리던 노래.

쓸쓸했다. 장국영과 김광석과 최진실이 자살하고…… 건강미 넘치던 패트릭 스웨이지는 57세의 나이에 죽고, 그의 연인 역을 맡았던 데미 무어는 나이 어린 애인이 변심할까 두려워 전신성형을 하고…… 스무 살이었던 나와 혜승도 어느덧,

"사랑해, 몰리. 언제나 사랑했어."

혜승의 목소리가 들렸다. 상추 꾸러미를 한쪽으로 밀쳐놓고 막 책을 끌어당기려는 순간이었다. 나는 고개를 들어 주위를 두리번거렸다. 혜승은 보이지 않았다. 나는 손으로 내 귀를 더듬었다. 혜승의 목소리가 옆에서 속삭이는 것처럼 분명하게 들렸는데. 목소리뿐만 아니라 따뜻한 입김까지도 고스란히 느껴졌는데.

「사랑과 영혼」이 스크린에서 내려진 뒤에도, 아무도 「언체인드 멜로디」를 흥얼거리지 않게 된 뒤까지도 혜승은 패트릭 스웨이지가 맡았던 샘의 마지막 대사를 읊어대곤 했다. 사랑해, 몰리. 언제나 사랑했어. 그 대사를 읊은 뒤에 침대에 뛰어들던 혜승. 가슴에 두 손을 얹은 채 한동안 꼼짝 않고 누워 있던 혜승. 벌떡 일어나, 나, 사랑하고 싶어, 소리치던 혜승.

「사랑과 영혼」에 취한 채로 가을이 가고 겨울이 가고 봄이왔다. 대동제를 앞두고 아이들은 미팅을 하느라 바빠졌다. 그건 기숙생들도 마찬가지였다. 기숙생들이 염두에 둔 것은 대

동제가 아니라 기숙사 오픈하우스였다. 기숙사 오픈하우스는 말 그대로 기숙사를 외부인에게 공개하는 날로, 대동제가 끝나고 보름쯤 뒤에 열렸다. 친구든 친지든 상관없이 한 사람당 한 명씩 초대할 수 있도록 되어 있었는데, 곧이곧대로 가족이나 여자 친구를 데려오는 사람은 없었다. 초대되는 사람들은 한결같이 남학생들이었다.

혜승은 미팅을 하느라 갑자기 바빠졌다. 주말에는 하루에 두세 건씩 미팅을 하기도 했다. 눈꺼풀에 아이섀도를 바르고 다리털을 미는 혜승이 나는 낯설었다. 곧 혜승에게 남자 친구가 생겼다. 혜승의 남자 친구는, 그녀의 설명에 의하면, 화가 나면 머리카락이 고슴도치처럼 빳빳하게 곤두서는 남자였다. 그러나 한 달도 채우지 못하고 혜승은 그 남자와 헤어졌다. 이상한 애였어. 자긴 백화점 같은 델 가지 못한대. 너무 밝은 곳에 가면 온몸에 두드러기가 난다는 거야. 난 그냥 하는 말인 줄 알았어. 근데 며칠 전에 걔네 학교 도서관에 같이 올라가는데, 계단을 오르다 말고 개가 갑자기, 어, 막 오른다, 이러는 거야. 처음엔 무슨 말인지 몰랐는데 있잖니…… 난 첨 봤어, 그런 거. 목덜미에 뻘겋게 두드러기가 솟기 시작하는데, 정말 끔찍하더라. 난 예민한 사람을 좋아하지만 아무리 그래도 그 정도는 내가 감당할 수 있는 범위를 넘어선 거란 판단이 들었어. 그러니 헤어질 수밖에.

그 남자와 헤어진 뒤로 혜승은 더 이상 샘의 대사를 읊거나

「언체인드 멜로디」를 흥얼거리지 않게 되었다. 가슴에 손을 얹고 침대에 나자빠지는 것 같은 이상한 행동도 하지 않았다.

대동제가 끝나고 기숙사 오픈하우스가 열렸다. 남자 친구가 있는 기숙생들에게는 최고의 날인 반면 초대할 남자 친구가 없는 기숙생들에겐 최악일 수밖에 없는 날이었다. 행사가 열리기 몇 시간 전에 미리 기숙사를 빠져나가거나 행사가 끝날 때까지 하루 종일 방에 틀어박혀 있어야 했으니까. 그럴 수밖에 없는 것이 기숙사에서 밖으로 나가려면 오픈하우스가 열리는 식당을 반드시 통과해야만 했기 때문이다.

오픈하우스가 열리던 날. 웃음소리가 끊이지 않는 행사장을 제외하면 기숙사는 괴괴할 정도로 고요했다. 샤워장 수도꼭지에서 똑, 똑, 떨어지는 물방울 소리가 노크 소리로 들릴 만큼. 혜승과 나는 기숙사에 남아 있는 편을 택했다. 우리는 새우깡을 안주 삼아 나폴레옹 한 병을 비우고 빈방을 돌아다녔다. 문에 달린 잠금장치란 게 허술하기 짝이 없어서 혜승이 연필 깎는 칼로 몇 번 쑤셔대자 저항 없이 열렸다.

주인 없는 방에 들어가 우리가 한 일은 벽시계의 시곗바늘을 열두시로 돌려놓은 것뿐이었다. 시곗바늘을 돌린 건 혜승이고, 나는 문가에 서서 그런 혜승을 바라보았다. 마지막으로 혜승은 벽시계의 건전지를 빼버렸다. 수십 개의 시계를 열두시에 맞춰놓고 방으로 돌아와 우리는 나란히 침대에 누웠다. 왜 시계를 돌려놓은 거냐고 나는 혜승에게 묻지 않았다. 그 시절에 우리가 했던 행동들이란 게 특별한 목적이 없는 게 대부분이었던 것처럼 그것도 그저 치기 어린 행동에 지나지 않을 거라고 생각했다. 저 아래에서 웃음소리가 터져 나왔다. 시간이 멈춰버린 공간에서 듣는 웃음소리는 비현실적인 느낌을 넘어 처연한 거짓말 같았다.

"날 사랑해?"

나를 쳐다보지 않은 채 혜승이 물었다.

"사랑해, 몰리. 언제나 사랑했어."

뭐라 말하기 어색해서 나는 한때 혜승이 입에 달고 다녔던 샘의 대사로 대답을 대신했다.

"언제나 사랑했어, 라는 말…… 사람을 사랑한다는 건 그의 현재뿐만 아니라 과거와 미래까지 사랑한다는 뜻일까? 어떤 경우에도 넌 날 떠나지 않을 자신이 있니?"

"응."

"그래? 난 없는데."

"……"

"난 있잖니, 사람한테 연연하지 않아. 언제라도 내가 싫어지면 날 떠나도 좋아."

나는 아무 말도 하지 않고 천장만 뚫어져라 쳐다보았다. 혜승도 반듯하게 누운 채 더 말이 없었다. 식당에서 또 한차례 웃음소리가 터져 나왔다. 한참 만에 혜승이 입을 열었다.

"정말이야. 난 사람한테 연연하지 않아. 언제라도 날 떠나도 좋아. 알겠지?"

"그만하자. 이런 말…… 아무래도…… 이상하잖니."

"그래, 좀 웃긴다. 누가 들으면 우리가 레즈비언인 줄 알겠다. 그치?"

혜승이 온몸을 흔들어대며 격하게 웃어댔다. 한참 세월이 흐른 뒤에도 나는 문득문득 궁금해지곤 했다. 그 열두시는 정오였을까 자정이었을까.

혜승의 주장대로 그녀의 짧은 연애를 워밍업이라고 치부해버린다면, 먼저 남자 친구가 생긴 건 나였다.

3학년 봄이었다. 수업을 마치고 기숙사에 들어오는데 안내실에 앉아 있던 사감 선생이 나에게 쪽지를 건네주었다. '꼭 만나고 싶습니다. 기숙사 앞에서 기다리고 있겠습니다. M' 단정한 필체였다. 쪽지를 손에 쥐고 나는 기숙사 앞으로 나갔다. M은 느티나무 아래에 있는 나무 의자에 앉아 나를 기다리고 있었다.

간단한 자기소개에 이어 M은 나를 찾아오게 된 경위를 말했다. 어제 전철을 탔어요. 내 앞에 선 여자 둘이 한 친구에 관한 얘기를 하더군요. 친구가 커다란 쇼핑백에 빨래할 옷가지를 담아 들고 전철을 탔는데 신도림역에서 사람들이 막 밀치는 바람에 그게 그만 터지고 말았다구요. 친구는 바닥에 널린 빨래랑 자기는 아무런 상관도 없는 것처럼 서 있다가 전철을 내려버렸대요. 그 얘길 듣는데 그 친구를 꼭 만나야겠다는 생각이 들었어요. 이 순간을 그냥 놓치면 안 될 것 같은……
이런 말은 좀 그렇지만 이건 운명이다 싶은……

　이따금 나는 빨래를 싸 들고 수원 사는 언니네 집을 찾곤
했다. 쇼핑백이 터진 그날은 금요일 저녁이었다. 발 디딜 틈
도 없이 사람들로 꽉 찬 전철. 찢어진 쇼핑백. 겉옷뿐 아니라
생리혈 묻은 팬티까지 바닥에 널브러진 채 사람들의 발에 밟
혔다. 나는 빨래를 주울 생각도 하지 않고 전철이 서자마자
그곳을 빠져나오고 말았다. M이 말을 하는 동안 내 머릿속에
선 그날이 윤색되고 있었다. 난감하고 난처해서 쩔쩔매는 내
곁으로 M이 다가온다. M은 재빨리 빨래를 주워 튼튼한 가방
에 담는다. 다음 역에서 나는 M을 따라 전철을 내린다. 장면
이 바뀌어 M의 방. 나를 재워놓고 M은 퀴퀴한 냄새가 나는
내 옷들을 빤다. 가만가만, 아기가 자는 동안 기저귀를 빠는
엄마처럼 조심스럽게. 빨랫줄에 하얗게 널린 빨래. 나는 자
고, 빨래는 마르고, M은 잠든 내 얼굴을 들여다보고. 잠든 내
곁에서 M은 마른빨래를 개킨다. 나는 잠에서 깨어난다.

　오후 다섯시가 되면 나는 방에 틀어박혀 오줌 마려운 것도
참아가며 M의 전화를 기다리게 되었다. 혜승 대신 M과 소주
를 마시고 M과 영화를 보고 M과 거리를 거닐었다. 기숙사에
들어오면서야 비로소 나는 혼자 모차르트를 들으며 저녁을
먹었을 혜승을 떠올렸고 남자 친구에게 홀딱 빠져 친구를 방
치했다는 죄책감에 빠졌다.

다행히 혜승에게도 곧 남자 친구가 생겼다. 3학년 2학기가 시작되고 얼마 지나지 않아서였다. 혜승은 남자 친구를 용용이라고 불렀다. 나의 M이 지나치게 진지하고 무뚝뚝한 남자인 데 반해 용용이는 재미있고 유쾌한 사람이었다. 크리스마스는 무슨 일이 있어도 넷이서 함께 보내기로 우리는 계획을 세워두었다. 그러나 그 계획은 수포로 돌아갔다. 크리스마스 이브에 혜승과 용용은 갑자기 눈 내리는 바다를 보겠다고 동해로 떠나버렸고, 나는 몇 번이고 M에게 전화를 걸었지만 통화조차 하지 못했다.

혜승은 지친 모습으로 여행에서 돌아왔다. 떼꾼한 눈으로 말없이 나를 쳐다보다가 혜승은 벽을 향해 돌아앉아 뚝뚝 눈물을 흘리기 시작했다.

"용용이가 나랑 헤어지겠대."

혜승이 말했다. 나는 혜승을 내 쪽으로 돌아앉혔다.

"왜?"

"나 말고도 만나는 여자가 있대. 우리 사랑은 도덕적이지 않대."

"너보다 그 여잘 더 사랑한대?"

혜승은 울먹이며 고개를 저었다.

"넌 어때? 양다리 걸친 걸 알면서도, 그래도 용용이가 좋아?"

혜승은 고개를 끄덕였다.

"이렇게 우는 건…… 너, 용용이 없이는 도저히 안 될 것 같아서 그래?"

고개를 끄덕이기만 할 뿐 혜승은 말이 없었다. 나는 우는 혜승을 혼자 두고 정원으로 나가 연달아 담배 두 대를 피우고 돌아왔다.

"용용이한테 가서 이렇게 말해. 사랑은…… 음, 도덕적이란 건……"

나는 입을 다물었다. 담배를 태우며 일목요연하게 정리한 말들이 입을 여는 순간 입안에서 마구 엉켜버렸다. 나는 말없이 혜승을 쳐다보았다. 헝클어진 머리카락. 들썩이는 어깨. 낮게 흐느끼는 소리. 실연당해 우는 젊은 여자는 아름다웠다. 혜승을 젊은 여자라고 느끼는 순간 시간이 무섭게 빠른 속도로 나를 관통했다. 이십대와 삼십대를 지나 중년의 여인이 되어 나는 혜승 앞에 앉아 있었다. 요란하게 슬리퍼를 끌며 누군가가 복도를 지나갔다. 슬리퍼 끄는 소리가 점점 멀어져갔다. 다 지나가는 거야, 나는 생각했다. 나는 혜승이 그 소리에 귀 기울이기를 바랐다. 혜승이 고개를 들고 나를 쳐다보았다. 나는 말했다.

"용용이한테 가서 말해. 난 널 사랑한다고. 내가 할 수 있는 것은 이 말뿐이라고."

뺨에 들러붙은 머리카락을 수습할 생각도 하지 않고 혜승은 젖은 눈으로 나를 쳐다보았다. 허공에서 나와 혜승의 시선이 가만히 손을 맞잡듯 그렇게 만났다. 우리는 한참 동안 말없이 서로의 눈동자를 들여다보았다. 나를 쳐다보던 혜승의 그 황홀한 눈빛. 내 입속에 엉킨 채 갇힌 말들을 혜승이 다 풀어내어 듣고 있다는 것을 나는 그 눈빛에서 읽을 수 있었다. 혜승이 입을 열었다.

"넌 정말 이야기꾼이야. 천생 넌 이야기꾼이라고. 언젠가 너한테 꼭 이 말을 하고 싶었는데 있잖니…… 너, 소설 안 써 볼래?"

압력 밥솥 추가 딸랑거리는 소리가 들렸다. 나는 눈을 떴다. 눈을 뜨면서야 비로소 내가 한동안 눈을 감고 있었다는 사실을 알았다. 나는 작은애를 쳐다보았다. 작은애는 호박을 썰고 있었다. 자박자박 호박 써는 소리에 맞춰 평화가 자박자박 내 안으로 걸어 들어왔다. 목에 걸린 매실 씨앗도 의식되지 않는 온전한 평화의 순간이었다. 작은애는 냄비에 호박을 넣더니 가스 불을 켰다. 가스레인지 버튼 소리를 나는 전에 없이 사무치는 느낌으로 듣고 있었다. 탁, 하고 버튼을 누르는 순간 노즐에선 가스, 점화 장치에선 파랗게 불꽃이 튀었겠지. 그 두 가지가 만나 그릴 위까지 솟구치는 불꽃을 만들었겠지.

"엄마, 인제 끓기만 하면 되거든."

작은애가 나를 돌아보며 씩 웃었다. 나는 공책과 책을 한쪽으로 밀어놓고 식탁을 훔쳤다. 수저 세 벌을 식탁에 놓았다.

혜승이 점심을 먹지 않고 올 경우를 생각해서 나는 밥을 먹지 않기로 했다. 그러면…… 둘이 같이 밥을 먹게 되는 건가. 딴 건 다 해도 밥 먹는 것만큼은 피하고 싶었다. 내가 화장실에 가면 반쯤 문을 열어놓게 하고 그 앞에 쪼그리고 앉아 말을 시키던 혜승의 모습이 떠올랐다. 야, 똥 누는 것까지 보이는 건 좀 민망하잖니. 말은 그렇게 했지만 그때마다 나는 나와 똑같은 혜승의 마음을 확인하는 것 같아 한없이 뿌듯했었다. 그런 우리가 어쩌다가 밥 먹는 것도 어색한 사이가 되고 말았을까.

작은애는 다진 마늘과 파를 냄비에 넣고 국자로 휘휘 젓더니 간을 보았다. 나는 거실로 나가 창문을 열고 남편과 큰애를 불렀다. 두 사람은 손을 씻고 식탁으로 와서 앉았다. 그들의 머리가 가랑비에 촉촉하게 젖어 있었다.

"빨리 먹고 하던 일 마저 끝내자."

숟가락을 들며 남편이 말했다. 큰애가 눈을 둥그렇게 뜨고 남편을 쳐다보았다.

"힘들어 죽겠는데…… 뭘 또 해야 하는데?"

"고까짓 걸 하고 뭐가 힘들다구. 아빠 너희만 할 때 숙제할 시간도 없이 일을 했다. 어린이날에도 하루 종일 일을 했는데 뭘. 아빠가 부모님한테 유일하게 선물 받는 날이 설날이었는데, 그때 받은 선물이 뭔 줄 아니?"

큰애와 작은애가 동시에 고개를 저었다. 남편이 태어나 자란 곳은 지리산 중턱에 있는 오지였다. 그가 열 살 되던 해에 마을에 겨우 전기가 들어왔다고 했다. 그는 내 아버지 세대처럼 책가방 대신 보자기를 어깨에 둘렀고 우산 대신 비료 부대로 비를 가리며 자랐다. 남편은 한바탕 유쾌하게 웃은 뒤 말을 이었다.

"낫이야. 낫 중에서도 조선낫 말고 왜낫. 그게 가볍고 잘 베어지거든. 쇠꼴 벨 때 쓰라고 낫을 사주시면, 그게 일 많이 하라는 뜻이란 걸 알면서도 얼마나 기분이 좋은지. 아무리 일을 많이 해도 피곤한 줄 몰랐어. 근데 그까짓 걸 하고 뭐가 힘들다고……"

"오늘은 아빠가 형을 이해해줘야 해. 형은 오늘 다리가 많이 아플 거거든. 어젯밤에 형은 창동까지 달려가는 꿈을 꿨대."

작은애가 말했다.

"맞아. 우리 살던 아파트까지 달려갔는데…… 아침에 일어나니까 다리가 아파 죽겠는 거야."

큰애가 말했다. 창동은 아이들이 태어나서 열 살, 열한 살이 될 때까지 자란 동네였다. 함께 어린이집을 다니고 함께 교회에 다니고 함께 공 차고 싸우며 자란 친구들이 여전히 살고 있는 동네였다. 십여 년간 살던 터를 옮긴다는 건 생각처럼 쉬운 일이 아니었다. 집을 알아보러 다니면서도 자꾸 흔들리는 우리 부부의 마음을 이사하는 쪽으로 굳히게 한 것은 아이들에게 고향을 만들어주고 싶다는 바람이었다. 고향, 하면 떠오르는 집이 나에겐 없었다. 내가 남편과의 결혼을 쉽게 결정한 것은 그에게 고향이 있기 때문이었는지도 모른다. 그의 고향에는 그가 가만히 앉아 화를 가라앉히던 바위가 있고 소에게 풀을 뜯기던 풀밭이 있고 장에 간 엄마를 기다리던 언덕이 있었다. 가장 부러웠던 것은 그의 고향 집 문설주에 남아 있던 키를 표시한 금이었다. 조금이라도 키가 커 보이려고 형들 모르게 발돋움을 하는 다섯 살의, 일곱 살의, 열 살의 그가 고스란히 거기 남아 있었다. 남편을 만나고서야 비로소 나는 고향이란 모름지기 눈길 닿는 곳 어디에나 이야기가 펼쳐지는 곳이란 걸 알았다. 갈매골에 이사 와서 내가 가장 먼저 한 일은 아이들을 문에 세워놓고 키를 표시한 거였다.

"은재는 이곳이 안 좋니?"

남편이 큰애에게 물었다. 나는 싱크대에 부착된 디지털시계를 쳐다보았다. 병원을 나설 거라고 한 지가 꽤 지났는데 혜승은 왜 전화를 하지 않을까.

"좋긴 좋은데……"

큰애가 말을 흐렸다.

"난 되게 좋은데."

작은애가 말했다. 남편은 기대가 담긴 눈으로 작은애를 쳐다보았다.

"텃밭에 늘 싱싱한 채소가 있으니까. 서울 살 땐 다 마트에서 사다 먹어서 별로였는데. 뭐든 재료가 좋아야 맛있거든."

작은애의 얼굴이 자부심으로 빛났다. 잠시 뒤 가라앉은 목소리로 남편이 물었다.

"은덕이 넌, 요리하는 게 그렇게 좋니?"

작은애가 고개를 끄덕였다.

"아빠가 너희 장래까지 결정해줄 수 있는 건 아니다만, 아빤 최소한…… 우리 은덕이가 요리사가 되는 건 원치 않는데."

"걱정 마, 아빠. 난 요리사가 될 마음은 눈곱만큼도 없으니까."

작은애가 말했다. 남편의 얼굴에 당장 안도의 빛이 어렸다.

"그럼 뭐가 되고 싶은데?"

남편이 묻자 작은애는 대답 대신 큰애를 쳐다보며 형은 뭐가 될 거야? 라고 물었다.

"왜?"

큰애가 물었다.

"형이 의사가 되면 난 검사 하고, 형이 검사 하면 난 의사 할려구."

작은애의 말에 남편이 피식 웃었다.

"장래 희망을 누가 그런 식으로 정하냐?"

"아빠 형이랑 내가 하나는 의사, 하나는 검사가 되면 좋겠다고 했잖아. 난 뭐든 상관없어. 요리만 할 수 있으면 돼."

작은애의 목소리는 명랑했다. 일순 남편의 얼굴이 딱딱하게 굳었다. 남편은 호박국을 휘휘 젓던 숟가락을 식탁 위에 반듯하게 내려놓고 두어 번 심호흡을 했다.

"아빠가 중요한 결정을 하나 했어. 그게 뭐냐면…… 아빠 앞으로는 은덕이가 만든 음식은 먹지 않겠다는 거야. 아빠 말이 무슨 뜻인지…… 알겠지, 은덕이?"

밥을 반 나마 남겨놓은 채 남편은 자리에서 일어나 침실로 들어갔다. 아이들은 아빠가 사라진 침실 쪽을 말없이 쳐다보다가 밥을 먹기 시작했다. 급하게 밥을 먹고 나서 아이들은 빈 그릇을 개수대에 옮겨놓고 서로 눈짓을 주고받더니 함께 큰애 방으로 들어갔다. 식탁을 치우려다가 말고 나도 큰애 방으로 따라 들어갔다. 두 아이는 나란히 침대에 걸터앉아 무슨 말인가를 쏙닥이다가 나를 보더니 입을 다물었다. 작은애보다 큰애의 얼굴이 더 굳어 있었다.

"아빠 이상해. 요리사가 뭐 어때서. 나도 솔직히 의사 같은 것보단 피아니스트가 되고 싶단 말이야."

큰애가 말했다. 나는 책장에 등을 기대고 섰다. 큰애 침대 머리맡에 붙여놓은 종이가 눈에 들어왔다. '잠을 자면 꿈을 꾸지만 잠을 이기면 꿈을 이룬다.' 큰애의 글씨체였다. 큰애는 공부를 잘했다. 초등학교 5학년생이 중학생들과 한 교실에 앉아 영어와 수학을 배우고 있었다. 3학년 때까지만 해도 꿈이 뭐냐고 물으면 큰애는 피아니스트, 라고 대답했다. 넌 공부를 해야 해. 너 같은 머리로 공부를 안 하면 아깝잖니. 피아노는 취미로 하면 돼. 남편이 그런 말을 한 뒤로 큰애의 입에서 피아니스트 소리가 쏙 들어갔다. 큰애의 마음속에 그 꿈이 남아 있는 줄 나는 짐작조차 하지 못하고 있었다.

"피아니스트가 되려면 피아노 연습을 해야지."

"레슨 받고 싶어서 아빠한테 얘기했는데 아빠 대답이…… 피아노 레슨까지 받을 시간이 되겠느냐고…… 그 말은 하지 말란 뜻이잖아. 그 시간에 영어랑 수학 공부 더 하라는."

"피아니스트가 되고 싶으면 지금부터라도 해봐."

"아빠가 허락해주실까?"

큰애가 눈을 동그랗게 뜨고 나를 쳐다보며 물었다.

"열심히만 한다면 아빠도 결국 네 뜻을 받아주실 거야. 시간은 좀 걸리겠지만."

"정말?"

큰애와 작은애가 동시에 물었다. 나는 고개를 끄덕였다.

"정말 어려운 건 그런 게 아니야. 예술을 한다는 게 얼마나 힘든 길인지 몰라. 외롭고, 늘 자신과 싸워야 하고. 그럴 자신이 있니, 너? 하루 종일 골방에 틀어박혀 피아노 치고, 뒷걸음질쳐질 때마다 난 잘할 수 있다고 끊임없이 스스로를 북돋우면서…… 그럴 자신이 없다면 아예."

거기까지 말하고서 나는 입을 다물었다. 내가 내뱉은 말들이 뱀처럼 고개를 치켜들고 나를 빤히 올려다보고 있었다. 나야말로 이런 말을 나불댈 자격이 없는 사람이었다. 얼굴이 화끈거렸다.

"맞아. 엄마가 그랬지. 천재는 노력하는 사람을 이길 수가 없는 거라고."

작은애가 말했다. 나는 작은애의 시선을 피한 채 고개만 끄덕였다. 그건 선생이 나에게 해준 말이었다. 선생에게서 배운지 이 년쯤 지났을 때 나는 드디어 최종심에 또 이름을 올리게 되었다. 그 뒤로도 몇 번인가 최종심에 올랐다. 그러나 거기까지였다. 마지막까지 내 작품을 놓고 당선시킬 것인지 말 것인지를 고민하다가 '당선작 없음'으로 결정했다는 심사평을 읽은 날, 나는 깨어 있는 게 싫어서 억지로 누워 잠을 청했다. 모르는 여자에게서 걸려온 전화 한 통이 내 잠을 깨웠다. 은재가 자기 아들을 발로 찼으니 당장 은재를 데리고 와서 사과하라고 여자는 말했다. 나는 은재에게 상황을 물어보고 나서 다시 전화하겠다고 했다.

"뭘 물어봐요? 그 말은 뭐야, 지금 내 말이 거짓말이란 뜻 아니야? 당장 당신 아들 끌고 와서 내 아들 앞에 무릎 꿇고 사과하게 하란 말이야, 내 말은!"

악을 쓰다시피 여자가 말했다. 여자의 말이 끝나기가 무섭게 내 입에서 튀어나온 건 이 미친년아, 하는 욕이었다. 내 입에서 그런 욕설이 나온 건 처음이었다. 그 욕을 시작으로 내 입에선 온갖 욕이 개구리처럼 튀어나왔다. 걷잡을 수 없었다. 여자가 전화를 끊었다. 그래도 나는 수화기를 든 채 온몸을 부들부들 떨며 욕을 했다. 누구를 향한 것인지 알 수 없는 분노. 아이들이 들어왔다. 나는 다짜고짜 손바닥으로 아이들의 머리와 등짝을 사정없이 후려쳤다. 그리고 꼬박 나흘 동안 아무것도 먹지 않았다. 전화도 받지 않았고 말도 하지 않았다. 나흘 굶은 뱃속에 처음 집어넣은 건 술이었다. 그것을 시작으로 나는 계속 술을 마셨다. 남편이 출근하고 아이들이 등교하길 기다렸다가 나는 이른 아침부터 술을 퍼마셨다. 아이들이 집에 있을 때에도 설거지를 하거나 빨래를 개키다 말고 나는 보조 주방으로 뛰쳐나가 세탁기 뒤에 숨겨놓은 소주를 꺼내 들이켰다. 한 달 넘게 문학원 수업에도 나가지 않았다.

"여길 떠나고 싶어, 여보."

잠자리에 누워 나는 남편에게 말했다. 남편은 아무 대답도 하지 않았다. 다음 날 아침 넥타이를 매며 남편이 말했다.

"밤새 생각해봤는데…… 그래, 이사하자. 환경을 바꿔보는 것도 좋을 거야."

남편은 잠깐 뜸을 들인 뒤 말을 이었다.

"근데 여보, 화내지 마, 당신 글에서 부족한 이 프로가 뭘까, 도대체? 여길 떠난다고 그 이 프로가 그냥 채워질까?"

무단결석한 지 두 달 만에 나는 선생을 찾아갔다. 선생은 내 얼굴도 똑바로 쳐다보지 않았다. 나는 선생이 호통이라도 쳐주길 기다렸다. 선생은 말이 없었다. 눈물이 쏟아지기 시작했다. 한참을 울었다. 선생은 내 무릎 위에 두루마리 화장지를 올려주었다.

"위로 받고 싶어서 날 찾아왔니?"

"……"

"널 위로할 수 있는 건 네 글밖에 없어."

"……"

"나는 내 아내랑 싸울 때마다 소설을 한 편씩 썼다."

"……"

"힘든 것, 아픈 것, 말로 할 수 없는 것…… 그걸 다 끌어안고 자신의 글 속으로 돌아가는 사람들이 우리 글쟁이들 아니겠니?"

선생은 입을 다물었다. 열어놓은 창문으로 노랫소리가 들려왔다. 바쁘게 뛰어가는 소리, 자동차 경적 소리…… 나는 고개를 들어 선생을 바라보았다.

"선생님. 저한테 재능이 있나요?"

선생은 내 눈을 물끄러미 들여다보았다.

"재능이 뭐 별쭝난 건 줄 아니? 열정이 곧 재능인 거야."

"열정…… 이요?"

"천재는 노력하는 사람을 이길 수 없고, 노력하는 사람은 즐기는 사람을 당해낼 수 없다는 말도 있잖니. 즐기는 것, 몰입하는 것, 그게 바로 재능인 거다."

"……"

"스스로를 추스르고 다독이면서 여기까지 온 너 자신이…… 고맙지 않니?"

"……"

"어쨌든 포기하지 않고 여기까지 이끌고 온 자기 자신한테 고마운 마음도 품을 줄 알아야 해. 내 말, 알겠지?"

나는 큰애 방을 나왔다. 식탁을 치우기 시작했다. 반찬 그릇을 냉장고에 넣고 빈 그릇을 포개 개수대로 옮겼다. 남편이 남긴 국이 눈에 들어왔다. 작은애가 반달 모양으로 썬 호박이 그릇 바닥에 가라앉아 있었다. 호박을 썰던 작은애의 모습이 떠올랐다. 타다다닥, 하고 가스레인지 화구에 불꽃이 피어나던 순간도. 요리만 할 수 있으면 의사든 검사든 무엇이 되어도 상관없다는 작은애의 말이 내 안에서 타다다닥, 스파크를 일으켰다. 그나저나 큰애는 꿈속에서 친구들을 만나기는 한 걸까.

설거지를 하려다가 말고 나는 뜨거운 꿀차를 마시고 식탁에 앉았다. 한쪽으로 밀쳐뒀던 책과 공책을 내 앞으로 당겨왔다. 공책을 펼쳤다. 맨 마지막 줄에 담긴 대사가 눈을 파고들었다.

나는 말에게 날개를 달아줄 거야. 그래서 함께 하늘로 날아올라야지!

가슴이 뜨거워졌다. 나는 두 손을 포개 무릎 위에 얹고 창밖으로 고개를 돌렸다. 산이 보였다. 용인으로 이사하기로 결

정하고 몇 군데 물망에 오른 곳을 돌다가 이곳을 선택한 것
엔 갈매골의 뜻이 한몫했다. 목마른 말이 물을 마시러 내려온
다는 곳, 갈매골. 공인중개사의 입에서 그 설명이 흘러나왔을
때 내가 생각한 것은 목마른 내 언어였다. 이곳에 오면 목마
른 내 말이 목을 축일 수 있을 것 같은 터무니없는 생각. 갈증
을 풀고 나면 내 언어가 날개를 달고 하늘로 날아오를 수 있
을까. 목이 답답해지기 시작했다. 시원한 물을 들이켜도 답답
함은 사라지지 않았다. 소용없을 것을 알면서도 나는 목에 생
선 가시가 걸렸을 때처럼 밥 한 숟가락을 꿀꺽 삼켰다. 역시
소용없었다. 나는 손톱을 세워 목을 긁으며 책을 펼쳤다.

　백작의 집 거실. 거실 벽에는 말을 그린 그림이 한 점 걸려
있다. 탁자에 마주 앉은 백작과 선생. 거만한 표정으로 시가
를 피우는 백작과 벽에 걸린 그림을 감탄하는 표정으로 바라
보는 선생.

　백작 : (거만한 표정으로 재를 털며) 시가 한 대 피우겠소?
　선생 : (정중하게) 아닙니다. (무슨 말을 해야 할지 모르겠다
는 듯 바지에 손바닥을 문지르다가 호주머니에서 돈을 꺼내
기 시작한다. 선생의 주머니에서 끝도 없이 쏟아지는 동전들.
언짢은 표정으로 돈더미를 쳐다보는 백작. 선생, 변명하듯 말
한다.) 아이들이 저금통을 깨트려야 했거든요.

백작 : (벌떡 일어나 탁자에서 물러난다. 그 돈더미에서 고약한 냄새라도 난다는 듯 불쾌한 표정으로 코를 쥔다.) 당신에게 비르 아켕을 주리다. (백작, 무대의 한쪽 구석으로 옮겨 혼잣말을 한다.) 비르 아켕은 너무 늙었어. 그 나이로는 더 이상 경주에 참가할 수도 없어. 고기 값이나 받고 도살장에 넘길까 했는데 마침 잘됐군. (익살스러운 표정으로 킬킬거린다.)

선생 : (백작이 서 있는 곳으로 다가가며) 성질이 순한 말이 필요합니다. 어린아이들을 위한 말이거든요.

백작 : (얼굴에서 웃음기를 싹 지우고 다시 근엄한 표정으로) 그래서 내가 아끼는 비르 아켕을 주겠다는 거요.

"약속이 있는 걸 깜빡했네."

남편의 목소리가 들렸다. 나는 고개를 들었다. 남편은 운동복 차림이었다.

"테니스 약속이 있는 걸 깜빡했어. 좀 늦을 거야. 기다리지 말고 먼저 저녁 먹어."

남편은 테니스화와 라켓을 챙겨 집을 나섰다. 나는 자리에서 일어나 거실 창 앞으로 갔다. 남편이 모는 은색 소나타가 갈매골을 떠나는 모습이 보였다. 남편이 향하는 곳이 어디인지 나는 알고 있었다. 귓속에서 악을 쓰듯 전화벨이 울리기 시작했다. 낡은 기숙사에 울려 퍼지던, 전화기 본연의 임무에만 충실하겠다는 듯 따르릉따르릉 그악스럽게 울려대던 그

전화벨. 마지막으로 M의 전화를 받던 날이 떠올랐다.

얼굴을 보면 차마 입이 떨어지지 않을 것 같아서 전화를 했다며 M은 그만 만나자고 했다. M이 그 말을 하는 순간 혜승이 떠오른 것은 육감 같은 거였을까. 사실 육감이라고밖에 표현할 수 없는 어떤 느낌은 그전에 이미 있었다. 혜승과 몇몇 친구들과 함께 맥주를 마시러 간 자리에서였다. 술 마시는 내내 혜승은 별로 기분이 좋아 보이지 않았다. 맥주도 거의 마시지 않았다. 우리 옆 테이블에는 남자 세 명과 두 명의 여자들이 둘러앉아 있었다. 갑자기 혜승이 벌떡 일어나 그리로 가더니 남자들을 둘러보며 나랑 같이 자고 싶은 사람? 하고 묻는 거였다. 헤실헤실 웃던 남자들. 불쾌한 기색을 숨기지 않던 여자들. 그건 자기 자신을 모욕하는 혜승의 방법이었다. 그때 이미 나는 혜승의 표정 한구석에서 M을 보아버렸다.

M의 마지막 전화를 받은 그날, 나는 밤늦게 기숙사를 나서는 혜승의 뒤를 밟았다. 혜승은 머뭇거림도 없이 M의 방으로 들어갔다. 나는 좁은 골목길에 가로등처럼 꼼짝 않고 서 있었다. 그런 채로 얼마큼의 시간이 흘렀을까. 나는 노크도 없이 M의 방에 들어갔다. M과, M의 팔을 베고 누워 있는 혜승.

나는 M의 반대쪽 팔을 베고 누웠다. 셋 다 아무 말도 하지 않았다. 화도 나지 않고 실망스럽지도 않았다. 다만 내 몸이 점점 깊은 곳으로 가라앉는 느낌 때문에 배꼽이 간지럽고 멀미가 났다. 얼마나 깊은 나락인지 내 몸은 한참이 지난 뒤에야 겨우 바닥에 닿을 수 있었다.

그곳에 이르렀을 때 나는 엄마 젖을 빠는 어린아이로 되돌아가 있었다. 내가 힘들어할 때마다 어머니는 말하곤 했다. 너 젖떼기가 얼마나 힘들었는지 아니? 순둥이라 젖떼기도 쉬울 줄 알았는데 웬걸, 그땐 갱기랍이라고 노랗고 쓴 약이 있었어. 그걸 젖꼭지에 발라놓으니까 네가 걸레를 들고 와서 싹싹 닦고 손바닥으로 털고 입으로 쪽쪽 빨아 침을 뱉고, 그래도 쓴지 인상을 잔뜩 쓰면서도 끝까지 빨아 먹더라. 그때 엄만 생각했다. 이게 우리 막내딸의 힘이구나. 이 힘이 우리 딸을 살리겠구나……

나는 두 손으로 젖무덤을 움켜쥐고 젖을 빨았다. 마른 젖에선 젖이 한 방울도 나오지 않았다. 나는 입을 벌리고 젖꽃판까지 덥석 물고서 필사적으로 빨아댔다. 두 손으론 쉴 새 없이 젖무덤을 주물렀다. 온몸이 땀으로 범벅될 즈음 드디어 뜨거운 무언가가 혀에 느껴졌다. 달콤하면서도 쌉싸름한…… 떫은…… 시큼하고 비릿한…… 그것은 낱말이었다. 내 혀에 뜨겁게 닿은 그것은 달콤함이라는, 떫음이라는, 시큼함이라는 낱말이었다. 나는 이곳에 있다, 라는 문장이 내 머릿속을 흘러갔다. 혜승이 소리 죽여 흐느끼고 있다, 라는 문장이 나를 밟고 지나갔다. 글은 그 진창 속으로 그렇게 몸소 나를 찾아왔다. 그것이 글이란 걸 깨닫는 순간 나는 도망치듯 벌떡 일어나 M의 방을 나왔다. 그리고 아침이 밝도록 신촌 거리를 쏘다니다가 해장국집에 들어가 땀을 흘리며 선짓국 한 그릇을 비웠다.

한밤중에 일어나 빨래를 시작한 건 그때부터였다. 기숙사 세탁실은 지하에 있었다. 세탁기는 모두 열 대뿐이어서 수백 명의 기숙생들이 사용하기에 턱없이 부족했다. 그래서 세탁기 뒤엔 언제나 긴 줄이 만들어져 있었다. 사람 대신 줄을 선 빨래 바구니. 세탁실은 점호 시간에 맞춰 전원이 나가도록 되어 있었다. 모두 잠든 새벽이면 나는 초를 챙겨들고 세탁실로 내려가 손빨래를 했다. 세탁기 안에 들어 있는, 누구의 것인지도 모르는 옷을 꺼내 비누칠을 하고 빨래판에 북북 문질렀다. 습진에 걸린 손바닥을 노상 긁어대면서도 나는 빨래를 멈추지 못했다. 이따금 그 지하 세탁실이 떠오를 때마다 나는 스스로에게 묻곤 했다. 왜 빨래였을까. 목이 터져라 노래를 부를 수도 있고 술을 마실 수도 있었을 텐데 왜 하필 빨래였을까.

빨래는 방학이 되어 기숙사를 나올 때까지 계속되었다. 빨래를 하는 동안 나는 내 인생에서 누군가의 뒤를 밟는 일이 다시는 되풀이되지 않기를 기도했다. 남편을 미행하게 되었을 때, 어느 골목에선가, 나는 곰팡내 나던 지하 세탁실을 떠올렸다.

이런 식으로 말해도 되는 건지는 모르겠지만, 남편은 성실한 사람이었다. 빚지는 걸 무서워하고, 퇴근하면 일찍 집에 들어와 가족과 함께 저녁을 먹기 위해 애쓰는 사람이었다. 주말에도 가족과 함께 시간을 보내기 위해 불가피한 게 아니면 가급적 약속을 잡지 않았다. 사람들은, 내 친정붙이들을 제외하면, 그런 남편을 마누라랑 자식밖에 모르는 사람이라고 비아냥거렸다. 그랬던 남편이 변하기 시작한 건 이 년 전부터였다. 언제부턴가 부쩍 야근이 잦아진다 싶더니 얼마 지나지 않아 조찬 회의가 있다며 아침 일찍 집을 나서곤 했다. 핸드폰은 꺼져 있기 일쑤였다.

야근해야 한다는 남편의 전화를 받은 날 나는 간식을 싸들고 회사를 찾아갔다. 남편은 없었다. 몇 날 며칠을 고민하다가 나는 남편의 뒤를 밟기로 했다. 퇴근하고 혼자 어디론가 향하는 남편의 발걸음은 경쾌했다. 남편은 회사 근처의 원룸 빌딩으로 들어가더니 두 시간 남짓 머물다가 밖으로 나왔다.

남편이 나온 뒤 나는 그 방으로 들어갔다. 디지털도어록 번호판에 우리 집 비밀번호를 누르자 싱겁게도 문이 열렸다. 단출한 방이었다. 살림이라곤 냄비 하나, 상자째 놓여 있는 라면, 싸구려 이불과 베개, 수저 한 벌이 다였다. 방을 샅샅이 살폈지만 여자의 흔적 같은 건 없었다. 무심코 떨어뜨린 귀고리 한 짝이나 둘둘 말린 스타킹은 물론이고 긴 머리카락 하나 보이지 않았다. 쓰레기통엔 과자와 라면 봉지만 수북했다.

아침밥을 거른 채 새벽같이 집을 나선 남편이 향하는 곳도 그 방이었다. 혼자 그 방에 들어가 한두 시간쯤 시간을 보낸 뒤에 혼자 그 방을 나서는 남편. 주말에도 남편은 수시로 집을 비우고 온종일 그 방에 틀어박혀 있었다. 집에도 남편의 방이 있었다. 책상과 소파와 성능 좋은 오디오가 갖춰진 방이었다. 남편은 거기서 책을 읽거나 소파에 누워 낮잠을 자곤 했다.

집을 놔두고, 아니 그 안락한 방을 놔두고, 남편은 왜 따로 방을 얻은 걸까. 왜 거기서 혼자 라면을 끓여 먹고 낮잠을 자는 걸까. 머리채를 잡을 수도 쌍욕을 해줄 수도 없는 방이란 것은 시앗으로선 정말이지 최악의 상대였다. 어디에도 풀어볼 수 없는 자괴감과 무력감이 고스란히 내 속에 쌓여갔다. 정신과 의사가 처방해준 신경안정제를 삼킬 때마다 나는 스스로에게 묻곤 했다. 지금 나는 어디에 있는 거지?

거실 창문을 닫고 돌아서는데 협탁에 놓인 전화기가 눈에 들어왔다. 나는 그리로 걸어갔다. 혜승은 왜 오지 않을까. 분당 서울대병원에서 여기까지는 차로 삼십 분이면 충분한 거리였다. 차가 많이 막힌다고 해도 벌써 도착할 시간이 지났는데…… 무슨 일이 생긴 게 아닐까 염려되었다. 소파 팔걸이에 엉덩이를 걸치고 앉아 나는 혜승에게 전화를 걸기 위해 송수화기를 들었다. 그러나 숫자 버튼을 몇 개 누르다가 말고 도로 송수화기를 내려놓았다. 어떤 식으로 말문을 열어야 할지 막막했다. 아무래도 나는 혜승처럼 스스럼없이 나야, 라고 말할 수는 없을 것 같았다. 나는 식탁에 돌아가 앉았다.

마구간. 마구간 조수가 말고삐를 들고 등장한다. 그 뒤를 선생과 아이들이 따른다.

아이 1 : 말은 어디 있어요?

아이 2 : 검은 말이에요?

아이 3 : 흰 말이에요?

아이 4 : 이름이 뭐예요?

선생 : 비르 아켕이란다.

아이들 : (얼굴을 찌푸린다. 그 낯선 이름을 듣고 실망하는 기색이 역력하다. 그러나 금방 즐거운 표정을 짓고 큰 소리로 말의 이름을 합창한다.) 비르 아켕! 비르 아켕!

아이 5 : 근데 비르 아켕이 무슨 뜻이지?

아이 1 : 사막의 도시란 뜻이야.

(아이들, 떠들어대며 마구간을 돌아다닌다. 말들, 발굽으로 땅을 차고 숨을 헐떡거리며 머리를 사납게 흔들어댄다. 그러나 맨 마지막 방에 있는 비르 아켕은 꼼짝도 하지 않는다. 아이들, 모두 비르 아켕의 우리 앞에 모여 선다. 선생도 아이들도 말을 쳐다보기만 할 뿐 아무 말도 하지 않는다.)

선생 : 얌전히들 있거라. 조용히 해!

(조수가 비르 아켕에게 말고삐를 매자 선생이 고삐를 잡고 말을 끌어낸다. 마침내 비르 아켕이 아이들 앞에 나타난다.

아이들과 눈이 마주치는 순간 비르 아켕이 미소 짓는다. 아이들, 벅찬 감동에 어쩔 줄 몰라 하며 비르 아켕을 바라본다.)

작은애가 큰애 방에서 나왔다. 작은애는 제 방으로 들어가려다가 몸을 돌려 주방으로 왔다. 작은애는 발뒤꿈치를 들고 조심조심 걷고 있었다. 아파트 생활을 접은 지 일 년이 다 되도록 작은애는 그 습관을 버리지 못하고 있었다.

"벌써 이만큼이나 썼어?"

작은애가 기쁜 표정을 지으며 공책 위로 고개를 숙였다. 금세 작은애의 얼굴 위로 실망스러운 표정이 어렸다.

"여기 말이야. 선생님이 애들한테 조용히 하라고 하는 부분."

작은애가 집게손가락으로 내가 방금 전에 쓴 부분을 가리켰다.

"애들은 한마디도 하지 않는데 선생님이 자기가 너무 떨리니까 괜히 애들보고 조용히 하라고 그러는 거잖아. 근데 엄마 글엔 그 느낌이 빠져 있어. 선생님이 속으론 엄청 떨면서 겉으론 아무렇지 않은 척하는 게."

나는 고개를 끄덕이는 대신 작은애의 엉덩이를 토닥거렸다. 작은애가 나를 돌아보며 씩 웃었다.

"또 있어. 이건 정말 엄마가 꼭 해줘야 하는 부분인데. 잠깐만 있어봐. 내가 찾아줄게."

작은애는 책을 집어 들더니 천천히 책장을 넘겼다.

"여기 있다. 이 문장. '아이들은 말을 만나기 전부터 줄곧 말을 사랑해왔다.' 애들의 이 마음을 엄마가 꼭 표현해줘야 해. 이건 절대로 빼먹어선 안 돼."

나는 말없이 작은애를 쳐다보았다. 동화책을 읽다 말고 울음을 터뜨리던 오래전의 작은애의 모습이 떠올랐다. 왜 우느냐고 묻자 작은애는 훌쩍거리면서 손가락으로 책의 한복판을 가리켰다. 아이가 짚은 문장을 나는 잊을 수가 없었다. '구두장이는 아무 잘못도 한 게 없는데 자꾸자꾸 가난해지기만 했습니다.' 그 문장을 읽는 순간의 착잡함이라니. 저 감수성이 아이를 얼마나 많이 다치게 할까. 저 감수성 때문에 아이가 얼마나 부대끼며 살게 될까. 지금도 그때처럼 가슴이 철렁 내려앉는 기분이었다.

"엄마, 파이팅!"

내 마음을 알 리 없는 작은애는 기분 좋게 주먹까지 쥐어 보이며 파이팅을 외치고 제 방으로 들어갔다. 나는 책을 읽었다. 비르 아켓을 데리고 말 사육장을 떠나는 선생과 아이들, 걸으면 걸을수록 더 크게 웃는 비르 아켓. 전화벨이 울렸다. 나는 자리에서 벌떡 일어나 전화기를 집어 들었다. 전화를 건 사람은 혜승이 아니라 선주였다.

"너 신문 읽었니?"

전화를 받은 사람이 나란 걸 확인하자마자 선주가 따지듯이 물었다. 어쩐지 잔뜩 골난 목소리였다.

"뭘?"

"우리 기숙사 없어진다는 거. 넌 신문도 안 읽고 사냐?"

기숙사가 없어지는 게 내가 신문을 읽지 않는 탓인 것처럼 선주는 대뜸 목소리를 높였다.

"무슨 얘기야, 그게?"

"우리 기숙사가 너무 낡아서 부수고 새로 짓는대. 초현대식 건물로다가."

"우리…… 대학 기숙사?"

"그럼 뭐 내가 딴 기숙사 얘기하는 줄 알았니, 여태?"

"하긴…… 우리가 거기 있을 때도 낡긴 낡았었지. 그게 벌써 십여 년 전이니까……"

"십여 년은 무슨 십여 년. 이제 이 년만 채우면 딱 이십 년이구만."

"언제 짓는대?"

"짓기는 벌써 다 지었대. 거기로 학생들 옮긴 다음에 바로 철거할 거래. 기숙사 자리엔 뭐라더라, 무슨 건물을 짓는다고 하던데…… 아 몰라 몰라 몰라."

나는 한숨을 내쉬었다. 도리머리를 흔드는 선주의 모습이 선연하게 떠올랐다.

"너 지금 뭐 해?"

선주가 물었다.

"참 빨리도 물어본다. 동화책 읽고 계신다, 지금."

나는 일부러 아무렇지도 않은 듯 말했다.

"난 소주 마신다, 혼자서."

선주가 말했다. 선주가 말을 이었다.

"그때 우리 참 재미있었는데. 너랑 나랑 혜승이랑 팔복동산에서 낮술 마시고 미친년처럼 머리에 꽃 꽂고…… 생각나?"

"그럼. 김밥 사다놓고…… 추워서 벌벌 떨면서 마셨잖아."

내 말에 선주가 까르르 웃음을 터트렸다. 과장된 웃음이었다.

"맞다, 김밥. 폼 안 나게 소주 안주로 김밥이 뭐냐, 김밥이."

"그러게. 근데 너…… 김광석 듣니?"

"거기까지 들려?"

또 하루 멀어져간다 내뿜은 담배 연기처럼…… 대답 대신 나는 김광석의 노래를 따라 불렀다. 선주가 말했다.

"김광석 죽었을 때 난 네가 무슨 일 낼까 봐 되게 겁났었어. 노 대통령 그렇게 가셨을 때도."

"그랬어?"

"아, 우울해. 김광석은 뭐가 힘들다고 죽어버리고 노통은 또 왜…… 사는 게 다 힘든 거지, 그러려니 하고 살면 되는 거지…… 왜들 자살하고 지랄들이야, 지랄이!"

선주가 목소리를 높였다. 나는 아무 말도 하지 않았다. 선주도 한동안 말이 없었다. 시멘트 먼지가 뿌옇게 가슴을 뒤덮었다. 방도 사라지고 식당도 사라지고 계단도 사라지겠지. 그 정원…… 이불을 내다 널어놓고 그 위에 누워 해바라기를 하던…… 네모난 공간으로 쏟아져 내리던 그 푸진 햇살도 다 사라지겠지. 식당 천장에, 샹들리에 옆으로 길쭉하게 얼룩이 나 있었는데. 한반도 모양이라고, 북두칠성 모양이라고 혜승과 서로 우겨대던……

"아직도 혜승이가 너한테…… 연락, 안 하지?"

선주의 목소리가 조심스러웠다.

"오늘 오겠다고 했어, 우리 집으로."

"오, 그래?"

선주에게 말을 하고 나니까 혜승이 우리 집에 오고 있다는 사실이 비로소 실감났다. 나는 전화기를 귀에 댄 채 집 안을 둘러보았다. 설거지는 개수대에 그대로 쌓여 있고 집은 지저분하고. 혜승을 맞으려면 어서 일어나 집 안부터 치워야 했다. 기숙사에서도 그랬다. 둘 중에 먼저 들어오는 사람이 방 청소를 했다. 혜승이 유난히 지쳐 보이는 날이면 나는 이따금 마지막 수업을 빼먹고 방을 치웠다. 이불을 탈탈 털어 개켜놓고 소주와 맥주와 진로 포도주를 사다놓았다. 아주 가끔은 꽃을 사다가 혜승의 책상에 꽂아놓기도 했다. 그건 혜승도 마찬가지였다. 자주 배앓이하는 나를 위해 기숙사 식당에서 몰래 찬밥을 가져다가 커피포트에 넣고 죽을 끓여주던 혜승. M의 방에서 M의 팔을 하나씩 나눠 베고 누웠던 날 이후로 혜승과 나는 눈을 마주치지 않았다. 그러나 그것은 오래가지 않았다. 혜승이 끓여준 죽을 떠먹으며 나는 팥죽 한 그릇에 장자권을 팔아버린 에서처럼 M을 털어버렸다. 혜승과 나는 예전처럼 신촌 거리를 배회하고 쓰레기통을 뒤져 담배꽁초를 찾고 커피포트에 끓인 라면을 안주 삼아 소주를 마셨다. 달라진 게 있다면 더 이상 용용이의 이야기를 듣지 않게 된 것뿐이었다. 그리고 우리는 4학년이 되었다. 나는 임용고시를 준비하느라 바빠졌지만 혜승은 아무것도 하지 않고 빈둥거리기만 했다. 졸업하고 뭘 할 건데? 걱정이 되어 내가 물으면 피식 웃기만 하던 혜승.

그러나 혜승은 빈둥거린 게 아니었다. 졸업식을 얼마 앞둔 어느 날 나는 혜승이 미대에 합격했다는 사실을 알았다. 4년을, 거의 하루도 떨어지지 않고 붙어살면서도 나는 그녀가 붓 잡는 걸 본 적도 없었고 그림에 관심이 있다는 사실도 전혀 몰랐다. 그 상실감과 배신감이란. M과 혜승의 관계를 알게되었을 땐 밤마다 빨래라도 할 수 있었지만 이번엔 아무것도 할 수가 없었다. 잠을 잘 수도, 밥을 삼킬 수도 없었다.

며칠을 침대에만 누워 있다가 나는 자리를 박차고 일어나 밖으로 나갔다. 넋 나간 사람처럼 거리를 헤매다가 나는 불쑥 문방구에 들어가 복사기에 얼굴을 들이밀었다. 욕하는 문방구 주인을 뒤로하고 나는 도망치듯 그곳을 빠져나왔다. 눈앞이 뿌옇게 흐려 보였다. 복사기의 강렬한 섬광에 다친 눈동자는 치료가 몹시 더뎠다. 복사기를 통과한, 명과 암으로만 구분되어 종이에 옮겨진 내 얼굴. 그 얼굴을 보고 나는 스스로에게 물었다. 그 사 년 동안 내가 머물렀던 곳은 도대체 어디였을까. 내가 살았던 그 방이 정말 있기는 했던 걸까.

졸업식에도 참석하지 않은 채 나는 그길로 집에 내려갔다. 방에 틀어박혀 내가 한 것은 뜻밖에도 글쓰기였다. 먹지도 자지도 않은 채 나는 미친 듯이 글을 썼다. 소설도 일기도 편지도 아닌 글을 써내려가는 동안 나는 내가 조금씩 치유되고 있음을 알았다.

"그래도 혜승이가 힘드니까…… 네 생각이 나나 보다."

선주가 말했다.

"혜승이한테…… 무슨 일이 있니?"

"몰라, 나도. 걔가 그런 말을 할 애니?"

"근데?"

"내 친구가 친정엄마를 모시고 웃음 치료 다니거든. 친정엄마가 암 환자라. 거기서 혜승일 봤대. 혜승이가 자길 기억하지 못하는 눈치여서 그냥 알은척하지 않았대. 친구 말이…… 혜승이가 그렇게 안돼 보이더래. 그냥 웃는 게 아니라…… 막 죽을힘을 다해서 웃는 것 같아서…… 기를 쓰고……"

죽을힘을 다해 웃는다는 게 어떤 건지 언뜻 상상이 가지 않았다. 나는 온몸을 흔들면서 웃는 혜승의 모습을 그려보았다. 잘되지 않았다. 대신 어린 혜승이 떠올랐다. 한밤중에 친구들과 술래잡기를 하는 혜승, 술래가 열을 셀 동안 숨을 곳을 찾지 못한 혜승, 어쩔 수 없이 깨밭 앞에 두 팔을 쫙 벌리고 서버린 혜승…… 혜승은 그게 친구의 이야기인 것처럼 나에게 들려주었고, 내 친구는 기적이란 단어를 들을 때마다 그때를 떠올린대, 라는 말로 이야기를 맺었었다. 그게 혜승의 친구의 이야기라고, 나는 정말 그렇게 믿었던 걸까. 똥 위에 앉아 잠든 아이가 나라는 걸 혜승이 바로 눈치챈 것처럼 나 역시도 그녀의 이야기 속에 등장하던 그녀의 친구, 친구의 언니의 친구가 다름 아닌 그녀 자신이란 걸 다 알아챘던 것은 아니었을까. 알면서도 모른 척했던 게 아니었을까. 혜승을 떠올릴 때마다 나를 옥죄는 부채감과 죄책감은 어쩌면 모르쇠를 방패막이로 삼았던 그 시간에 뿌리를 두고 있는 게 아닐까.

"죽 돌아가면서 자기 살아온 얘길 하는 순서가 있대. 혜승이가 그러더래. 자긴 아직도 왕따당하는 꿈을 꾼다고…… 그게 너무너무 무섭다고……"

"왕따?"

"고등학교 때 혜승이가 심하게 왕따당했던 거…… 몰랐어?"

"응."

"넌 혜승이에 대한 건 뭐든 다 아는 줄 알았는데…… 아무튼 혜승이가 고등학생 때 좀 심하게 왕따를 당했었는데, 워낙 아무렇지 않은 것처럼 행동해서 난 걔가 별로 개의치 않는 줄 알았어."

"……"

"너희들이 나랑 안 노는 게 아니라 내가 너희들을 몽땅 따돌리는 거다, 이런 식이었거든. 그러니 애들이 더 싫어할 수밖에."

"……"

"걘 그게 탈이야. 솔직하게 드러내면 좋잖아. 자긴 싹 다 감춰놓고 남더러 알아서 찾아보라는 식이니…… 뭐야. 숨은그림찾기도 아니고 보물찾기도 아니고."

선주의 표현에 피식 웃음이 났다.

"웃기는. 네 경우도 마찬가지야. 걔가 너한테 왜 이러는 건줄 아니?"

"응?"

"언젠가 내가 살살 술 좀 먹여놓고서 물어봤어. 그랬더니 그러더라. 너한텐 다른 걸 기대했는데 너도 똑같더래. 보여주는 것, 말로 표현되는 것밖에 보지 못하더래. 그것도 순전히 네 식으로 이해한다나? 너 또 미안해하고 마음 아파하고 그러지, 지금?"

"그냥 뭐……"

"아서라. 정말 그건 네가 미안해할 게 아니다. 야, 쌍둥이도 서로 속을 몰라. 타인한테, 그것도 피 한 방울 섞이지 않은 남한테 고작 친구니 부부니 하는 이름으로 그런 걸 기대한다는 거 자체가 무리야. 예의 없는 거구."

전화기를 귀에 댄 채 나는 협탁 옆에 쪼그리고 앉았다. 정면에 놓인 텔레비전이 나를 어루쇠처럼 비춰주고 있었다. 무릎을 세우고 어깨를 잔뜩 웅크리고 앉아 있는 내 모습. 그것은 남편의 방에 있을 때의 내 포즈였다. 이따금 남편의 방에 갈 때마다 나는 현관 앞에 깔아놓은 발 매트 위에 꼭 그 자세로 앉아 있다가 돌아오곤 했다. 그 방에서 머무는 동안 내가 하는 일이라곤 손 하나 까딱 않고 그저 발 매트 위에 가만히 앉아 있는 게 전부였다. 거기에 앉아 있으면 까맣게 잊고 있었던 옛 기억들이 하나둘 떠올랐다. 그중에는 되돌아보는 것만으로도 나를 곤혹스럽게 하는 기억도 있었는데 이를테면 이런 거였다. 어느 해인가 회사 동료들과 술을 마시고 노래방에 갔다가 테이블 위에 왕창 구토를 했던 적이 있었다. 깜짝 놀란 동료들이 부산을 떨며 토사물을 치우는 동안 정작 사고 친 당사자인 나는 팔짱을 끼고 앉아 나와는 아무 상관없는 일이라는 듯 딴 데를 쳐다보았다. 결혼 전의 남편도 그 자리에 있었다. 남편은 적당히 뻔뻔하면서도 도도한 그 모습에 반했다고 고백했다. 도도함이라니. 그건 도도함이 아니었다. 팔짱을 끼고 앉아 내가 생각한 것은 당장 딱 죽어버렸으면, 하는 거였다. 만원 버스 안에서 도시락을 떨어뜨렸을 때 그걸 그냥 두고 버스를 내려버린 것처럼, 전철에서 빨래가 든 쇼핑백이 터졌을 때 빨래야 밟히든 말든 상관없이 부리나케 전철을 빠져나온 것처럼, 그것은 어찌해야 할 바를 모를 때 일단 도망부터 치고 보는 내 나쁜 습성이었다. 남편의 그 방은, 집에서와는 정반대로 아무렇게나 개켜놓은 이부자리며 방바닥에 흩어져 있는 라면 부스러기는, 그것은 어쩌면 도망치는, 도망쳐서 숨어버리는 일종의 방식이 아닐까.

"너 언제 서울 안 오니? 기숙사 없어지기 전에 같이 학교에 가보자. 혼자 가기 무서워서 그래."

선주가 말했다. 나는 알았어, 라고 대답했다.

"나이 먹으니까 야, 호환마마보다 그런 게 더 무서운 거 있지."

잘 있으라는 인사를 끝으로 선주가 전화를 끊었다. 수화기를 내려놓으며 나는 벽시계를 쳐다보았다. 혜승으로부터 병원을 출발한다는 전화를 받은 게 꼭 세 시간 전이었다. 그냥 걸어서 온다고 해도 벌써 도착했어야 할 시간이었다. 나는 우선 청소부터 마치기로 했다. 마른걸레로 가구를 닦고 청소기를 돌렸다. 전화벨 소리가 들리는 것 같아 청소기 전원을 끈 게 서너 번이었다. 청소기를 제자리에 갖다놓고 나는 전화기로 갔다. 심호흡을 하고 혜승의 전화번호를 눌렀다. 그녀의 핸드폰 전원은 꺼져 있었다. 별일 없을 거라고 생각하면서도 가슴이 쿵 내려앉았다. 나는 분당경찰서에 전화를 걸어 사고 접수된 걸 확인해봤지만 혜승은 없었다. 용인경찰서도 마찬가지였다.

나는 손바닥을 비비며 거실을 왔다 갔다 하다가 식탁에 앉았다. 희곡 쓰기부터 마무리 짓기로 했다. 그러고 있으면 혜승이 오겠지. 나는 책을 펼쳤다. 선생과 아이들과 함께 길을 걸어 마을로 오는 비르 아켕. 걸으면 걸을수록 더 크게 웃는 비르 아켕. 드디어 마을에 이른 일행. 그러나 학교 운동장에 도착하자마자 쓰러지고 마는 비르 아켕. 수의사를 부르고, 수의사가 오고. 작은애가 연필로 밑줄을 그어놓은 단락이 눈에 들어왔다.

말은 웃지 않는다. 말이 윗입술을 콧구멍 위까지 들어올릴 때에는, 기쁨을 나타내기 위해서가 아니라 반대로 배가 아프기 때문에, 몹시 아프기 때문에 그러는 것이다.

숨이 가빠졌다. 아이들을 보자마자 웃던 말. 걸으면 걸을수록 더 크게 웃던 말. 그게 웃음이 아니라 아픔의 표시였다니. 나는 주먹을 움켜쥐었다. 손톱이 살을 파고들었다. 화가 난 사람처럼 나는 눈을 부릅뜨고 책을 쏘아보았다. 이 동화를 쓴 작가를 향한 감탄과 질투로 심장이 터질 것만 같았다. 나는 숨을 몰아쉬었다. 나도 이런 글을 쓰고 싶다! 말의 미소를 내 언어로 담아내고 싶다! 그리하여 내 언어로 하여금 빙긋 미소 짓게 할 수 있다면.

나는 자리에서 벌떡 일어나 바깥으로 나갔다. 비는 완전히 그쳐 있었다. 나는 산을 바라보고 서서 몇 번이고 심호흡을 했다. 가빴던 호흡이 점차 차분해졌다. 나는 큰길가로 나가 혜승을 기다리기로 했다. 주머니에 핸드폰이 들어 있나 확인하고 걸음을 떼어놓는데 나무 의자에 나란히 앉아 있는 노부부가 눈에 들어왔다. 그냥 지나치려다가 나는 상추 잘 받았다는 인사를 하기 위해 그리로 다가갔다. 노부부는 심각한 표정으로 무슨 얘긴가를 주고받고 있었다.

"그러니까 순옥이만 불쌍하게 됐어."

"누가 아니래요. 사람이 그러면 못쓰는데. 하지만 결국 순옥이가 잘될 거야. 악한 끝은 없어도 선한 끝은 있다잖아요."

노부부의 이야기는 끝없이 이어졌다. 나는 끼어들 틈을 찾지 못하고 나무 의자 뒤에 서서 노부부의 대화를 들었다. 그러다가 노부부의 입에서 덕진과 혜경이란 이름이 나왔을 때나는 하마터면 웃음을 터트릴 뻔했다. 순옥과 덕진과 혜경은 내가 아침에 즐겨 보는 텔레비전 연속극의 주인공들이었다. 무슨 말끝엔가 할아버지가 푹 한숨을 내쉬었다. 아무래도 인사는 다음에 해야겠다 싶었다. 그냥 돌아서려는데 할머니가 뒤를 돌아보았다.

"상추 잘 받았다고 인사를 드리려고……"

"그까짓 걸 뭘. 이리 와서 차나 한잔해요."

할머니가 할아버지 쪽으로 엉덩이를 당겨 내가 앉을 자리를 만들어주었다. 내가 앉길 기다렸다가 할머니가 보온병을 열더니 종이컵에 생강차를 따라주었다. 생강차는 뜨겁고 진했다.

"꽃이 참 예쁘지요?"

할머니가 말했다. 할머니의 눈길은 공터에 무리 지어 피어 있는 들국화를 향하고 있었다. 나는 말없이 고개를 끄덕였다.

"젊었을 땐 꽃이 예쁜 줄도 모르고 살았는데……"

할머니의 말을 할아버지가 받았다.

"접때는 가만히 있는데, 콩 심은 데 콩 나고 팥 심은 데 팥 난다는 사실이 그렇게 신기할 수가 없습디다. 그런 걸 보면 나이 먹는 게 꼭 나쁜 것만은 아닌 것 같아."

노부부가 서로 얼굴을 마주 보며 웃었다. 나와 남편도, 나와 혜승도 이 노부부처럼 늙어갈 수 있을까.

나는 종이컵을 손으로 감싸 쥔 채 고개를 들었다. 새와 잠자리가 허공을 날고 있었다. 노부부의 대화 때문인지 새와 잠자리가 같은 시공간에 있다는 사실이 퍽이나 신기하게 느껴졌다. 공룡이 살던 시대에도 지금처럼 하늘을 날아다녔을 잠자리, 살아남기 위해 필사적으로 앞다리를 날개로 진화시켜 새가 된 공룡. 잠자리가 말뚝 위에 내려앉았다. 쉴 때조차도 잠자리는 날개를 접지 않고 있었다. 나에겐 그 펼쳐진 날개가 거수경례하는 손처럼, 새로 진화해 악착같이 이 땅에 살아남은 공룡에 대한 존경을 담은 동작처럼 느껴졌다.

집 안에서 희미하게 전화벨 소리가 들려왔다. 종이컵을 내려놓고 나는 집을 향해 뛰었다. 신을 신은 채 집 안으로 들어갔다. 그러나 전화를 건 사람은 혜승도 경찰도 아닌 큰애의 친구였다. 나는 큰애에게 전화를 바꿔주고 다시 밖으로 나왔다.

나는 큰길가로 걸어갔다. 걸으면서 나는 혜승을 기다리던 어느 여름을 생각했다. 핸드폰도 삐삐도 없던 시절, 나는 수원역 시계탑 앞에 서서 혜승을 기다렸다. 아침 열한시에 만나기로 약속한 혜승이 나타난 것은 약속 시간에서 정확히 여섯 시간이 지난 오후 다섯시였다. 혜승은 미안하다는 말도 없었고 왜 늦었는지에 대한 변명도 하지 않았다. 그저 반갑게 웃으며 나를 향해 달려오던 혜승. 나도 혜승에게 짜증을 내거나 늦은 까닭을 추궁하지 않았다. 우리는 손을 잡고 늦은 점심을 먹기 위해 지하상가로 내려갔다. 그 이야기를 다 듣고 나서 M은 말했다.

"와! 여섯 시간 늦게 나타난 친구도 대단하지만 끝까지 기다린 네가 더 대단하다."

그게 혜승이야, 나는 생각했다, 혜승은 그러고도 남는 사람이라구. 그때처럼 기다리면, 올 거라고 굳게 믿고 기다리고 있으면 혜승은 아무렇지 않게 나를 향해 달려올 거야. 나는 마른침을 삼켰다. 병원을 나서다가 혜승은 아는 사람을 만났을 거야, 라고 나는 생각을 이어갔다. 함께 점심을 먹기 위해 식당을 찾느라 한 시간. 워낙 손님이 많은 시간이라 주문하고 기다리는 데 한 시간. 밥 먹으면서 밀린 얘기하느라 또 한 시간. 좀 늦는다고 전화를 하려는데 핸드폰 배터리가 나가 있고. 혜승은 운전석에 앉아 안전벨트를 맸어. 지금쯤 혜승은 분당을 지나 용인으로 들어서고 있을 거야.

머릿속으로 안내판 하나가 둥실 떠올랐다. 분당과 용인의 접경지대에 붙어 있던 그 안내판이. 그 표지판이 아니었다면, 그래도 남편과 나는 아무 연고 없는 용인에 터를 잡을 엄두를 낼 수 있었을까. 분당을 막 지나치는데 '여기서부터는 용인입니다'라고 적힌 표지판이 눈에 띄었고, 그걸 읽는 순간 영문도 모른 채 훅 터져 나오던 울음. 표지판에 적힌 '용인'을 '용인하다, 용인되다'의 어근으로 이해했음을 깨달은 건 어느 정도 시간이 흐른 뒤였다. 혜승도 그 안내판에 눈길을 주게 될까.

갑자기 목이 답답해왔다. 나는 가슴을 두드리며 캑캑거렸다. 아무리 뱉어내려고 해도 내 목에 걸린 매실 씨앗은 요지부동이었다. 나는 손바닥으로 마구 목을 때렸다. 목구멍 저 깊은 곳에서 무언가가 꿈틀거리며 기어 나왔다. 그것은, 뜻밖에도, 문장이었다.

말이 웃다.

---

* 참고한 책 :『말의 미소』, 크리스 도네르 지음, 필립 뒤마(그림), 김경온 옮김(비룡소).

맘
스
터

엄마는 딸에게 선물을 주기로 마음먹었다.

*

불을 켰다. 창문 하나 없는 방. 이곳에서의 시간은 엄마의
손끝에서 결정되었다. 불을 켜면 아침, 불을 끄면 밤. 낮과 밤
의 길이도 엄마가 정했다. 배가 고프면 불을 켰고 배가 부르
면 불을 껐다. 낮은 소낙비처럼 짧았고 밤은 장맛비처럼 길었
다. 엄마는 낮과 밤의 길이를 가늠하지 않았다. 이 방에 없는
건 창문만이 아니었다. 시계도 라디오도 핸드폰도, 그러니까
시간을 알 수 있는 거라곤 아무것도 없었다.

---

* 맘스터 : mom(엄마)과 monster(괴물)의 합성어로, 엄마라는 이름의 괴물을 뜻한다.

엄마는 몸에 두르고 있던 홑이불을 벗었다. 아무것도 걸치지 않은 알몸이 드러났다. 엄마는 허리를 숙여 방 한쪽 구석에 개켜놓은 옷을 집어 들었다. 남성용 티셔츠와 짧은 주름치마였다. 티셔츠는 컸고 치마는 몸통에 꽉 끼어 지퍼를 올릴 수가 없었다. 시장 좌판에서 값을 치르지 않고 집어 온 옷들은 대개 엄마의 몸에 너무 크지 않으면 너무 작았다. 아무래도 상관없었다. 크거나 작은 옷을 불평해본 적이 없었고 꼭 맞는 옷이 손에 들어왔다고 해서 기뻐해본 적도 없었다. 남자옷이든 여자 옷이든 개의치 않았다. 오래전에 엄마는 자신이 여자라는 사실을 잊었다. 엄마는 그냥, 엄마였다.

숱 없는 긴 머리를 정성껏 빗고 엄마는 카디건을 걸쳤다. 단추를 채우며 엄마는 방바닥을 내려다보았다. 태어나서 지금껏 한 번도 선물이란 걸 받아본 적이 없는 아이가 거기 누워 있었다. 조금만 기다리렴, 딸아. 엄마가 선물을 들고 돌아올 테니. 엄마는 방문을 열고 밖으로 나갔다.

*

안녕하세요?

엄마는 소리 나는 쪽으로 고개를 돌렸다. 정장 차림의 여자가 아이의 손을 잡고 엄마에게 다가오고 있었다. 안녕……하세요? 엄마는 걸음을 멈추고 여자의 말을 입속말로 따라

했다. 자신이 지금 안녕한지 아닌지를 생각하느라 엄마의 머릿속이 복잡해졌다. 엄마는 여자에게 당신은 안녕하냐고 되묻고 싶었다.

교회 와요. 오늘이 부활절이에요. 예수님만 믿으면 누구나 천국 갈 수 있어요.

엄마에게 종이를 건네며 여자가 말했다. 여자가 누구나, 라고 발음할 때 엄마는 눈을 질끈 감았다. 항상, 결코, 반드시…… 엄마는 그런 낱말들이 품고 있는 깊은 함정이 무서웠다.

아이, 있어요?

엄마가 눈뜨길 기다렸다가 여자가 물었다. 엄마는 고개를 주억거렸다. 그건 언제라도 엄마가 자신 있게 대답할 수 있는 질문이었다. 엄마는 딸을 생각했다. 딸을 떠올리는 것만으로도 엄마는 기분이 좋아졌다. 하지만 엄마는 웃지 않았다. 언제부턴가 엄마는 웃지 않게 되었다. 울지도 않았다. 결혼식장과 장례식장을 번갈아 드나드는 검은 정장처럼, 기쁠 때도 슬플 때도 엄마의 얼굴은 무표정했다.

몇 살이에요, 아이가?

여자가 물었다. 엄마는 대답하지 않았…… 아니, 못했다. 여자가 안쓰럽다는 표정으로 엄마를 쳐다보았다. 가자, 엄마. 아이가 여자의 옷소매를 잡아당겼다. 여자가 아이의 어깨를 안고 뒤돌아섰다. 엄마 땜에 교회 늦겠다. 늦으면 스티커 못 받는단 말이야. 빨리 가면 안 늦어. 근데 엄마, 저 아줌마 쫌 이상하다. 쉿, 조용. 있잖아 엄마. 쉿, 이따 얘기해. 엄마는 가만히 서서 배웅하듯 모녀의 뒷모습을 쳐다보았다. 그들이 길모퉁이로 사라진 뒤에야 엄마는 여자가 건네준 종이를 내려다보았다. 교회 주보였다. 겉표지에 박힌 초대합니다, 라는 문구가 눈에 들어왔다. 가슴이 쿵쿵거렸다. 머리가 미처 그 다섯 글자의 뜻을 해석해내기도 전에 가슴이 벌렁거리고 숨이 가빠졌다. 엄마는 그 자리에 쪼그려 앉아 손으로 가슴을 문질렀다. 이건 어디까지나 어미로서의 몸의 반응이란 걸 엄마는 알고 있었다. 아기가 배고플 때가 되면 어미의 젖이 단단해지며 젖꼭지가 찌릿해지는 것처럼, 딸에게 줄 선물이 거기 준비되어 있다는 걸 머리보다 먼저 안 몸의 반응. 딸에 관한 한 머리는 언제나 몸보다 늦었는데 그건 당연한 일이었다. 엄마는 머리가 아닌 몸으로 딸을 임신했고, 품었고, 낳았으니까.

엄마는 기꺼이 초대에 응하기로 했다. 엄마는 모녀가 사라진 골목을 따라 걸어갔다. 골목을 돌고 돌자 팔 차선 도로가 나타났다. 도로 맞은편에 큰 교회가 서 있었다. 엄마는 차들이 달리고 있는 도로를 성큼성큼 가로질렀다. 엄마는 이미 죽음을 통과했으므로 달리는 차 따위 하나도 무섭지 않았다. 세 사람을 죽이고도 남을 만큼의 약을 삼켜도, 목을 매도, 높은 곳에서 뛰어내려도 죽지 않는 사람이 바로 엄마였다.

엄마는 교회로 들어갔다. 목사의 설교가 진행 중이었다. 엄마는 맨 뒷자리에 앉았다.

예수님은 우리의 죄 때문에 돌아가셨습니다. 죽을 수밖에 없는 죄인인 우리를 대신해서 예수님이 십자가를 지셨습니다.

엄마는 고개를 갸웃거렸다. 엄마는 죄인이 아니었다. 더군다나 누군가 엄마를 대신해서 죽어야 할 만큼 큰 죄를 지은 적은 없었다. 사람들이 낮은 목소리로 아멘, 하고 중얼거렸다. 엄마는 사람들을 쳐다보았다. 죄인임을 인정한 사람들의 얼굴치고 다들 너무 떳떳해 보였다.

부활하신 예수님을 믿으면 천국 갑니다. 우리의 선함으로 가는 게 아니고요, 그 예수를 그냥 믿기만 하면 천국 가는 겁니다. 믿으시면 성도님들, 크게 아멘! 하시기 바랍니다.

사람들이 큰 소리로 아멘을 외쳤다. 엄마는 예배당 안을 둘러보았다. 직접 눈으로 보고 있는 그 광경이 마치 책을 읽으며 그려보는 장면처럼 느껴졌다. 엄마의 머릿속으로 안개가 차오르기 시작했다. 한 치 앞도 볼 수 없을 만큼 짙은 안개…… 여기저기서 터져 나오는 비명 소리…… 엄마의 품에 안겨 피를 흘리는 아들…… 엄마는 피식 웃었다. 어떤 죄를 지어도 예수만 믿으면 천국에 간다니. 참 쉽구나, 엄마는 생각했다. 참 쉬워.

찬송가가 울려 퍼지는 가운데 헌금 바구니가 돌았다. 엄마는 준비한 게 없었다. 주보에서 초대합니다, 라고 인쇄된 부분만 손톱으로 찢어내어 그것을 헌금 바구니에 집어넣었다.

축도를 마지막으로 예배가 끝났다. 사람들이 줄 서서 예배당을 빠져나갔다. 엄마도 줄을 섰는데 그건 순전히 선물 때문이었다. 엄마는 현관에서 교인들에게 바구니를 나눠주고 있는 여자들을 쳐다보았다. 빨리 선물을 받고 싶었지만 목사가 사람들과 일일이 악수하는 탓에 줄은 쉽게 줄어들지 않았다. 엄마는 신경질적으로 머리카락을 쥐어뜯었다. 엄마가 제일 힘들어하는 게 기다리는 일이었다. 예전의 엄마는 그렇지 않았다. 가장 잘하는 것 중의 하나가 기다림이었다. 밥이 뜸 들기를 기다리고, 남편이 돌아오기를 기다리고, 제시간에 오지 않는 베이비시터를 기다리고…… 기다림의 대가는 분명했다. 밥은 뜸이 들었고, 남편은 돌아왔으며, 베이비시터는 서울의 교통 체증에 대해 넌더리를 내는 것으로 변명을 대신하며 서둘러 엄마에게서 아이를 받아 안았다. 기다리는 동안 엄마는 지루해하지 않았다. 두 손 늘어뜨리고 앉아 마냥 지루해하고 있기엔 엄마는 늘 몹시 바빴다. 인터넷뱅킹을 하며 베이비시터를 기다렸고 멸치를 다듬으며 남편을 기다렸고 부장이 빨리 퇴근하길 기다리며 신문을 읽었다. 신문 지면에 하루도 빠지지 않고 등장하는 불행들. 그 사연들을 읽으며 혀를 끌끌 찰 때만 해도 엄마의 이야기가 기삿거리가 되리라고는, 그것도 신문 일면을 차지하는 큰 뉴스거리가 되리라고는 상상하지 못했다.

드디어 엄마 차례가 되었다. 승리하세요. 엄마에게 손을 내밀며 목사가 말했다. 엄마는 목사의 손을 맞잡는 대신 그의 얼굴을 뚫어져라 쳐다보았다. 놀라웠다. 엄마의 몸속 어딘가에서, 머릿속인지 가슴속인지 뱃속인지 모를 그 어딘가에서 끝없이 되풀이되는 전쟁을 이 남자가 알고 있다니. 승리하세요, 자매님. 목사가 손을 더 앞으로 내밀었다. 눈을 뜨는 순간 챙, 하고 칼날 부딪치는 소리가 나요. 손으로 머리를 빗는 동안에도, 딸이 맛나게 밥을 먹는 걸 보고 있는 동안에도 내 속에선 누군가 칼을 휘두르고 누군가 머리채를 잡은 채 흙바닥을 뒹굴고 누군가 피를 쏟으며 죽어가요. 엄마는 말했다. 하지만 엄마의 말은 입 밖으로 나오지 못했다. 목사가 몸을 조금 틀어 엄마의 뒤쪽에 서 있는 남자를 쳐다보았다. 승리하세요, 집사님. 남자는 미소 띤 얼굴로 목사의 인사를 받았다. 엄마는 뒷사람들에게 떠밀려 앞으로 나아갔다. 예수님께서 약속대로 부활하셨습니다. 한 여자가 엄마에게 바구니를 내밀었다. 그 속에 든 건 달랑 달걀 두 알이었다. 맥이 풀리며 에계계 소리가 절로 나왔다. 이게 딸에게 줄 선물일까. 그럴 리는 없다고 엄마는 생각했다. 고작 이까짓 걸 예감하고 가슴이 그토록 벌렁거렸을 리는 없다고. 엄마는 달걀만 빼내어 카디건 주머니에 넣고 바구니는 도로 여자에게 돌려주었다.

엄마는 교회 현관을 빠져나왔다. 도대체 선물은 어디에 있을까. 엄마는 주위를 둘러보았다. 교회 마당 한쪽에 마련된 쉼터에서 이야기를 나누고 있는 젊은 여자들이 보였다. 엄마는 그리로 가서 여자들이 앉은 나무 의자 끝에 걸터앉았다.

고개를 젖히자 첨탑에 세워놓은 십자가가 보였다. 코끼리처럼 몸집이 크지 않으면 짊어질 수 없을 만큼 십자가는 크고 무거워 보였다.

그래서 환경이 중요한 건데…… 난 요즘 저놈의 임대아파트 땜에 잠이 안 와.

왜?

거기 애들 질이 안 좋잖아. 우리 유빈이가 놀이터에서 임대 애들이랑 놀고 오더니 욕을 하는 거야. 어떻게 된 애들이 입만 벌리면 욕이니. 임대 애들이랑 일반 애들이랑 섞이지 않도록 무슨 수를 써야 하는 거 아냐?

접때 뉴스 보니까 어떤 동네에선 주민 투표로 임대랑 일반 아파트 사이에 담을 쌓았대. 그쪽 애들이 이쪽으로 못 넘어오도록.

나도 그 뉴스 봤는데, 그건 좀 아니더라. 임대 사는 애들이 담쌓기 전엔 십 분이면 충분하던 등굣길이 담쌓고 나선 이삼십 분씩 걸린대. 같이 애 키우는 엄마로서 그건 좀 아니지 않아?

또 착한 척. 영준이가 그런 애들한테 물들어서 욕이나 하고 침이나 찍찍 뱉고 다녀도 그런 말이 나올까.

그나저나 요즘 박 집사가 통 안 보인다?

박 집사, 교회 그만뒀잖아.

정말?

말 나온 김에 하나만 묻자, 유빈 엄마. 박 집사가 교회 관둔

게 자기 때문이란 말이 있던데, 어떻게 된 거야?

나 땜에?

그래. 유빈 엄마가 박 집사한테 큰 상처를 줬다던데?

상처는 무슨. 그까짓 게 무슨 상처씩이나.

말해봐. 뭔데?

저번에 내가 약 좀 구해달라고 박 집사한테 부탁했어. 같은 구역 식구끼리 그 정도 부탁도 못하고 살아?

무슨 약?

그 집 준수가 먹는 약 있잖아. 에이디에이치 약.

어머, 유빈이도 그 병이야?

미쳤어, 재수 없는 소릴. 생각만 해도 소름 끼친다!

그럼 그 약은 왜?

그게 공부 잘하게 해주는 약이잖아. 강남 엄마들은 진작 다 알고 애들한테 그걸 먹인대. 생각해봐. 에이디에이치 애들도 그것만 먹으면 차분해지잖아. 그러니 정상 애들이 먹으면 얼마나 집중력이 높아지겠어?

정말이래?

그래. 근데 정신과 몇 군데 가서 부탁해봐도 처방을 해줘야 말이지. 그래서 할 수 없이 박 집사한테 갔어. 박 집사야 얼마든지 그걸 받아올 수가 있잖아. 근데 그 여자가…… 하, 기가 막혀서. 상처받은 사람은 솔직히 그 여자가 아니라 나다, 나!

어쨌는데, 박 집사가?

당장 나가라고, 다신 찾아오지 말라고 막 소릴 지르는 거야. 부들부들 떨면서 눈까지 홀랑 뒤집어지는 게…… 준수가 그렇게 된 게 다 이유가 있더라니깐!

근데 그 약이 정말 효과가 있긴 하대?

효과 하나는 정말 끝내주더라.

먹여봤구나?

그럼, 내가 누구야.

어떻게 구했는데?

이거 비밀이다. 솔직히 있잖아…… 박 집사가 안 줄 경우를 대비해서 내가 미리 그 여자 화장실 간 사이에 쫌 챙겨뒀지롱.

뭐? 하하하하……

하여간 유빈 엄만……

잠깐만. 저 소리 저거…… 유빈이 울음소리 아냐?

엉? 정말! 누가 우리 유빈일…… 아, 내가 미쳐미쳐미쳐!

젊은 여자들이 자리에서 일어나 교회 뒤편으로 달려갔다. 여자들이 말하는 내내 엄마는 유모차를 쳐다보고 있었다. 나무 그늘 아래 세워둔 유모차 안에선 아이가 곤히 잠들어 있었다. 엄마는 유모차를 밀고 교회를 빠져나왔다.

*

대문은, 늘 그렇듯이, 닫혀 있지 않았다. 엄마는 유모차를 끌고 뒷걸음쳐서 집 안으로 들어갔다. 노부부가 사는 안채에선, 늘 그렇듯이, 텔레비전 소리가 염불 소리에 뒤섞여 시끄럽게 흘러나오고 있었다. 엄마는 마당 모퉁이에 있는 차고를 향해 유모차를 직각으로 틀었다. 바닥에 깔린 벽돌 틈에 바퀴가 낀 걸 모른 채 힘껏 미는 바람에 유모차가 비틀거리며 앞으로 고꾸라질 뻔했다. 아이가 잠에서 깨어 몸을 뒤척거리기 시작했다. 엄마는 바퀴를 빼내기 위해 유모차를 뒤로 끌어당겼다. 엄마…… 유모차에 탄 아이가 칭얼거렸다. 엄마는 대답 대신 허리를 숙여 유모차 차양을 앞으로 내렸다. 허리를 펼 때 엄마는 진저리 같은 게 온몸을 훑고 내려가는 것을 느꼈다. 실은 이 느낌은 유모차를 끌고 교회를 나설 때부터 계속되고 있었다. 깊이 몰입해 있던 배역을 내려놓고 일상으로 돌아온 배우라도 된 것처럼, 엄마는 유모차 손잡이에 두 손을 얹는 순간 비로소 제자리를 찾은 것 같은 안도감을 느꼈다.

엄마! 엄마! 큰 소리로 엄마를 찾으며 아이가 발버둥 쳤다. 엄마는 유모차를 번쩍 들고 차고 앞까지 갔다. 열쇠로 문을 따고 유모차째로 차고 안으로 밀어 넣었다. 팔이 후들거렸다. 엄마는 안으로 들어가 문을 닫았다. 문짝이 문틀에 빈틈없이 꽉 끼는 느낌이 손바닥 가득 전해졌다. 엄마는 이 느낌을 좋아했다, 문을 경계로 세상이 여기와 저기로 확연히 갈라지는. 손잡이를 잡은 채 이마를 문에 대고 엄마는 잠깐 그렇게 서 있었다. 이것은 이곳에 발을 들인 이래로 외출하고 돌아올 때마다 반복되는 일종의 의식 같은 거였다. 피난처를 미리 예비해두고 엄마와 딸을 이리로 이끈 절대적인 힘에 대한 감사. 자살 시도가 실패로 끝날 때마다 엄마는 자신의 죽음을 필사적으로 가로막는 강한 힘을 느꼈고, 그 힘이 이 세상 어딘가에 모녀가 누울 수 있는 공간을 마련해놓았을 거라는 걸 알았지만, 이토록 완벽한 피난처를 예비해두었을 거라고는 기대하지 못했었다. 집주인인 노부부는 차고를 개조해 방과 화장실을 앉혀 세를 놓았는데, 엄마와 딸이 오기 얼마 전까지 록밴드가 대여해 연습실로 썼다는 방은 올록볼록한 흡음제로 빈틈없이 둘러싸여 있었다.

아이가 몸을 뒤틀며 신경질적으로 울어댔다. 엄마는 아이를 유모차에서 빼내어 옆구리에 끼고서 방문을 열었다. 딸은 발가벗은 채 자고 있었다. 엄마는 아이를 바닥에 내려놓았다. 아이가 주위를 둘러보더니 악을 쓰며 팔딱팔딱 뛰기 시작했다. 엄마는 문을 닫고 불을 켰다. 아이가 아무리 크게 울부짖는다고 해도 흡음제가 그 소리를 말끔히 먹어치울 터이므로 그 어떤 소리도 이 벽을 뚫지는 못할 것이다.

딸이 잠에서 깨어났다. 딸은 어리둥절한 표정으로 아이와 엄마를 번갈아 쳐다보았다. 선물이야, 딸아. 선물이라고 말할 때 엄마는 목이 메었다. 딸은 팔로 바닥을 기어 아이에게 다가갔다. 엄마는 딸의 다음 동작이 궁금했다. 딸이 팔을 뻗어 아이의 머리카락을 움켜쥐었을 때 엄마는 오래전에 아들이 돌잡이할 때 그랬던 것처럼 손뼉을 쳤다. 딸에게 머리채를 잡힌 아이는 숨넘어가는 소리로 엄마를 부르며 발버둥 쳤다. 그러다가 아이가 발로 딸의 머리를 찼다. 딸은 바닥으로 나동그라졌다. 엄마는 얼른 딸을 품에 안았다. 그리고 딸의 머리를 문질러주며 아이에게 다가갔다. 엄마는 딸의 머리를 문지르던 손으로 아이의 머리통을 후려갈겼다. 아이가 더 크게 울었다. 엄마는 더 세게 아이를 때렸다. 아이가 울음을 그쳤다.

엄마는 딸을 바닥에 눕혔다. 오동통하게 살이 오른 아이의 다리와 뼈만 앙상한 채 뒤틀린 딸의 다리가 한눈에 들어왔다. 다행히도 다리를 다친 뒤로 딸은 바깥세상을 궁금해하지 않게 되었다. 바깥세상은 말이다, 딸아…… 엄마는 거기에서 입을 다물었다. 승리하세요, 하고 인사하던 목사의 얼굴이 떠올랐고 그 인사를 웃는 얼굴로 받아내던 사람들이 떠올랐다. 세상은 전쟁터였다. 엄마는 딸을 그 세상 속으로 내보내고 싶지 않았다.

딸이 발딱 몸을 뒤집더니 다시 아이에게 기어갔다. 그리고 팔에 힘을 실어 윗몸을 일으키더니 아이의 콧구멍 속으로 손가락을 집어넣었다. 아이가 겁에 질린 눈으로 엄마를 쳐다보며 엄마엄마엄마엄마…… 주문을 외듯 중얼거렸다. 아이의 입을 통해 나온 그 말은 엄마에게 어떤 울림도 주지 못했다. 울림은커녕 남의 아이가 젖을 물고 있는 것 같은 이물감과 불쾌감마저 느끼게 했다. 딸은 아이의 콧구멍에서 손가락을 빼더니 이번엔 아이의 손등을 깨물었다. 아이가 엉덩이걸음으로 뒷걸음쳤다. 딸은 손등을 입에 문 채 부지런히 기어 아이를 바짝 따라갔다. 딸의 얼굴은 무표정했다. 하지만 엄마는, 딸에 관한 한 모르는 게 하나도 없는 엄마는, 딸이 지금 얼마나 즐거워하고 있는지 알 수 있었다. 엄마는 벽에 등을 대고 앉았다. 오래전에 아들이 갖고 놀던 인형이 떠올랐다. 눕히면 저절로 눈을 감고 일으켜 세우면 반짝 눈을 뜨는 그 인형은 아들과 키도 덩치도 비슷했다. 아들은 그 인형과 함께 목욕하고 춤추고 잠잤다. 하지만 그 인형은 말도 못했고 울지도 못했다. 도망치지도 못했고 손톱을 깨물지도 못했다. 딸에게 가장 좋은 선물을 했다는 생각으로 엄마의 마음이 흡족했다.

엄마는 자리에서 일어났다. 카디건을 벗기 위해 단추를 끄르는데 아이가 엄마! 비명을 내질렀다. 엄마는 고개만 돌려 뒤를 돌아보았다. 딸이 아이의 손가락을 깨문 채 엄마를 올려다보고 있었다. 엄마는 고개를 끄덕였다. 딸은 엄지부터 새끼손가락까지 차례차례 물고 나더니 아이의 발목을 제 입 쪽으로 잡아당겼다. 아이가 비명을 내지르며 딸을 발로 찼다. 엄마는 또 한 번 아이의 머리통을 세게 후려갈겼다. 아이가 뒤로 나자빠졌다. 아이가 앉아 있던 자리에 물기가 흥건했다. 엄마는 아이가 입고 있는 원피스를 벗겼다. 아이의 옷에서 섬유 유연제 냄새가 났다. 팬티를 벗겼다. 오줌에 흠뻑 젖은 팬티는 몸에 들러붙어 쉽게 벗겨지지 않았다. 이제 아이의 몸에는 목걸이와 팔찌밖에 남지 않았다. 엄마는 고리를 풀어 목걸이를 벗겼다. 미키 마우스가 그려진 메달 뒷면에 이름과 전화번호가 새겨져 있었다. 팔찌도 마저 벗겼다. 거기에도 목걸이에 새겨진 것과 같은 번호와 이름이 돋을새김되어 있었다.

엄마는 목걸이와 팔찌를 손바닥에 올려놓고 010으로 시작하는 일련의 숫자를 물끄러미 내려다보았다. 내 새끼를 지키기에 이 열한 자리의 숫자는 얼마나 약하고 허술한 건지. 철갑으로 몸을 둘러놓아도 세상은 무장한 몸통 대신 무방비로 드러난 발목을 노린다는 걸 아이의 엄마는 모르고 있었다. 당연했다. 그건, 당하기 전에는, 알 수 없는 거니까. 엄마도 그랬다. 잠든 아들을 자동차 뒷좌석에 눕히고 아파트 주차장을 빠져나오던 그 아침까지만 해도 곧 닥쳐올 불행에 대한 어떠한 예감도 없었다. 짙은 안개가 끼어 가시거리가 오십 미터도 되지 않는다는 뉴스를 듣고도 굳이 그 다리로 들어선 것은 그게 가장 빠른 지름길이기 때문이었다. 안개는 예상했던 것보다 훨씬 짙었다. 그야말로 한 치 앞도 분간할 수 없을 만큼 짙은 안개…… 앞에 뭔가가 있다는 걸 깨닫고 브레이크를 밟았을 땐 이미 늦은 뒤였다. 엄마는 차에서 내렸다. 수많은 차들이 서로 부딪쳐 뒤엉킨 도로. 연기가 솟구치고 있는 차들. 여기저기서 터져 나오는 비명 소리. 엄마는 눈앞에 펼쳐진 그 광경에 도무지 현실감을 느낄 수가 없었다. 얼마나 비현실적으로 느껴졌으면 어이없게도 어떤 외국 작가가 쓴 소설을 다 떠올렸을 정도였다. 안개가 사람을 잡아먹는다는 내용의, 단편이라기엔 길고 장편이라기엔 짧은 길이의 소설이었다. 그나저나 그 이야기는 어떻게 끝을 맺더라. 엄마는 고개를 갸웃거리며 뒤를 돌아보았다. 차 문이 열리고…… 아들이 차에서 내려서고…… 뒤에서 달려오던 차가 아들을 그대로 들이받고…… 커다란 포물선을 그리며 안개 속을 날다가 도로 위로 뚝, 떨어진 아이. 구급차는 한참 뒤에야 도착했다. 그땐 이미 도로가 상행선 하행선 할 것 없이 구경 나온 사람들과 차량으로 발 디딜 틈 없이 꽉 차버린 뒤였다. 거짓말처럼 안개도 싹 걷혀 있었다. 엄마는 아들과 함께 구급차에 올랐다. 하지만 구급차는 차량과 인파로 인해 앞으로 나아갈 수 없었다. 운전사가 스피커를 켜고 아이가 위독하다고 몇 차례나 방송을 했지만 소용없었다. 엄마는 아들을 안고 차에서 내렸다. 내 아이가 죽어가요. 비켜주세요. 맨 앞에 선 몇몇 사람들만 비켜서는 시늉을 했을 뿐 사람들의 벽은 꿈쩍도 하지 않았다. 내 아이가 죽어가고 있어요. 비켜주세요. 엄마는 몸부림쳤다. 그래도 벽은 움직이지 않았다. 그 벽 어딘가에서 어린아이의 목소리가 날아왔다.

근데 엄마, 추돌이랑 충돌은 어떻게 달라?

충돌은 반대편 방향에서 달려오던 차와 부딪친 거고 같은 방향으로 달리다가 부딪치면 추돌이라고 하는 거야.

아, 그래서 라디오에서 이걸 추돌이라고 말한 거구나.

그렇지. 엄마가 문제 하나 낼게. 왜 여기에만 이렇게 짙은 안개가 꼈던 걸까?

글쎄……

복사냉각 때문이야. 오늘의 숙제. 복사냉각이 뭔지 알아보기.

엄마는 피 흘리는 아들을 안은 채 고개를 끄덕였다. 추돌과 충돌은 그렇게 다르구나. 이 다리에만 유독 괴물 같은 안개가 낀 게 복사냉각이란 것 때문이구나. 엄마는 벽 앞에 아들을 내려놓았다. 그리고 죽어가는 아들의 귀에 대고 말했다. 아무것도 걱정하지 마. 엄마가 다시 널 낳아줄 거야. 엄마는 피범벅이 된 손으로 아들의 목을 졸랐다. 약속대로 엄마는 아들을 다시 낳았다. 함박눈이 쏟아지던 날 허름한 빌딩 계단참에서 아들은 여자아이의 몸을 입고 세상에 나왔다.

엄마는 아이의 원피스로 바닥에 고인 오줌을 닦고 팬티와 한데 뭉쳐 문 앞에 던져놓았다. 목걸이와 팔찌도 그리로 던졌다. 엄마는 옷을 벗고 홑이불을 몸에 둘렀다. 불을 껐다. 아까 교회에서 들은 설교가 떠올랐다. 손과 발에 못이 박혀 죽은 예수와, 죽어가는 아들을 지켜보고만 있었다는 예수의 엄마. 가슴을 치지도 못하고 머리를 짓찧지도 못하고 그저 힘없이 앉아서 죽어가는 아들을 바라보고 있는 한 엄마의 모습이 그려졌다. 아들이 피를 흘릴 때, 아 목이 마르다 중얼거릴 때, 할 수만 있었다면 그 엄마도 아들의 목을 조르지 않았을까. 어떻게 해서든 그 가망 없는 괴로움에서 벗어나게 해주고 싶지 않았을까. 엄마는 눈을 감았다. 이 밤이 언제 끝날지는 엄마도 알지 못했다.

*

비가 내리고 있었다. 가랑비였다. 엄마는 비를 맞으며 이마트로 갔다. 출입구에서 남자 둘이 사람들에게 전단지를 나눠주고 있었다. 엄마도 전단지를 받았다. 딸에게 선물로 준 아이의 얼굴이 박혀 있었다. 사진 속의 아이는 짧은 단발머리에 원피스 차림이었다. 엄마는 포장대로 갔다. 가위를 집어 들고 전단지에 박힌 아이의 사진을 오렸다. 그리고 손으로 아이의 단발머리 아랫부분을 찢었다. 아이의 머리카락을 자르며 즐거워하던 딸의 얼굴이 떠올랐다. 가위질이 너무도 서툰 탓에 아이의 머리카락은 제대로 잘리는 것보다 가윗날에 끼어 뽑히는 게 더 많았다.

아이 울음소리가 들렸다. 엄마는 고개를 들었다. 한 여자가 쇼핑 카트를 밀고 포장대 쪽으로 걸어오고 있었다. 여자 곁에는 사내아이가 있었는데, 엄마의 다리를 붙든 채 떼를 쓰고 있었다. 조용히 못해! 여자가 신경질적으로 다리를 흔들며 소리를 질렀다. 사줘! 사달라니깐! 아이도 지지 않았다. 너, 집에 가서 죽을 줄 알아! 아이가 엄마의 다리를 놓고 펄쩍펄쩍 뛰기 시작했다. 사납게 아이를 노려보던 여자가 아이에게 달려가더니 엉덩이를 때렸다. 이러지 말랬지! 엄마가 이러지 말랬지! 엄마는 여자와 아이를 쳐다보았다. 엄마도 저랬다. 아들의 어깨를 마구 흔들고…… 너 바보지? 바보 맞지? 아들이 울음을 터트릴 때까지 그런 말을 반복해대고…… 손바닥으로 사정없이 머리며 등짝이며 닥치는 대로 후려치고…… 누군가 어깨를 힘껏 찍어 누르기라도 한 것처럼 엄마는 그 자리에 철썩 주저앉았다. 울음이 엄마의 가슴속에서 소용돌이쳤다. 하지만 그것은 눈물이 되어 몸 밖으로 흘러나오지 못했다. 모든 사람은 죄인이라던 목사의 설교가 떠올랐다. 엄마는 앞뒤로 몸을 흔들었다. 주먹으로 가슴을 문질렀다. 그래, 엄마는 죄인이었다. 오직 자식 앞에서만은 엄마는 고개를 들 수 없는 죄인이었다.

저…… 어디…… 아파요?

누군가 엄마의 어깨를 조심스럽게 흔들었다. 엄마는 자리에서 일어났다. 아이를 등에 업은 젊은 여자가 걱정스런 얼굴로 엄마를 쳐다보고 있었다. 엄마는 여자의 등에 업힌 아기를 쳐다보았다. 아기답지 않게 새까맣게 숱 많은 머리가 엄마의 눈길을 잡아끌었다. 딸은 가위로 아이의 머리를 자르는 걸 무엇보다 즐거워했다. 가위놀이를 다시 시작할 수 있을 만큼 아이의 머리카락이 자라려면 꽤 시간이 흘러야 할 것이다. 여자가 손으로 아기 엉덩이를 토닥이며 뒤돌아섰다. 엄마는 침을 꼴딱꼴딱 삼키며 아기의 머리통을 쳐다보았다. 그러다가 퍼뜩 사내아이의 울음소리가 그쳤다는 데에 생각이 미쳤다. 엄마는 주위를 둘러보았다. 조금 전까지만 해도 울고 때리고 하던 모자의 모습은 보이지 않고 쇼핑 카트만 그 자리에 세워져 있었다. 엄마는 그리로 다가갔다. 그리고 물건이 수북이 쌓인 쇼핑 카트에서 햇반과 닭을 집어 들었다.

엄마는 건물 밖으로 나왔다. 여전히 비가 가늘게 내리고 있었다. 엄마는 햇반과 닭을 양손에 하나씩 나눠 들었다. 지름길을 놔두고 엄마는, 언제나 그렇듯이, 에돌아가는 길을 택했다. 엄마는 지름길을 싫어했다. 그날 안개 낀 고속도로에 진입한 것도 그게 지름길이기 때문이었다. 아들을 때린 것도, 끝없이 아들에게 상처를 준 것도 다 지름길 때문이었다. 지름길을 놔두고 에움길을 기웃거리는 아들을 엄마는 정말이지 참을 수가 없었다. 엄마 속에는 엄마라는 이름의 천사와 엄마라는 이름의 악마가 함께 살며 엄마를 부대끼게 했다. 그 고속도로에서 아들과 함께 악마도 죽었다. 아들은 딸로 다시 태어났지만 악마는 되살아나지 못했다. 이제 엄마는 순전한 천사였다.

나 좀 봐, 애기 엄마.

집에 돌아와 열쇠로 현관문을 따려는데 등 뒤에서 목소리가 들렸다. 주인집 노파였다.

경찰이 자꾸 돌아다녀. 아까도 왔길래 여긴 우리 내외만 산다고 딱 잘라 말했어. 처음에도 말했다시피 이건 불법으로 고친 거라 여기 사람이 살고 있는 게 들통나면 벌금도 물어야 하고 아주 골치 아파져. 그러니까 자꾸 나다니지 말고 집에만 있어. 알았지?

엄마는 고개를 끄덕였다. 노파가 뒤돌아서려다 말고 다시 엄마를 쳐다보았다.

그러니까 여긴 아무도 안 사는 거다? 알아듣겠지, 내 말?

엄마는 집 안으로 들어갔다. 젖은 옷을 벗어 현관문 앞에 던져놓고 방문을 열었다. 딸은 아이와 함께 잠들어 있었다. 엄마는 가만히 방문을 닫았다.

내 새끼가 왕따라는 게 말이 되니?

무언가 셔터에 세게 부딪치는 소리가 나더니 술에 취한 여자의 목소리가 셔터 바로 밖에서 들려왔다. 방과 화장실을 앉히고 남은 이 공간은 철제 셔터가 한쪽 벽을 대신하고 있었다. 노파의 말이 아니더라도 누구도 이 셔터 안에 자동차 대신 사람이 살고 있을 거라고는 생각하지 못할 것이다. 사람들은 아무렇지 않게 셔터에 오줌을 갈기고 토악질을 하고 발길질을 해댔다. 엄마는 셔터를 향해 모로 누웠다. 세상에 말이 되지 않는 소리는 하나도 없어. 여자가 들을 수 없을 만큼 작은 소리로 엄마가 대답했다. 이 셔터가 무대의 막이라도 되는 것처럼 이것을 사이에 두고 여자와 자신이 각각 주어진 역을 연기하고 있는 것 같았다.

내 새끼 왕따 시킨 년 엄마한테 전화했더니 그 엄마라는 년이 찢어진 입으로 한다는 말이 왕따 시키는 것도 리더십이란다. 자기한테 이런 전화 걸 시간 있으면 그 시간 아껴서 딸이나 제대로 교육시키란다, 그년이!

여자가 울기 시작했다. 엄마의 내부에서, 머릿속인지 가슴속인지 뱃속인지 모를 그 어딘가에서 피가 솟구치고 칼이 부딪쳤다. 가만히 있을 때조차도 엄마의 몸속 어딘가에선 늘 전쟁이 벌어지고 있었다. 그래서 하루를 마치고 잠자리에 누울 때면 하루 종일 머리채를 잡힌 채 진흙탕을 뒹굴고 난 것처럼 온몸이 쑤시고 손가락 하나 까딱할 힘도 남아 있지 않았다. 그래도 엄마는 이 삶이 좋았다. 어떤 죄를 지어도 예수만 믿으면 천국에 갈 수 있다고 목사는 말했다. 엄마에겐 딸이 있는 여기가 천국이었다. 언제까지고 딸과 둘이서 이렇게 살고 싶었다. 그들이 가는 천국에 엄마는 가고 싶은 마음이 없었다.

여자가 요란스럽게 셔터를 흔들어대다 자리를 떴다. 엄마는 닭을 씻었다. 목이 잘리고 뱃속이 텅 빈 닭. 엄마는 닭을 씻다 말고 뱃속을 가만히 들여다보았다. 부화시키지도 못한 알을 빼앗겼어, 난. 뱃속에서 닭의 목소리가 흘러나왔다. 알을 빼앗길 때 내 새끼한테 널 다시 낳아주겠다는 말도 하지 못했어, 난! 닭이 울먹였다. 엄마는 카디건 주머니에서 부활절 달걀 두 알을 꺼내 닭의 뱃속에 집어넣었다. 닭을 냄비에 안치고 휴대용 버너에 올렸다. 불을 켰다. 엄마는 버너를 감싸듯 몸을 둥그렇게 말고 누웠다. 따뜻했다. 엄마는 잠이 들었다. 깨어났을 땐 냄비에서 폭폭 김이 오르고 있었다. 엄마는 냄비 위로 손을 뻗었다. 손바닥에 뜨거운 김이 느껴졌다. 평화로웠다. 비록 엄마의 몸속 어딘가에선 여전히 칼날이 부딪치고 피가 솟구치고 있었지만, 비명이 울음소리와 뒤섞이고 있었지만, 이것이 엄마가 누릴 수 있는 최고의 평화라는 것을 엄마는 알고 있었다.

엄마는 냄비를 들고 방으로 갔다. 불을 켰다. 딸이 눈을 떴다. 엄마는 닭을 뜯어 딸의 입에 넣어주었다. 딸은 제대로 씹지도 않은 채 고기를 삼켰다. 닭 한 마리를 거의 다 뜯고 나서야 딸은 트림을 하며 엄마의 손을 밀어내고 방바닥에 누웠다. 아들도 그랬다. 젖을 빨다가 배가 부르면 혀로 젖꼭지를 밀쳐내곤 했다. 엄마는 뼈에 붙은 살점을 알뜰히 발라먹었다.

냄비를 문 앞으로 밀어놓고 엄마도 방바닥에 드러누웠다. 딸의 다리가 눈에 들어왔다. 앙상하게 말라 뒤틀려버린 두 다리. 아주 오래전 엄마의 엄마가 엄마에게 들려주었던 이야기가 떠올랐다. 어느 날 하나님이 아기 천사에게 말했다. 얘야, 네가 세상으로 내려가야겠구나. 아기 천사는 하나님에게 애원했다. 세상은 무서워요. 제발 절 그곳으로 보내지 마세요. 하나님이 아기 천사를 달랬다. 걱정하지 마. 널 돌봐줄 수호천사가 그곳에서 널 기다리고 있단다. 아기 천사가 물었다. 그게 누군데요? 하나님이 대답했다. 어머니란다. 엄마는 손을 내밀어 딸의 다리를 어루만졌다. 하나님이 아기 천사를 세상에 내려보낸 건 하나님이 아기 천사의 엄마가 아니기 때문이다. 엄마는 결코 딸을 세상으로 내보내지 않을 작정이었다. 다리가 성할 때 딸은 자꾸 집 밖의 세상을 궁금해서 엄마의 피를 바짝바짝 마르게 했다. 엄마는 작은 소리로 중얼거렸다. 팔로라도 기어서 나가려고 한다면 그땐 딸아, 엄마는…… 엄마는 입을 다물었다. 이 팔마저 부러뜨려야 한다는 말을 엄마는 속으로 삼켰다.

딸이 하품을 했다. 딸은 심심해 보였다. 엄마는 자리에서 일어나 벽에 붙어 있는 아이에게로 갔다. 아이가 목을 움츠린 채 몸을 떨었다. 엄마는 아이를 딸 앞으로 끌어왔다. 딸은 아이를 쳐다보더니 이내 딴 데로 눈길을 돌렸다. 아이는 언제부턴가 딸이 콧구멍을 찔러도 귀에 대고 소리를 질러도 팔을 깨물어도 눈을 홉뜬 채 몸을 떨기만 했는데, 언제나 똑같은 반응을 보이는 아이에게 딸은 금세 흥미를 잃고 말았다. 엄마는 노끈을 가져다가 아이의 목에 맸다. 그리고 끈의 한쪽을 딸의 손목에 감아주었다. 딸이 바닥을 기었다. 아이가 엉금엉금 기다가 맥없이 픽 쓰러졌다.

딸이 또 하품을 했다. 엄마는 바닥에 누워 멀뚱멀뚱 허공만 쳐다보고 있는 딸을 일으켜 앉혔다. 엄마는 딸의 손에 송곳을 쥐여주었다. 그리고 자신의 손바닥으로 딸의 손등을 감싸 쥐었다. 아들에게 피아노를 가르치고 글씨를 가르치던 날들이 떠올랐다. 그때처럼 엄마는 딸의 손을 감싸 쥔 채 아이의 손등을 살짝 찔렀다. 아이가 모처럼 비명을 질렀다. 비로소 딸이 눈을 떴다. 딸의 얼굴은 여전히 무표정했지만 엄마는, 딸에 관한 한 모르는 게 하나도 없는 엄마는, 딸이 지금 웃고 있다는 걸 알았다. 엄마는 송곳으로 아이의 허벅지를 제법 깊숙이 찔렀다.

*

아이의 온몸이 붉게 달아올랐다. 아이는 불덩이가 된 몸으로 구석에 누워 신음을 흘렸다. 엄마는 불을 끄고 누웠다. 알 수 없는 슬픔이 엄마를 사로잡았다. 엄마는 태아처럼 몸을 말았다. 울음이 나기 시작했다. 엄마는 홑이불 속에 웅크리고 누워 엄마…… 엄마…… 엄마를 부르며 울었다. 엄마가 울자 딸이 울었다. 아이도 힘없이 엄마를 찾으며 울었다.

*

아이가 픽 고꾸라졌다. 엄마는 옷을 입기 위해 자리에서 일어났다. 엄마는 딸에게 새로운 선물을 주기로 마음먹었다.

소
풍

"소풍 가자."

엄마가 말했다. 막 설거지를 마친 뒤였다. 싱크대에 한 손
을 얹은 채 뒤돌아서서 우리를 쳐다보는 엄마의 얼굴엔 쓸쓸
한 미소가 어려 있었다. 토요일 아침이었다. 우리는 하던 일
을 멈추고 서로의 얼굴을 쳐다보았다. 아빠와 함께 우리 집에
서 감쪽같이 사라진 낱말이 소풍이란 걸 깨닫는 순간이었다.

아빠의 죽음에도 불구하고 우리 집엔 변화라고 부를 만한
게 없었다. 오늘 아침만 해도 그렇다. 쉬는 날인데도 우리 다
섯 남매는 아파트 단지를 돌고 와서 식탁에 앉았다. 휴일에
도 게으름은 안 된다는 게 아빠의 철칙이었다. 일곱 식구였
던 우리는 6인용 식탁에 2인용 식탁을 덧붙여 사용했는데,
6인용 식탁만으로도 맞춤해진 지금도 엄마는 2인용 식탁을

치우지 않았다. 식단도 그대로였다. 아빠는 입맛이 없다며 아침엔 꼭 밥을 비벼 먹었다. 아빠가 없는 지금도 엄마는 아침마다 세 가지 나물을 무치고 심심한 된장국을 끓였다. 달라진 게 있다면 침실에 있던 아빠 사진을 주방으로 옮겨왔다는 것 정도랄까. 식사 기도를 마치면 우리는 버릇처럼 벽에 걸린 아빠 사진을 쳐다보았다. 자, 이제 먹어볼까? 하는 아빠의 말을 기다리듯이. 밥을 먹고 나면 우리는 각자 맡은 일을 시작했다. 휴일 아침엔 집안일을 하나씩 맡아 하기. 이건 아빠가 살아 있을 때 가족회의를 통해 만장일치로 결정된 사항이었다. 아빠는 꽃과 나무를 좋아했다. 모차르트를 틀어놓고 편안한 얼굴로 화초를 돌보던 아빠의 모습을 내가 얼마나 좋아했는데…… 그 일은 큰형에게로 넘어갔다. 큰형이 하던 베란다 청소는 작은형에게, 작은형의 화장실 청소는 내 몫이 되었다. 원래 내 임무였던 쓰레기 치우기까지 합해서 내 일은 두 개로 늘어났다. 여자들의 일은 그대로였다. 소풍을 가지 않게 된 것만 빼놓으면 크게 달라진 건 없는 셈이었다.

아빠는 휴일만큼은 온전히 가족과 함께하기 위해 애썼다. 딴 아빠들처럼 혼자 낚시를 가거나 온종일 밀린 잠을 자며 주말을 보낸다는 건 아빠로선 상상할 수도 없는 일이었다. 한 달에 한 번씩 우리는 야영을 갔다. 금요일 저녁에 부랴부랴 짐을 꾸려 야영지에 도착하면 깜깜한 밤이었다. 어둠 속에서 아빠와 형들은 텐트를 쳤고 엄마와 큰누나는 라면을 끓였다.

나와 작은누나는 랜턴을 든 손을 높이 치켜들었다. 나는 머리에도 헤드 랜턴을 둘렀는데 그때마다 나 자신이 스스로 빛을 내뿜는 발광체가 된 것 같아 기분이 그만이었다. 야영을 가지 않는 주말에는 소풍을 갔다. 도시락을 싸서 밖에 나가 먹는 게 다였지만 아빠는 그걸 꼭 소풍이라고 했다. 소풍이라고 발음할 때 입에서 살짝 바람이 빠져나가는 것 같은 느낌, 혹시 아빠는 그게 좋았던 건 아닐까.

그러므로 소풍이란 낱말을 입에 올리지 않는 건 아빠의 부재를 견디는 나름의 합의된 방식인지도 몰랐다. 그 금기를 깨고 엄마가 말을 꺼낸 거였다. 나는 손가락을 꼽아보았다. 아빠가 죽고 어느덧 열 달. 깨야 할 금기가 있다면 지금이 가장 적절한 때인지도 모르겠다 싶었다.

"소…… 풍?"

큰누나가 엄마의 말을 되받았다. 나직한 목소리로 엄마가 대답했다.

"그래, 소풍."

엄마가 젖은 손을 앞치마에 문지르며 소파에 앉았다. 엄마는 약간 왼쪽으로 치우쳐서 앉았는데 그건 아빠의 자리를 의식한 버릇이었다. 침대를 독차지하게 된 지금도 엄마는 꼭 왼쪽에 누웠다. 우리 다섯 남매는 엄마의 발치에 부채꼴로 둘러앉았다.

"내 생각에는……"

엄마가 말을 흐리며 손바닥으로 옆자리를 어루만졌다. 그건 아빠가 자주 쓰던 말이었다. 아빠는 사소한 일도 다 가족회의를 거쳐 결정했다. 내 생각에는…… 하고 아빠는 회의 시작을 알리곤 했다.

엄마가 다시 손바닥으로 옆자리를 더듬더니 그 손을 가슴에 얹고 눈을 꼭 감았다. 그 슬픈 몸짓에 왈칵 눈물이 터질 뻔했다. 하지만 엄마의 그 몸짓이 한편으론 반가웠다. 아빠가 떠난 뒤로 엄마는 뭐랄까, 여자도 남자도 아닌 이상한 사람으로 변해버렸다. 완벽한 엄마인 동시에 완벽한 아빠가 되어야 한다는 강박관념이 엄마를 짓누르는 것 같았다. 그런데 지금 이 순간만큼은 엄마는 예전의 모습으로 돌아와 있었다.

"동물원이 좋을 것 같아."

동물원은 우리 집에서 걸어가도 될 만큼 지척에 있었다. 동물원을 한 번도 소풍 장소 물망에 올려놓지 않았던 건 가까워도 너무 가까운 거리 때문이었을 것이다. 큰누나가 말했다.

"장소는 아무래도 상관없어. 할 얘기도 있었는데, 마침 잘됐네."

큰누나가 옆에 앉은 큰형의 옆구리를 쿡 찔렀다. 큰형이 큰누나를 돌아보며 고개를 끄덕였다. 참 알다가도 모를 일이었다. 큰형과 큰누나는 사이가 좋지 않았다. 둘이 부딪쳤다 하면 꼭 큰소리가 났다. 그랬던 두 사람이 가까워진 건 불과 한두 달 전이었다. 머리를 맞대고 쏙닥대다가 딴 사람이 방에 들어가면 딴청을 피우기 일쑤였다.

"자, 그럼 시작해볼까?"

엄마는 냉장고에서 김밥 재료를 꺼내 식탁 위에 늘어놓았다. 소풍 가자는 말이 즉흥적인 제안은 아닌 모양이었다. 전기밥솥에서도 밥이 다 되었다는 노래가 때맞추어 흘러나왔다. 엄마는 양푼에 밥을 퍼서 소금과 참기름을 넣고 비볐다. 엄마와 큰누나는 김밥을 말고 어느새 마스크로 입을 가린 작은누나가 김밥을 썰어 찬합에 담았다. 큰형은 베란다 창고에서 돗자리와 아이스박스를 꺼냈다. 작은형은 캠코더를 들고 주방으로 갔다. 가족 행사가 있을 때마다 사진기와 캠코더부터 챙기는 작은형이었다.

"오랜만에 소풍을 가는데 엄마, 소감 한 말씀!"

작은형이 캠코더를 엄마를 향해 비추었다. 김밥을 먹던 엄마는 손으로 입을 가리고 캠코더를 치우라는 시늉을 했다. 작은형이 큰누나 쪽으로 캠코더를 돌렸다.

"시식에 여념이 없으신 엄마 대신 이번엔 누나!"

큰누나는 일회용 비닐장갑을 낀 손으로 브이 자를 만들어 보였다.

"영희도 한마디!"

작은형이 작은누나를 향해 돌아섰다. 작은누나는 마스크를 매만지며 불안한 듯 고개를 흔들었다. 작은형이 한숨을 내쉬더니 이번엔 나를 불렀다.

"자, 우리 꼬맹이!"

나는 부루마블 게임판을 들여다보고 있는 중이었다. 씨, 또 꼬맹이래. 다섯 살에도 꼬맹이더니 열세 살이나 된 지금도 꼬맹이라니.

"여길 보고 말해봐."

작은형이 내 앞에 바짝 캠코더를 들이대었다.

"이상해. 아빠 없이도 소풍을 갈 수 있다는 게."

나도 모르게 한숨이 나왔다. 다른 일들은, 그러니까 학교에 가고 친구를 만나고 게임을 하는 건 어차피 혼자 하는 일이니까 괜찮은데 이제 소풍마저도 아빠 없이 할 수 있는 일이 되는 거구나 생각하니 이상했다. 지난 12월 31일에도 그랬다. 아빠는 나이를 먹을 수 없는데 나 혼자 나이를 먹는다는 게 떳떳하지 못하게 느껴졌다.

큰형이 아이스박스 뚜껑을 소리 나게 닫는 것으로 준비는 끝났다.

"잠깐만!"

작은형의 목소리에 현관을 향해 걷던 가족들이 멈춰 섰다. 작은형은 식탁 위에 걸린 아빠 사진을 캠코더에 담았다. 묵념이라도 하듯 가족들은 옷매무새를 가다듬고 가만히 서 있었다. 작은누나가 가방에 손을 넣고 부스럭거리자 엄마가 팔꿈치로 작은누나를 툭 쳤다. 그 순간 엄마의 핸드폰이 울렸다. 엄마는 화들짝 놀라며 침실로 뛰어 들어갔다. 큰누나는 삐딱하게 짝다리를 짚고 서서 엄마의 뒷모습을 쳐다보았다.

뺨에 홍조를 띤 채 엄마가 침실에서 나왔다. 우리는 집을 나섰다. 큰누나가 지하 주차장에서 봉고를 빼 오는 동안 형들은 슈퍼마켓으로 달려가 술과 음료수를 사왔다. 나는 제일 먼저 봉고에 올라탔다. 형들이 짐을 실을 때마다 차체를 따라 내 몸이 가볍게 흔들렸다. 큰누나가 운전석에 앉고 큰형이 조수석에 앉았다.

차가 출발했다. 그 순간 내 몸이 뒤로 확 잡아당겨졌다가 앞으로 쏠렸다. 이 느낌이 나는 참 좋다. 우주를 지배하는 온갖 힘들이 내 몸의 균형을 위해 총동원되고 있다는, 내가 굉장히 중요한 존재가 된 것 같은 느낌이라고나 할까. 지금 막 완성된 따끈따끈한 이 생각이 굉장히 맘에 들었다. 나는 작은누나에게 이 말을 들려주고 싶었다.

"짝은누나."

나는 손바닥으로 내 입을 틀어막았다. 작은형에게 작은형이라고 부르는 건 괜찮지만 작은누나에게 작은누나라고 부르는 건 절대로 안 되는 일이었다. 큰누나를 큰누나라고 부르고 작은누나는 그냥 누나라고 부르면 되잖니? 엄마가 그렇게 말하는 까닭을 내가 모르는 건 아니었다. 작은형과 작은누나는 쌍둥이로 태어났지만 작은누나는 작은형과 달리 몸이 허약하고 키도 작았다. 성인 여자 평균치에서 두 뼘은 빠질 만큼 키가 작아 별명이 엄지공주였다. 나는 얼른 엄마의 눈치를 살폈다. 다른 때 같으면 눈을 부릅뜨고 야단쳤을 엄마가 오늘은 핸드폰만 만지작거리며 아무 말도 하지 않았다. 아예 내 말을 듣지 못한 것 같았다. 다행이었다.

동물원까지는 금방이었다. 주차장에 차를 세웠다. 짐은 차에 두고 우선은 한갓지게 동물원 구경을 하기로 했다. 매표소를 향해 걸어가는데 누군가 알은체를 했다.

"저, 송 이사님 사모님…… 아니세요?"

우리는 모두 뒤를 돌아보았다. 낯선 얼굴의 젊은 남자였다. 엄마가 남자를 쳐다보며 천천히 고개를 끄덕였다.

"안녕하세요. 이사님 장례식장에서 뵈었는데…… 전 이사님을 모시던 사람입니다."

"아, 네……"

엄마와 남자가 사돈 맞절하듯 허리를 숙여 인사했다.

"이사님은 정말 존경스러운 분이셨어요. 회사 일도 그렇고 가정에 하시는 걸 봐도…… 지금도 많이 생각나요. 점심때마다 댁에 전화 거셔서 밥 먹었냐고, 뭐 먹었냐고 일일이 사모님을 챙기시던 게요."

남자의 말을 들으며 엄마는 가만히 고개를 끄덕였다. 자제분들이신가 봐요. 남자가 우리를 둘러보며 일일이 인사를 했다. 남자의 목례는 다섯에서 하나 모자란 네 번으로 그쳤고 그제야 나는 작은누나가 보이지 않는다는 걸 알았다. 주위를 둘러보았다. 구석진 나무 그늘 밑에 서 있는 작은누나의 뒷모습이 눈에 잡혔다. 나는 작은누나에게 다가갔다. 어깨를 툭 치자 작은누나가 나를 돌아보았다. 커다란 마스크가 입과 코를 가리고 있어 눈밖에 보이는 게 없었는데, 그 눈에 담긴 웃음이 한없이 쓸쓸해 보였다. 나는 작은누나의 손을 잡고 가족들을 따라 동물원으로 들어갔다.

우리는 동물원을 한 바퀴 돌았다. 큰형은 내내 기분이 별로인 것 같았다. 사슴 우리 한쪽에 모여 있는 염소들을 보고 뭐야, 동네 흑염소 집도 아니구, 하고 투덜대더니 동물에게 과자를 주지 말라는 표지판을 보고는 과자를 봉지째 호랑이 방사장으로 던져 넣는 거였다. 동물원 구경에 마음이 없기는 큰누나도 마찬가지인 것 같았다. 큰누나는 동물 대신 자꾸 엄마를 흘긋거렸고 틈만 나면 큰형에게 다가가 귓속말을 해댔다. 엄마는 동물보다는 방사장에 붙어 있는 설명문에 더 관심을 보였다. 하지만 시큰둥한 표정인 걸로 봐서 설명문을 읽는 건 딱히 다른 할 일이 없기 때문인 것 같았다. 작은누나는 마스크만으로는 불안한지 계속 손바닥으로 입을 틀어막고 다녔다. 이런 분위기에서 단연 돋보이는 건 역시 작은형이었다. 여러 각도에서 카메라 셔터를 눌러대며 작은형은 연신 휘파람을 불어댔다.

"아, 배고프다. 밥 먹읍시다!"

큰형이었다.

"설마 이것도 가족회의로 결정해야 하는 건 아니겠지?"

큰형이 엄마를 돌아보며 말했다. 큰누나가 톡 쏘는 말투로 큰형의 말을 받았다.

"하면 뭐해. 하나 마나 만장일치일 텐데."

"만장일치? 그것참 오랜만에 듣는 말일세. 설마 우리 아빠…… 저승에서도 회의하자고 귀신들 모아놓고 만장일치와 허심탄회를 부르짖고 있는 건 아니겠지?"

큰형과 큰누나가 키득거렸다. 아빠는 가족회의를 자주 열었다. 다른 집 같으면 엄마 아빠가 알아서 정할 일도 아빠는 일일이 우리에게 의견을 물었다. 이사나 전학 문제부터 시작해서 여행지나 특별 보너스의 용처를 정하는 것까지도. 시작은 화기애애했다. 어떤 얘기라도 좋으니 허심탄회하게 말해봐. 하지만 우리 다섯 남매는 입을 꾹 다문 채 한마디도 하지 않았다. 할 수가 없었다. 낱말을 고르고 골라 조심스럽게 말문을 연다 해도 아빠와 몇 마디 말이 오가고 나면 꼭 불만거리를 말하게 되었고, 그 즉시 아빠는 그런 걸 마음에 품어두었던 거냐고 목소리를 높였다. 그렇다고 입을 다물고 있는 게 능사는 아니었다. 최선을 다해 순종적인 표정을 짓고 있어도 아빠는 우리의 침묵을 반발이나 시위로 해석해버렸으니까. 회의 결과는 늘 만장일치였다. 큰누나 가방에서 콘돔이 발견되었을 때 큰누나의 머리를 박박 밀어버리기로 결정한 것도, 큰누나에겐 두고두고 미안한 일이지만, 만장일치로 의결된 거였다.

우리는 나무 그늘 아래 자리를 잡았다. 형들이 주차장으로 가서 돗자리와 아이스박스를 챙겨왔다. 엄마가 보온병에 담아 온 따뜻한 시래깃국을 종이컵에 따라주었다. 작은형은 손으로 김밥을 집어 먹었다. 작은누나도 김밥을 먹기 위해 마스크를 벗었다. 그러자 입술 위에 두 겹으로 붙여놓은 녹색 테이프가 드러났다. 작은누나는 키만 작은 게 아니라 틱이라는 고약한 병을 앓고 있었다. 다른 음성 틱 환자들이 뜻 모를 외마디 소리를 내질러대는 것과 달리 작은누나는 욕을 반복해서 중얼댔다. 하지 말아야 한다고 생각하면 할수록 그 낱말이 더 튀어나온다고 했다. 내가 딴사람 앞에선 안 그러다가 유독 엄마 앞에선 짝은누나라고 부르게 되는 것도 일종의 틱일까.

김밥을 씹다 말고 작은누나가 갑자기 욕을 하기 시작했다. 작은누나는 조금 전에 떼어낸 녹색 테이프를 도로 입에 붙이고 황급히 마스크를 썼다. 큰형이 머리를 절레절레 흔들었다.

"아빤 남들 눈에 우리 가정이 어떻게 보일지, 그것만 신경 쓰고 살았어. 안으로 더 곪는 것도 모르고."

"남들 앞에서 한 실수는 그게 아무리 사소한 거라도 용서받지 못했지."

"타의 모범이 되는 가정, 누구나 부러워 마지않는 집……
누나, 시원한 맥주 좀 마시자."

큰누나는 아이스박스에서 맥주를 꺼내 큰형에게 건네며 엄마에게 물었다.

"엄만?"

"하나 줘봐."

엄마와 큰누나와 큰형 앞에는 맥주와 소주가, 작은형과 작은누나와 내 앞에는 콜라가 놓였다. 큰누나가 캔을 따며 엄마를 쳐다보았다.

"아까 매표소 앞에서 만난 남자 있잖아. 그 남자가 한 말…… 아빠가 점심마다 전화해서 밥 먹었냐고 물었다는 거…… 엄마, 아빠한테 그런 전화 한 번이라도 받아본 적 있어?"

무슨 말이냐고 묻는 눈으로 엄마가 큰누나를 빤히 쳐다보았다.

"에이, 그 전화 받은 건 엄마가 아니고 딴 여자잖아."

"얘가 지금 무슨…… 아빠를 어떻게 보고 그런 소릴 해?"

"아빠한테 여자가 어디 한둘이었어? 늦둥이로 쟬 낳은 것도 아빠 바람기를 잡아보려는 궁여지책이었잖아."

큰누나가 턱으로 나를 가리켰다. 엄마가 이것만큼은 극구 부인해주길 기다렸지만 엄마는 아무 말도 하지 않았다. 기분이 팍 잡쳤다. 주몽처럼 알에서 태어나지는 못할망정 고작 아빠의 바람기를 잡기 위해 태어났다니. 출생의 비밀치고는 초라하고 한심하다 못해, 큰형이 잘 쓰는 표현을 빌린다면, 너무 꿉꿉했다. 더군다나 뒤에 붙은 궁여지책이란 말이 나를 더 참담하게 했다. 죽는 날까지 그 낱말은 절대 입에 담지 않겠다고 다짐하며 나는 와드득, 손마디를 꺾었다.

"그런 얘긴 집어치우고 본론만 말해, 누나."

큰형이 두번째 캔을 따며 말했다.

"좋아. 본론으로 들어가지. 너희들, 지금부터 내가 하는 말 똑똑히 들어."

큰누나가 맥주를 죽 들이켜더니 캔을 소리 나게 구겼다.

"엄마한테 남자가 있어."

"무슨 소리야, 그게?"

누나의 말이 끝나기 무섭게 엄마가 비명에 가깝게 소리를 질렀다.

"발언권은 곧 드릴 테니까 엄만 조용히 제 말부터 들으세요."

큰누나의 입에서 흘러나온 존댓말이 큰누나에게 위엄을 더해주었다.

"엄마한테 애인이 있는데 아주 젊은 남자야. 엄마랑 나이 차이가 자그마치."

"열두 살."

큰누나의 말을 자르며 큰형이 말했다. 큰누나가 살짝 얼굴을 찌푸렸다.

"젊기만 한 게 아니라 몸매도 끝내줘."

"얼굴도."

큰형이 또 끼어들었다. 큰누나는 못마땅한 눈으로 큰형을 흘겨보았다.

"아무튼 엄마랑 둘이 있으면 이모랑 조카뻘로 보일 만큼 젊고 싱싱한 남자야. 그런 남자가 왜 엄마한테 붙어 있을까?"

생각할 시간을 주겠다는 듯 큰누나가 천천히 우리를 둘러보았다.

"돈 때문이지. 돈을 노리고 엄마한테 찰떡같이 붙어 있는 거라구."

엄마가 벌어진 입을 다물지 못한 채 큰누나를 쳐다보았다. 나는 큰누나가 그만 조용히 해주었으면 좋겠다고 생각했다. 엄마도 엄마지만 작은누나가 여간 신경 쓰이는 게 아니었다. 작은누나는 아까부터 가족들로부터 등을 돌리고 앉아 쉴 새 없이 혼잣말을 하며 소주를 홀짝이고 있었다.

"적당히 둘러댈 생각은 하지 마세요, 엄마. 증거자료는 얼마든지 있으니까. 미성년자가 있어 차마 여기다 내놓을 순 없지만…… 내가 하려는 말은 그러니까,"

"꿉꿉해서 못 듣겠다, 누나. 당장 이 자리에서 재산 나눕시다. 됐지?"

큰형이 또 큰누나의 말을 잘랐지만 큰누나는 이번엔 얼굴을 찌푸리는 대신 고개를 끄덕거렸다. 엄마가 말했다.

"너희들이 뭔가 단단히 오해를,"

"그러지 말라니까, 정말! 물증 없이 우리가 이런 말을 꺼낼 것 같아, 엄마?"

"누나랑 나랑 통장 확인까지 했어. 그 남자가 아우디를 뺀 게 지난주인데, 그날 우리 통장에서 꽤 큰돈이 빠져나갔더라."

"그래서 더 지체할 수 없었어. 우리 돈이 그 남자한테 뭉텅뭉텅 건너가고 있는 마당에 손 놓고 구경만 할 수는 없잖아."

큰누나와 큰형이 주거니 받거니 말을 이어가는 동안 작은형은 고개를 떨구고 앉아 입술만 씹어대고 있었다. 엄마 얼굴은 점점 하얘지고, 작은누나는 이기지도 못하는 술을 자꾸 마시고, 작은형은 잘근잘근 입술만 씹어대고, 나는 꾸역꾸역 김밥만 입에 쑤셔 넣고.

"긴말 필요 없어. 당장 돈 갈라. 난 바로 미국으로 뜰 테니까."

큰형이 말을 마치자마자 큰누나가 연극이라도 하듯 두 손으로 머리를 감싸며 안 돼, 하고 소리쳤다.

"왜?"

"미국은 내가 갈 거니까."

말을 마치고 큰누나가 히죽 웃었다. 큰형도 웃었다. 생각할수록 우습다는 듯 둘의 웃음소리는 점점 커졌다. 작은누나가 자리에서 일어났다. 어딜 가려구? 나는 작은 목소리로 물었다. 화장실. 벌겋게 술이 오른 얼굴로 작은누나가 대답했다. 혼자 보내기 불안했지만 자리를 뜬다는 게 더 불안했다. 내가 없는 사이 내 거취가 멋대로 결정되어버릴 것 같은 불안감.

나는 멀어져가는 작은누나의 뒷모습을 지켜보았다.

"안녕하세요?"

나는 소리 나는 쪽으로 고개를 돌렸다. 낯선 사람 셋이 우리 앞에 서 있었다. 파란 조끼를 입은 남자가 큰형에게 명함을 내밀었다.

"『아름다운 뜰』잡지사 기자입니다. 다음 호에 실을 사진을 준비하고 있는데요. 괜찮으시면 이 가족을 담아보고 싶어서요."

"『아름다운 뜰』이면…… 어머어머, 꽤 유명한 건데……"

큰형의 손에서 낚아챈 명함을 들여다보며 큰누나가 호들갑을 떨었다.

"그런데 왜 우리를……"

"이런 데 나와서 보면 다 젊은 부부랑 어린애들이잖아요. 장성한 자녀들이 어머니랑 도시락까지 준비해서 나오는 경우가 거의 없는데…… 아까부터 저쪽에서 지켜봤어요. 담소 나누는 모습이 참 보기 좋아서요."

그런 말은 우리에게 익숙한 인사였다. 어디를 가든 사람들은 우리 가족을 부럽다는 눈으로 바라보았다. 어쩜 아이들이 다 저렇게 인물도 좋고 똑똑해요? 유능한 남편에 똑똑한 애들에, 도대체 무슨 걱정이 있으세요? 이십 년도 넘게 산 부부가 어쩜 이렇게 다정하실까? 큰누나가 고개를 끄덕거렸다.

"오래 걸리지 않아요. 지금까지처럼 편하게 얘기하고 음식

드시고 그러면 돼요."

카메라맨이 우리 주위를 돌며 계속 셔터를 눌러댔다. 큰누나는 엄마의 입에 김밥을 넣어주었고 큰형과 작은형은 캔을 부딪쳤다. 나는 큰누나의 연출대로 엄마의 무릎을 베고 곤히 잠든 시늉을 했다. 누구도 자리에 없는 작은누나를 찾는 사람은 없었다.

"이건 뭐 다들 탤런트들 같으세요. 필름 몇 통을 써도 그림이 안 나오는 경우가 허다한데, 이 가족은 찍는 것마다 다 그림인데요?"

파란 조끼의 말에 큰누나가 호호호, 웃었다. 파란 조끼가 수첩을 펼치더니 우리 가족의 이름과 나이를 물었다. 사진과 함께 간단히 실릴 거라고 했다. 큰형은 주소를 불러주며 잡지가 나오면 꼭 보내달라고 했다. 당연하죠. 파란 조끼가 말했다.

그들이 간 뒤 우리는 한동안 말이 없었다. 분위기 한번 되게 썰렁하네. 작은형이 중얼거렸다.

"그래, 분위기 좀 바꿔보자. 내가 웃긴 얘기 해줄게."

큰누나의 말이었다.

"어떤 집에 계모가 들어왔어. 눈엣가시 같은 전처소생이 하루는 오줌이 마렵다고 하더래. 계모는 아이를 베란다에 세워놓고 오줌을 싸게 했대. 그러고는 아이를 확 밀어서 떨어뜨려 죽인 거야. 그리고 얼마 뒤에 계모가 사내아이를 낳았대. 그

애가 베란다에서 오줌을 누다 말고 엄마를 쳐다보며,"

"에이, 다 아는 얘기잖아. 엄마, 나 또 밀 거지? 이거잖아. 그게 언제 적 얘긴데 누난……"

큰형의 타박에는 대꾸도 하지 않고 큰누나는 엉덩이걸음으로 엄마에게 바짝 다가앉았다.

"엄마랑 그 남자가 결혼하면 말야, 그 남자가 엄마한테 그러는 거 아닐까? 여보, 나 또 밀 거지?"

엄마는 하얗게 질린 얼굴로 큰누나를 쳐다보았다. 그리고 이어지는 정적. 나는 부루마블 게임판을 펼쳤다. 야영 갈 때마다 아빠랑 텐트 안에서 하던 놀이였다. 우주에서 보면 지구가 꼭 초록색 구슬 같아 보인다고, 그래서 지구를 블루 마블이라 부르는 거라고 아빠가 말해주었다. 나는 입술만 달싹거려 블루 마블이라고 발음해보았다. 주문 같았다. 나는 계속 블루 마블이라고 중얼거렸다. 나를 굽어보고 있을 아빠의 얼굴이 떠오르면서 마음이 편해졌다.

"너희가 왜 나한테 이런 말까지 하는 줄은 모르겠다만 난…… 밀지 않았어."

한참 만에 엄마가 입을 열었다. 억양이 느껴지지 않는 말투였다. 그때까지 말없이 고개를 숙이고 앉아 술만 홀짝거리던 작은형이 옆에 내려놓은 캠코더에 가만히 손을 얹어 전원을 켰다. 워낙 조심스러운 동작이라 그걸 본 건 나뿐이었다. 엄마가 다시 입을 열자 작은형은 렌즈가 엄마를 향하도록 슬그머니 캠코더를 돌려놓았다.

"아빠가 떨어지는 순간 말이다…… 붙잡아야지 생각했지만 너무 놀라 손이 내밀어지지 않는 거야. 아빠를 붙잡지 않았을 뿐이지 내가 민 게 아니라구."

"씨. 내가 다 봤다니깐!"

"죽이고 싶다는 생각을 한 적은 있었지. 왜 없겠니. 같이 산 세월이 자그마치 이십오 년인데. 하지만 어디까지나 생각이었을 뿐…… 아빠의 죽음은 단순한 사고였어, 맹세코."

"됐어, 엄마. 엄마를 추궁하려는 게 아니라 우린 그저 돈 얘길 매듭짓고 싶을 뿐이야. 질질 끌지 말고 당장 엔분의 일씩 나누자구. 응?"

"뭐? 엔분의 일?"

큰형이 주먹으로 바닥을 쳤다.

"말이 다르잖아. 나한테 뭐라고 했어? 협조만 잘하면 내가 장남이란 걸 십분 반영해주겠다고 했지? 근데 뭐, 엔분의 일?"

"내가 언제?"

"이제 와서 오리발을 내미시겠다? 헐!"

큰형이 소주를 병째 들고 꿀꺽꿀꺽 마셨다. 작은형은 아무도 모르게 말하는 사람을 향해 캠코더를 돌려놓았다.

"아빠의 죽음에서 누나도 자유로울 순 없을걸?"

큰형이 심술궂게 웃었다.

"그날 아빠한테 자꾸 술을 권한 게 누구지? 갈증엔 맥주가 최고라고, 그만 마시겠다는 아빠한테 자꾸 술을 권한 게 누구냐고?"

"그게 뭐?"

"다 봤어, 난. 누나가 아빠 몰래 계속해서 양주를 붓는 걸."

"그 얘길 왜 지금 하니? 그게 찜찜했으면 그때 말했어야 하는 거 아냐? 그걸 말하지 못한 건 너 역시 켕기는 게 있기 때문 아니니?"

"뭐?"

"그날 넌 자꾸 정상까지 올라가보자고 아빠를 부추겼어. 아빠가 발밑이 빙빙 도는 것 같다고 하는데도 조금만 더 가면 정상이라면서 자꾸……"

"정상까지 오르고 싶은 건 남자의 본능이야."

"문제는 네가 우릴 이끈 곳이 정상이 아니라 보기만 해도 아찔한 낭떠러지였다는 거야."

"누나 말이 맞는다고 치자. 근데 내가 왜 그래야 하지? 뭔가 동기가 있어야 할 거 아냐?"

그때까지 넋 나간 사람처럼 멍하니 앉아 있던 엄마가 갑자기 정신을 차린 듯 불쑥 끼어들었다.

"나도 그래. 내가 도대체 무슨 이유로 남편을 밀었겠니?"

"좋아. 엄마의 경우부터 짚고 넘어가지."

큰누나가 큰형 앞에 놓인 소주병을 들더니 한 모금을 삼켰다.

"아빠는 엄마가 목하 열애 중이란 걸 알았어. 그 당시 엄마는 아빠를 간통죄로 넣기 위해 현장을 잡으려고 애쓰던 중이었지. 근데 아빠가 선수를 치고 만 거야. 더 설명이 필요해, 엄마? 다음은 너!"

큰누나가 집게손가락으로 큰형을 가리켰다.

"아빠는 널 싫어했어. 그 사고가 있기 며칠 전에 아빠는 미리 작성한 유언장을 보여줬어. 그 유언장대로라면 네 몫의 유산은 없었지. 아빠는 네가 즉시 밴드 활동을 그만두지 않으면 다음 달까지 기다렸다가 그대로 공증받겠다고 했어. 이래도 엔분의 일에 토를 달 거니?"

큰누나의 얼굴에서 냉기가 뿜어져 나왔다. 평소에도 따뜻한 사람은 아니지만 지금은 큰누나가 너무너무 무서웠다. 나는 큰누나의 눈길을 피해 게임판 쪽으로 고개를 숙였다. 그 순간 퍼뜩 작은누나가 여태 돌아오지 않았다는 데에 생각이 미쳤다.

"어, 짝은누난 왜 안 오지?"

내 말에 작은형의 눈이 둥그레졌다. 작은형이 자리에서 벌떡 일어났다.

"그냥 둬, 애도 아니고…… 어련히 알아서 올까 봐."

큰형이 말했다. 신발을 신다 말고 작은형이 큰형을 노려보았다.

"이대로 영영 안 왔으면 하는 건 아니구?"

작은형은 캠코더를 집어 목에 걸며 말했다. 작은형이 숨을 몰아쉬더니 말을 이었다.

"말 나온 김에 나도 말하자. 엔분의 일은 나도 받아들일 수가 없어, 누나."

"넌 또……"

"우린 다 영희한테 빚을 지고 있어. 생각해봐. 집에 손님이 올 때마다 영희는 방에 갇혀 있었어. 난 봤어. 영희가 오줌을 참다 참다 안 되겠으니까 휴지통에 싸버리는 걸."

"그래서?"

"사람들은 대부분 우리 남매가 넷인 줄 알고 있지. 아빠가 공공연히 그렇게 말했어. 아들 셋에 딸 하나 두었다고. 그 말을 우리 영희가…… 그 불쌍한 애가 방에서 다 듣고 있었다구."

"그게 뭐?"

"우리도 똑같았어. 밖에서 아는 사람을 만났을 때 영희를 선뜻 가족이라고 소개했던 적 있어?"

"꿉꿉하게 왜 이래, 애가. 간단히 요점만 말해. 그거랑 돈이랑 무슨 상관이 있는데?"

"우리 중에 돈이 가장 필요한 사람은 영희랑 꼬맹이야. 영희는 아프고 꼬맹이는 어리니까. 난 영희를 데리고…… 원한다면 우리 꼬맹이까지 함께 스웨덴으로 갈 거야. 장애인에 대한 복지가 거기만큼 철저한 곳이 없다니깐. 영희랑 꼬맹이한

테 반을 주고 나머지를 갖고 똑같이 나누자. 그래도 적은 돈
은 아니잖아."

"싫은데?"

"그렇다면 별수 없네. 이런 말은 끝까지 하고 싶지 않았는
데……"

작은형이 한숨을 내쉰 뒤 말을 이었다.

"나한텐 그날의 기록이 다 있어. 이 말을 하지 않은 건 영
희랑 꼬맹이한텐 가정이 필요하다는 생각에서였어. 하지만
이렇게 된 이상…… 돈이라도 챙겨줘야지."

"뭐? 기록?"

큰형의 물음에 작은형은 말없이 목에 걸린 캠코더만 만지
작거렸다. 가족 행사가 있는 날이면 어김없이 작은형의 목에
걸려 있던 저 캠코더. 작은형이 신발을 마저 신고 뒤돌아섰
다. 나도 작은형을 따라나섰다. 작은누나가 걱정되기도 했지
만 가슴이 벌렁거려 그대로 앉아 있을 수가 없었다. 오늘 들
은 얘기를 빠짐없이 아빠한테 전달해야 한다는, 아빠가 세상
을 떠난 지금까지도 머리에 들러붙어 있는 사명감이 나를 마
냥 볶아댔다. 아빠는 말했다. 거짓말에도 흰 거짓말이란 게
있다는 거 알지? 이건 고자질이 아니라 우리 집을 행복하게
만들기 위해 꼭 필요한 거야. 아무리 시시한 거라도 아빠한테
다 말해야 해. 그게 시시한 건지 아닌지는 아빠가 판단할 거
니까. 엄마가 어떤 아저씨의 차에서 내린 얘기며 엄마가 낮에

외출할 때면 옷을 다섯 벌도 넘게 입어본다는 얘기를 아빠에게 한 건 나였다. 큰누나가 가방에 콘돔을 갖고 다닌다는 얘기, 콘돔이 자주 새것으로 바뀐다는 얘기, 큰형이 밴드 활동을 계속하고 있다는 얘기를 아빠에게 전한 것도 나였다. 내가 아빠에게 중요한 정보를 전한 날이면 어김없이 가족회의가 소집되었다.

"영희야⋯⋯"

앞서 걷던 작은형의 입에서 신음처럼 작은누나의 이름이 흘러나왔다. 나는 형을 따라 그 자리에 멈춰 섰다. 우리가 있는 곳은 원숭이 방사장 앞이었는데 사람들이 모여 서서 뭔가를 가리키며 웃어대고 있었다. 나는 사람들 틈으로 파고들었다. 사람들이 둘러싼 원의 한복판에 있는 건 작은누나였다. 얼굴이 벌게진 채 몸까지 비틀거리며 연신 욕을 해대는 작은누나는 내 눈에도 참 희극적으로 보였다. 씨발, 뭘 봐⋯⋯ 죄송합니다. 제가 이게⋯⋯ 씨발씨발씨발⋯⋯ 저리 안 가! 아, 씨발씨발씨발⋯⋯ 작은형이 사람들을 밀치고 작은누나를 데리고 나와서 나무 그늘 아래로 갔다. 나는 언덕 아래 매점으로 달려가 생수를 샀다. 내가 돌아왔을 때 작은형은 작은누나를 끌어안고 울고 있었다.

셋이 함께 자리로 돌아왔을 때 가족들은 이미 집에 돌아갈 채비를 마친 뒤였다. 돗자리도 반듯하게 개켜져 있고 풀밭 위에 나뒹굴던 병과 캔은 물론 휴지 하나 보이지 않았다. 우리는 짐을 나눠 들고 주차장을 향해 걸었다. 운전석에 앉은 건 대리 기사였다. 우리 가족 여섯은 모두 뒷자리에 탔다. 앞 의자를 뒤로 젖혀놓고 서로 마주 보고 앉았다. 여자 셋은 앞을 보고 앉고 남자 셋은 뒤를 향해 앉고. 마주 앉은 큰형과 엄마는 서로 무릎이 닿을 때마다 큼큼, 헛기침을 하며 무릎을 끌어당겼다.

드디어 차가 출발했다. 차가 구르는 순간 앞에서 머리채를 확 잡아당기는 것 같은 느낌이 들었다. 우주를 지배하는 힘들이 내 몸의 균형을 위해 총동원되고 있다는, 내가 굉장히 중요한 존재가 된 것 같은 이 느낌. 이제 아빠도 그 힘과 하나가 되어 있는 거겠지. 어, 어, 하다가 낭떠러지로 떨어져버린 아빠. 아빠의 몸은 사과처럼 떨어졌지만 그 반동으로 영혼은 위로 솟구쳤다. 중력에 순응했기 때문에 중력으로부터 벗어나 우주를 지탱하는 힘이 될 수 있었던 거지, 아빠?

"이것만은 기억해주기 바라. 난 미망인이다. 아빠를 따라 죽지 못하고 혼자 남은 미망인이란 말이야. 너희들만 아니라면 이 에미는…… 아빠랑 같이 묻히고 싶었다."

에미, 라는 대목에서 엄마는 음미할 시간을 주겠다는 듯 잠깐 말을 멈추었다. 엄마의 목소리가 가늘게 떨렸다. 큰누나가 큰형을 쳐다보며 어깨를 으쓱했다. 큰형도 큰누나의 몸짓을 똑같이 따라 했다. 작은형이 큰누나와 큰형을 쏘아보며 말했다.

"다 그만해. 꼬맹이한테 미안하지 않아?"

"근데 너 아까부터 좀 웃긴다. 네가 뭐, 막내랑 영희 대변인이라도 되는 거야?"

"응."

"네가 뭔데?"

"가족이니깐!"

작은형이 다부진 목소리로 대답했다. 가족? 큰형이 큰누나를 쳐다보았다. 웃음을 꾹 참고 있던 큰누나는 큰형과 눈이 마주치자 웃음을 터뜨리고 말았다. 누나도 들었지? 쟤가 뭐라고 하는지…… 큰형과 큰누나는 몸까지 흔들며 깔깔 웃었다. 그 웃음소리가 나를 불안하게 했다. 블루마블블루마블블루마블…… 주문을 외듯 빠르게 중얼거리며 나는 창밖으로 시선을 던졌다. 신호 대기에 걸려 우리와 나란히 서 있는 버스에 탄 아줌마가 부러움이 담뿍 담긴 눈으로 우리 차 안을 내려다보고 있었다. 나는 아줌마가 실망하지 않도록 입술을 끌어당겨 웃는 얼굴을 만들었다. 그나저나 우리 가족은 어떻게 되는 걸까? 나는 정말 스웨덴으로 가게 되는 걸까?

분명한 건 이게 우리의 마지막 소풍이 되리라는 것이었다.

여
보
세
요

언니가 나를 쳐다본다. 안쓰러워 죽겠다는 얼굴이다. 눈을 감고 있어도 언니의 표정을 읽는 것쯤 아무것도 아니다. 눈물을 참기 위해 빠르게 눈을 깜빡이며 콧구멍을 벌름거리고 있을 거다. 언니의 머릿속은 어항 같다. 제 딴엔 복잡하게 굴려보는 생각들이 내 눈엔 수초 사이를 헤엄치는 금붕어처럼 빤히 들여다보인다. 장애물을 늘어놓고 기다리면 그 금붕어는 빨간 꼬리를 하느작거리며 내가 의도한 장소로 움직인다. 지금 내 방에 흐르고 있는 '한국의 아름다운 소리 100선'은 손쉽게 써먹을 수 있고 효과도 커서 내가 즐겨 쓰는 장치이다. 얼음장 밑으로 물 흐르는 소리, 고드름 낙수 소리, 바람에 낙엽 구르는 소리…… 언니는 이 시디만 틀어놓으면 꼼짝 못한다. 우리의 유년 시절이 이 소리 속에 고스란히 담겨 있기 때문이다. 아니, 산으로 들로 노루 새끼처럼 펄펄 뛰어다니던 내 두 다리가 그 안에 복원되어 있기 때문이라고 하는 편이 맞겠다.

언니가 돌아선다. 언니가 나직이 내쉰 한숨이 스피커에서 흘러나온 소 울음에 묻힌다. 나는 실눈을 뜨고 언니의 뒷모습을 쳐다본다. 한쪽은 치솟고 한쪽은 축 처진, 시소 같은 어깨. 감정이 격해질수록 기울기가 점점 가팔라지는 그 어깨를 보면 어쩔 수 없이 내 무게를 떠올리게 된다. 추의 무게는 저울만 알 뿐 추 자신은 알 수 없다. 어쩌면 나는 내 짐작보다 훨씬 무겁게 언니의 어깨에 매달려 있는지도 모르겠다. 어젯밤 언니에게 심한 말을 해댄 걸로도 부족해 이런 시디 따위로 언니 마음을 무겁게 하다니 공연한 짓을 했다 싶어진다. 하지만 나는 이내 마음을 고쳐먹는다. 사실 어젯밤엔 작정을 하고 언니를 몰아붙인 거였다. 미성년자도 아닌 성인이, 그것이 설령 자매간이라 할지라도, 한 공간에서 부대끼며 살 수밖에 없다면 서로의 영역을 침범하지 말아야 한다. 그 선이 지켜지지 않으면 서로 힘들다. 근데 언니는 요즘 들어 도저히 묵과할 수 없는 수준으로 내 사생활을 염탐하려 든다. 일기장 훔쳐보는 걸로도 부족해 며칠 전엔 얼치기 형사처럼 내 뒤를 밟기까지 했다. 그대로 두었다간 아예 옆에 들러붙어 내 일거수일투족을 감시하려 들 게 뻔하다. 저런, 일거수일투족이라니. 들어 올릴 손은 있어도 옮겨 디딜 발은 없으니 일투족은 빼야

옳겠다.

언니가 나간 뒤 조용히 문이 닫힌다. 나는 침대에서 몸을 일으킨다. 바닥을 짚은 두 팔에 힘을 실어 엉덩이를 앞으로 민다. 침대 옆에 붙어 있는 휠체어에 올라 방에 딸린 욕실로 간다. 옷을 벗고 샤워 체어에 옮겨 앉는다. 거울을 통해 무릎 위에서 뚝 잘린 두 다리가 보인다. 다리를 잃은 지 이십 년이 지났지만 아직도 내가 낯설게 느껴질 때가 많다. 그런 순간엔 사고가 난 뒤부터 지금까지의 삶이 꼭 농담일 것 같다. 아무도 웃지 않아 경우에 따라선 비방이나 악담처럼 들리기도 하는 썰렁한 농담일 것 같다. 하긴 뭐, 다리가 멀쩡한 엄마도 돌아가실 때 평생 살아온 게 꼭 악몽을 꾼 것 같다고 하지 않았던가. 그러니 공연히 피해 의식에 사로잡혀 슬픈 낯꼴을 하고 입술을 깨물 것까진 없다. 나는 노래를 흥얼거리며 샤워를 한다. 수건으로 몸을 닦고 향수를 뿌린다. 이성에게 성적 매력을 느끼게 한다는 페로몬 향수.

방에 들어와 서랍장을 연다. 와이어 없는 까만색 망사 브래지어를 고른다. 팔을 뒤로 돌려 후크를 채우는데 어제 진경이가 한 말이 떠올라 웃음이 난다. 벗는 순간 가슴이 뿅! 하고 사라져서 뿅브라라던가. 어리보기 진경이가 이제 제법이다. 처음 왔을 때만 해도 농담을 이해하지 못해서 따로 나머지 공부까지 시켜야 했는데 말이다. 진경이 생각을 하자 사무실에 있을 '우리 가족들' 얼굴이 쥘부채처럼 쫙 펼쳐진다. 얼른 사무실에 나가고 싶다. 나는 서둘러 화장을 하고 방을 나온다. 언니는 퉁퉁 부은 얼굴로 식탁을 차리고 있다. 코끝이 찡해온다. 여리고 착한 언니. 언니에게 미안하다고 말하고 싶다. 한번만 더 내 일에 간섭하면 집에서 쫓아내버리겠다고 했던 말은 진심이 아니었다고 말하고 싶다. 집도 없이 동생한테 얹혀사는 언니에게 그건 끝까지 하지 말았어야 할, 마지막 말이 아니었을까.

적당한 사과의 말을 고르며 나는 바퀴를 굴려 식탁으로 간다. 그러나 언니가 양미간을 찌푸린 채 코를 킁킁거리는 순간 미안하고 짠한 마음은 천리만리 달아나버리고 만다. 내 향수냄새에 민감하게 구는 언니가 거슬리지만 참기로 한다. 나는 시래깃국에 밥을 한술 말아 먹고 현관으로 간다.

"오늘도 늦니?"

전동 휠체어로 갈아타는데 언니가 묻는다. 나는 언니를 거들떠보지도 않은 채 집을 나선다.

골목에 들어서자 재봉틀 소리가 들린다. 비로소 내 집에 왔다는 안도감이 든다. 나는 사무실이 있는 빌라의 공동 현관으로 간다. 로비폰에 비밀번호를 입력하자 지체 없이 문이 열린다. 우리 사장님이 자비를 들여 자동문으로 바꿔놓은 덕에 출입하기가 훨씬 수월해졌다. 친절한 사장님. 명자랑 진경이가 이 말을 듣는다면 혀를 끌끌 찰 것이다. 휠체어 때문에 문이 망가진다고 빌라 입주민들이 항의하는 바람에 어쩔 수 없이 바꿨을 뿐이라고 한목소리를 내겠지. 명자야 원래가 투덜이니까 그렇다 치더라도 진경이까지 왜 자꾸 그러는지 모르겠다.

나는 101호로 간다. 문에는 '거성 어패럴'이라고 쓰인 아크릴 간판이 붙어 있다. 초인종을 누르자 명자가 문을 연다. 명자의 초점 없는 눈동자에 반가움이 어린다. 매일 봐도 매일 반가워하는 명자. 나는 명자의 손을 살짝 쥐었다 놓는다. 명자가 등으로 문을 받친 채 한쪽으로 비켜선다. 나는 바퀴를 굴려 안으로 들어간다. 명자는 현관문을 잠그고 탁자 쪽으로 가더니 손으로 더듬어 무선 주전자의 버튼을 누른다. 곧 물 끓는 소리가 난다. 명자는 컵에 커피믹스와 물을 붓고 스푼으로 저어 조심스럽게 들고 온다. 컵을 받아 들며 나는 고맙다는 표정을 짓는다. 맹인인 명자가 내 표정을 읽을 리 없지만 그래도 명자에겐 그래야 할 것 같다.

"어때, 커피?"

명자가 묻는다. 나는 맛있다고 대답한다. 명자가 소리 없이 웃는다. 명자는 꼭 이 집의 안주인 같다. 우리 사무실에서 일하는 사람은 사장님을 빼면 모두 여덟이다. 명자와 진경이와 희주는 사무실에서 먹고 자면서 일하고 나를 포함한 다섯은 출퇴근을 한다. 하지만 명자가 주인처럼 느껴지는 건 명자가 여기 살기 때문만은 아니다. 희주와 진경이도 그 점에선 마찬가지지만 그렇다고 걔네들이 주인처럼 느껴진 적은 없으니까. 그건 전적으로 명자의 분위기 때문이다. 주부나 엄마, 라고 발음할 때면 반사적으로 떠오르는 모종의 분위기, 그게 명자에겐 있다. 명자는 우리에게 상냥하다. 하지만 명자는 우리에게만 상냥하다. 다른 사람들에겐 지나치리만큼 공격적이고 매사를 삐딱하게 본다. 특히 사장님에 대해선 불평이 이만저만이 아니다. 명자가 사장님을 싫어하는 건, 이건 어디까지나 내 생각이지만, 사장님이 너무 잘났기 때문일 거다. 우리 사장님은 잘생겼고 돈도 많고 게다가 배운 것까지 많다. 사장님은 법학 박사로, 나라에서 운영하는 연구소의 연구원이란다. 명자 말이니 맞을 것이다. 나야 사장님을 알게 된 지 몇 달 되지 않았지만 명자는 벌써 몇 년째 사장님의 수족 노릇을 해오고 있으니까. 어쨌든 명자는 열등감이 사람을 어떤 식으로 일그러뜨리는지를 똑똑히 보여주는 표본이다. 열등감을 제대로 극복해내지 못하면 인생을 투덜거리는 것으로 낭비하게 된다는 내 인생철학이 명자를 통해 한 번 더 검증된 셈이다. 나는 눈을 감고 느긋이 커피를 음미한다. 일을 시작하기 전에 마시는 커피는 맛도 향도 각별하다. 보조금에 의지하지 않고 내 손으로 날 먹여 살린다는 뿌듯함을 달콤 쌉싸래하게 음미하는 시간이랄까.

"소리가 너무 크다."

나는 눈을 뜬다. 슬립 차림의 희주가 안짱다리로 뒤뚱거리며 내 쪽으로 오고 있다. 명자가 일어나 창턱에 놓인 카세트의 볼륨을 줄인다. 사무실이 당장에 조용해진다. 우리 사무실의 재봉틀 소리는 주로 카세트에서 만들어진다. 재봉틀이 없는 건 아니다. '거성 어패럴'이란 간판에 걸맞게 재봉틀도 다섯 대나 있고 언제 누가 들이닥쳐도 문제될 게 없게끔 재봉틀 노루발 사이엔 박다 만 옷감이 끼워져 있기까지 하다. '언제 누가 들이닥쳐도 문제될 게 없게끔'은 사장님이 틈날 때마다 강조하는 말로, 사무실이 제대로 돌아가고 있는지를 점검할 때 가장 중요한 기준이 되는 말이다. 언제든, 어떤 사람의 눈에건, 우리 사무실은 한 독지가가 장애인의 자립을 위해 사비를 털어 마련한 작은 공동체로 보여야 한다. 언젠가 빌라 입주자들이 우리를 몰아내기 위해 작당하고 들이닥쳤다가 오히려 깊은 감명을 받고 물러간 적이 있는데, 그걸 보면 우리 사무실은 더도 말고 덜도 말고 딱 그런 공동체로 비치는 모양이다. 샤워 체어와 비데는 물론 손과 발로 변기의 물을 내릴 수 있는 특수 레버가 설치된 욕실, 침대가 있고 수납공간이 넉넉한 붙박이장이 한쪽 벽면을 가득 채우고 있는 두 개의 침실, 티 테이블이 놓인 아늑한 베란다, 원격 조정 장치로 켜고 끌 수 있도록 되어 있는 조명들, 곳곳에 마련된 스피커폰과 비상벨.

"미친 새끼가 걸려드는 바람에 진이 다 빠졌네. 언니가 지금 나 대신 들어가줄래? 내가 이따 언니 시간에 할게."

나는 흔쾌히 그러겠다고 대답한다. 명자가 희주의 어깨를 더듬어 슬립 끈을 내린다. 끈을 조금 내렸을 뿐인데도 슬립은 두 팔이 없는 희주의 몸에서 주르르 흘러내려온다. 나는 희주가 벗은 슬립을 무릎 위에 얹고 휠체어 바퀴를 굴려 침실로 들어간다. 침대와 화장대를 지나 출입문 맞은편의 붙박이장 앞으로 간다. 문턱과 서랍장이 없다는 것과 특별히 고안된 옷걸이—빨래걸이처럼 줄로 잡아당겨 높이를 조절할 수 있도록 만들어놓은—만 빼면 어디서나 흔히 볼 수 있는 장롱이다. 하지만 벽에 기대어 세워놓은 목발로 옷걸이에 걸린 옷들을 한쪽으로 밀치는 순간 얘기는 싹 달라진다. 얼핏 보면 벽처럼 보이는 미닫이문이 나타나는데 그 안에는 코딱지만 한 방 두 칸이 숨겨져 있다. 이게 우리의 진정한 '작업실'이다. 다른 침실에도 이런 방이 두 개 있으니까 모두 합치면 네 개다. 이 방들이 얼마나 정교하고 감쪽같이 숨겨져 있는가 하면, 빌라 아줌마들이 붙박이장 앞으로 몰려와 옷걸이 줄까지 잡아당겨가며 그 섬세한 배려에 거듭 감탄하면서도 누구 하나 눈치채지 못했을 정도이다.

나는 내 방에 들어가기 전에 옆방 문을 슬쩍 연다. 수화기를 손에 든 채 진경이가 나를 돌아보며 웃는다. 웃는다는 건 어디까지나 내 생각이고, 심한 화상으로 일그러진 진경이의 얼굴엔 웃을 때나 찡그릴 때나 같은 표정이 만들어진다. 화상을 입은 건 얼굴뿐만이 아니다. 가장 심하게 탄 왼쪽 유방은 아예 성장을 멈춰버렸다. 두 개로 나뉘어 부풀어 오를 게 한쪽으로 다 몰려버린 것처럼 오른쪽 유방은 어마어마하게 크다. 진경이는 죽고 싶다는 말을 입에 달고 사는데 그 말은 정말 죽어버리고 싶다는 게 아니라 사고 이전으로 돌아가고 싶다는 뜻이란 걸 나는 안다. 그런 진경이가 망사로 된 슬립 한 장만 걸치고 앉아 코맹맹이 소리로 전화를 받고 있다. 그만해, 오빠. 나 막 흥분된단 말야…… 나는 내 방으로 들어간다. 방에는 텔레비전과 전화기, 커다란 전면 거울이 전부이다. 아니, 천장 한구석에 매달려 천천히 움직이며 방의 상황을 실시간으로 사장님에게 전송해주는 시시티브이도 빼놓을 수 없겠다. 명자와 진경이는 저 시시티브이 때문에 사장님에게 변태 새끼라는 욕도 서슴지 않지만 나는 사장님을 이해할 수 있다. 낮에는 연구소에 매여 있어야 하는 사장님 입장에선 자신이 없을 때 사무실이 어떻게 굴러가는지 궁금할 것이다. 하지만 운신하기조차 힘들 정도로 좁은 이 방에서 옷을 갈아입게 하는 것만큼은—이 규정에서 예외로 인정되는 건 두 팔이 없는 희주뿐이다—사장님에 관해서라면 한없이 관대한 나조차도 이해할 수 없다. 다리가 없거나 사지가 뒤틀린 우리가 이 좁은 공간에서 옷을 갈아입으려면 차마 눈뜨고 볼 수 없는 온갖 포즈가 나올 수밖에 없다. 다리가 없는 내가 몸을 뒤틀며 옷을 벗는 모습을, 나로부터 분리된 또 하나의 내가 시시티브이처럼 냉정한 눈으로 굽어보게 되는 잔인한 시간. 나는 입술만 움직여 명자처럼 욕을 해본다. 변태 새끼. 순간 변태에 대한 자료 화면처럼 사장님과 내가 알몸으로 뒤엉켜 있는 장면이 머릿속에 그려진다. 나는 입술을 깨문다. 나는 왜 나와 사랑을 나누는 상상 속의 남자들을 변태라는 단어로밖엔 떠올리지 못하는 걸까. 되도록 생각이란 걸 하지 않으려고 애쓰며 나는 옷을 벗는다. 브래지어와 팬티까지 벗고 희주의 땀에 젖어 축축한 보라색 슬립을 입는다. 비디오를 켠다. 화면에 떠오른 알몸들. 그 장면을 더빙하듯 옆방의 진경이가 교성을 질러댄다. 나는 비디오 볼륨을 높인다. 전화벨이 울린다. 나는 목을 가다듬으며 수화기를 든다.

"여보세요?"

형부가 잠이 덜 깬 얼굴로 식탁에 앉는다. 나는 핸드폰으로 문자를 날린다. 이제 십 분만 있으면 진경이가 집으로 전화를 걸 것이다. 나는 핸드폰을 주머니에 넣고 식탁으로 다가간다.

"많이 먹어. 당신 처제가 형부 먹이겠다고 큰맘 먹고 사온 한우 떡등심이야."

언니가 식탁 한가운데 불고기 접시를 내려놓는다. 언니가 말한 '당신 처제'라면 나밖에 없는데 나는 한우 떡등심은 고사하고 돼지 목심도 사온 일이 없다. 나를 보며 언니가 살짝 눈을 찡그린다. 언니의 꿍꿍이속을 내가 모를 리 없다. 형부가 번 돈이 이 처제로 인해 축나는 일은 없다는 걸 형부에게 말하고 싶은 거다. 모르는 척하려다가 나는 언니를 위해 말 몇 마디를 보태기로 한다.

"드시고 싶은 거 있으면 언제라도 말씀만 하세요, 형부."

형부가 웃는다. 나는 젓가락으로 불고기를 집는다. 간도 맞고 질기지도 않은 게 내 입에 딱이다. 나는 연신 불고기만 먹는다. 내가 불고기를 집을 때마다 언니가 곁눈질로 나를 쳐다본다. 그러거나 말거나 나는 불고기를 국물째 듬뿍 떠서 밥 위에 얹는다. 그 순간 언니가 잽싸게 접시를 들더니 내 밥그릇 위에 불고기를 덜어놓는다.

"팍팍 좀 먹어라. 그렇게 끼적거리기나 하니까 얼굴이 만날 그 모양이지."

언니가 또 눈을 찡긋거린다. 기분이 확 잡친다. 더부살이를 하는 것도 아니고 버젓이 내 집에서 내가 번 돈으로 살면서 번번이 이게 무슨 꼴이람. 아무튼 언니가 해놓은 말이 있으니 팍팍 퍼먹고 싶은 마음을 누르고 나는 입맛 없는 사람처럼 밥을 먹는다. 두부조림도 끼적끼적, 시금치나물도 끼적끼적, 입에서 살살 녹는 불고기도 끼적끼적.

전화벨이 울린다. 언니가 팔을 뻗어 식탁 한쪽에 놓인 무선 전화기를 집는다. 부동산인데요 어쩌고 하는 소리가 옆에 있는 내 귀에까지 들린다. 네? 부동산이요? 언니가 놀란 목소리로 상대방의 말을 되받더니 나에게 수화기를 건넨다.

"안녕하세요, 사모님? 부동산 럭키예요."

"아, 네."

전화를 건 사람은 진경이다. 나는 얼른 곤혹스런 표정을 짓는다.

"십 분쯤 뒤에 손님 모시고 집 좀 보러 갈게요, 사모님."

진경이는 끝까지 긴장을 늦추지 않는다. 덜렁댄다고 사장님한테 야단맞기 일쑤인 평소의 진경이 같지 않다. 진경이에게도 이런 면이 있다니 새삼스럽다.

"죄송한데요, 지금은 식구들이 있어서 좀……"

나는 형부의 눈치를 보는 척하며 말끝을 흐린다.

"그럼 언제,"

"저기요, 제가 이따 다시 할게요."

나는 진경이의 말을 자르고 전화를 끊는다. 그리고 잔뜩 주눅 든 얼굴로 언니와 형부의 표정을 살핀다. 모든 게 연습했던 그대로이다. 어제 명자랑 진경이랑 함께 저녁밥을 먹다가 나는 내가 내야 할 재산세를 몇 년째 형부가 대신 내고 있다는 얘기를 꺼냈다. 그깟 몇 푼 누가 내면 어떠냐고 웃어넘기는 형부에게 화를 낼 수도 없고, 그렇다고 그냥 두기는 께름하고. 내 말에 명자와 진경이는 약속이라도 한 듯 펄쩍 뛰었다. 손 놓고 있다가는 어떻게 빼앗겼는지도 모르게 다 빼앗기고 만다면서 자신들의 경험담을 줄줄이 늘어놓았다. 연극을 제안한 건 진경이었다. 이번 기회에 집주인이 누구인지 확실히 보여줘야 한다고 진경이는 당사자인 나보다 더 흥분해서 소리쳤다. 말은 울퉁불퉁하게 해대도 착하고 인정 많은 진경이. 정말이지 그럴 땐 피를 나눈 언니보다 진경이가 더 살갑게 느껴진다.

"집 내놨어, 처제?"

형부가 묻는다.

"그게 아니라……"

나는 몸 둘 바를 모르겠다는 듯 말을 얼버무린다. 언니가 어깨까지 늘어뜨리며 푹 한숨을 내쉰다. 언니가 안쓰럽다. 언니를 상대로 이런 짓까지 해야 하다니. 이게 다 형부 때문이다. 자기에게 있는 재산이라곤 달랑 이 집 하나가 전부라는 말로 나를 떠보질 않나, 집주인인 나에게 사전 통보도 없이 멋대로 집을 개조해대질 않나.

"너, 정말 집 팔려구?"

언니가 울 듯한 얼굴로 묻는다. 나는 입술에 침을 바르고 미리 준비해둔 거짓말을 한다.

"실은 결혼하자는 사람이 있어서…… 이 집 팔고 그 사람 돈 보태서 아파트 하나 장만할까 싶어서……"

이 집의 소유주는 나라는 걸 분명히 하기 위해 나는 '이 집 팔고'를 힘주어 또박또박 발음한다. 이게 어떤 집인데. 엄마가 고생고생한 끝에 생애 최초로 장만한 집이다. 하지만 엄마는 나도 모르게 이 집을 당신이 아닌 내 앞으로 등기를 냈다. 그리고 욕실과 싱크대는 물론 형광등 스위치며 문에 달린 손잡이까지 내 키에 맞춰 다 바꿔놓았다. 그렇게 해놓고도 숨이 끊어지는 순간까지 나를 내려놓지 못했던 엄마. 미음도 넘기지 못하다가도 언니만 보면 하나도 아프지 않은 사람처럼 펄펄 뛰는 목소리로 엄마는 점쟁이가 한 말—내가 타고난 복을 언니가 다 빼앗아가고 있다는—을 되풀이하곤 했다. 엄마는 그 점괘를 옮기기 전에 그 점쟁이가 얼마나 용한가에 대해 장황하게 늘어놓곤 했는데, 나중에라도 그 점괘의 신빙성이 문제 되는 일이 없도록 하기 위한 나름의 조처였다. 그렇게 함으로써 엄마는 이십 년 전의 사고를 그 점괘와 봉합선조차 안 보일 정도로 정교하게 잇대어놓았다. 똑같이 사고를 당했으면서도 언니는 어깨뼈만 조금 으스러지고 말았는데 나는 다리 두 개를 절단해야 했던 게 내 복을 언니가 다 빼앗아갔기 때문이라는 식으로. 아, 엄마. 목이 멘다. 나는 젓가락을 내려놓는다.

"배고파 죽겠어. 언니 오길 얼마나 기다렸다구."

내가 사무실에 들어가자마자 진경이는 중국집에 전화를 걸어 짬뽕에 자장면을 시킨다. 탕수육도 하나 시킨다. 우리 사장님은 이래서 좋다. 먹는 것 따위로 쩨쩨하게 구는 법이 없다. 월급 줄 때도 그렇다. 몇 군데 직장이라고 다녀봤지만 사장이라는 사람들의 공통점이 꼭 동냥 주듯 월급을 준다는 거다. 쥐꼬리만큼 주면서 또 어찌나 생색을 내는지. 우리 사장님은 그러지 않는다. 주기로 약속한 돈은 한 푼도 깎지 않는다.

곧 식사가 배달되어 온다. 진경이가 명자를 부른다. 일을 하다 말고 명자는 슬립 위에 셔츠만 걸치고 거실로 나온다. 나는 자장면을 먹고 명자와 진경이는 짬뽕을 나눠 먹는다. 국물을 안 먹는 진경인 면발만 건져 먹고 국수를 싫어하는 명자는 국물에 밥을 말아 먹는다. 갑자기 명자가 코를 킁킁거리며 묻는다.

"너희들, 또 탕수육 시켰구나?"

"웅, 언니가 제일 좋아하는 게 탕수육이잖아. 기껏 생각하고 시켰더니……"

진경이의 대답에 명자가 평소답지 않게 언성을 높인다.

"얘들이 정말…… 너희들, 사장이 요즘 얼마나 어려운지 몰라서 이래?"

진경이가 늘어진 입술을 비죽거리며 말한다.

"언닌 참 알다가도 모르겠어. 그렇게 사장 욕하면서도 가만 보면 사장 생각 제일 끔찍하게 하더라."

"이 철없는 것아. 이게 사장 걱정하는 거냐? 사장 잘못되면 우리 밥줄 끊기는 거 몰라?"

"피, 난 직장 같은 거 걱정 안 해. 어차피 나한텐 사는 것 자체가 직업이야."

"미친년."

"미친년은 무슨…… 참, 언니들. 내가 재미있는 얘기 하나 해줄까? 어제 인터넷 뒤져서 찾아낸 건데……"

말을 멈추고 나와 명자를 번갈아 쳐다보는 진경이의 얼굴엔 장난기가 가득하다.

"있잖아, 어떤 남자가 비아그라를 먹었대. 근데 거기만 뻣뻣해지는 게 아니라 온몸이 다 뻣뻣해지더래. 부작용인가 하는 생각도 했지만 그건 아니었대. 왜 그랬게?"

명자가 우멍한 눈으로 나를 쳐다본다. 나는 고개를 젓는다.

"그 남자가 좆같은 놈이었거든."

명자가 까르르 웃는다. 나와 진경이도 명자를 따라 웃는다. 생각할수록 우습다는 듯 명자와 진경이는 발까지 구르며 웃어댄다. 나는 명자와 진경이의 발을, 바닥을 힘차게 구르는 그 네 개의 발을 쳐다본다.

"근데 있잖아 언니들…… 그거 본 적 있어?"

웃음이 잦아들 무렵 진경이가 진지한 얼굴로 묻는다.

"뭐?"

"있잖아, 그거. 남자 거시기."

"비디오로 만날 보잖니."

"비디오로 말고 진짜로 본 적 있냐구."

"응?"

"답답해 죽겠네. 진짜 해본 적 있냐구, 내 말은!"

진경이가 목소리를 높인다. 명자도 나도 고개를 흔든다.

"한 번만…… 딱 한 번만…… 해봤으면 좋겠다."

진경이의 혼잣말을 끝으로 우리는 입을 다문다. 나는 젓가락을 내려놓고 화장실로 간다. 샤워 체어에 앉아 엉덩이를 한쪽씩 들어가며 힘겹게 팬티를 내린다. 피가 묻어 있다. 아까부터 슬슬 배가 아프더니 기어코 생리가 터졌다. 세상에서 제일 싫은 게 뭐냐고 묻는다면 나는 따져볼 것도 없이 생리하는 거라고 대답하겠다. 명자는 생리할 때마다 위생 처리를 제대로 할 수 없어서 자궁을 들어냈단다. 식구들 손에 반강제로 끌려가 수술을 한 거지만, 하고 나니까 춤을 추고 싶도록 좋더라고 했다. 춤을 추고 싶도록 좋다는 명자의 얼굴이 그러나 나는 왜 그토록 슬퍼 보였을까. 나는 생리대를 대고 방으로 들어간다. 비디오를 켜고 전화벨이 울리길 기다린다. 드디어 전화벨이 울린다. 최대한 오래 통화를 끌기로 마음먹는다. 시간이 돈이란 말은 통화 시간이 그대로 돈이 되는 우리의 경우엔 딱 들어맞는 말이다. 나는 수화기를 든다.

"여보세요?"

언니가 문을 열어준다.

"얼른 씻고 나와. 형부 없을 때 둘이서 오붓하게 맥주 한잔하게."

나는 욕실에 들어가 샤워부터 한다. 내가 나오길 기다렸다가 언니가 시원한 맥주를 내온다. 귀차니스트 언니가 안주로 골뱅이무침까지 해놓다니 별일이다. 나는 냉장고에서 소주를 꺼내 소맥을 만다. 밍밍한 맥주는 싫다. 혀에 쓴 소주도 싫다. 부드럽게 목을 넘어가면서도 배부르기 전에 취기가 오르는 소맥이 좋다. 언니가 건배를 제안한다. 엄마의 인생을 안주 삼아 우리는 술을 마신다.

"너, 동생 생길 뻔했던 거 모르지?"

"어?"

"엄마가 지워버렸잖아. 아버지가 밖으로만 나도니까 도저히 낳아서 키울 자신이 없더래."

"그랬어?"

"지지리 무능한 니 형부 볼 때마다 내가 무슨 배짱으로 애를 둘이나 낳았을까 싶다. 애들 보면 힘이 솟는 게 아니라 솔직히…… 앞이 캄캄해."

"……"

"언니가 하는 말 오해하지 말고 들어. 있잖니……"

언니가 벌컥벌컥 맥주를 들이켜고 말을 잇는다.

"테레비 보니까 몸이 불편한 사람들이 강간을 많이 당한대. 그래서 말인데…… 그러다가 덜컥 애라도 들어서면…… 그러니까 있잖니, 미리 수술을 해두는 게 어떨까 싶어서……"

언니는 나와 눈을 마주치지 못한다. 다른 때 같았으면 언니의 머리끄덩이를 잡아 흔들며 당장 나가라고 소리쳤을 텐데 오늘은 이상하리만치 마음이 담담하다. 나는 술잔을 비우고 자작으로 채운다. 그렇게 몇 잔인가를 더 마시고 나는 조용히 방으로 들어가 문을 잠근다. 언니가 내 방문을 두드리며 열어 달라고 한다. 나는 천장만 쳐다보며 꼼짝도 하지 않는다. 언니가 울기 시작한다.

"넌 몰라. 내 심정 몰라. 하루에도 몇 번씩…… 그때 너 대신 내가 그렇게…… 차라리 그랬으면 좋았을 거라고……"

나는 신경안정제를 먹는다. 물이 없어 침을 모아 한 알씩 삼킨다. 이런 것에 기대는 내가 싫지만 가끔은 엄살도 피우고 무너지기도 하면서 사는 것 아니겠냐고 나는 나에게 변명한다. 나는 헬렌 켈러가 아니므로. 헬렌 켈러처럼 인생을 극복하며 살 마음이 눈곱만치도 없으므로. 아니, 헬렌 켈러만 아니었어도 내 학창 시절이 훨씬 만족스러웠을 거라고 생각하는 사람이므로. 언니가 계속 운다. 잠에서 깨어난 조카들이 언니와 함께 울어댄다. 울지 마, 언니. 언니한테 화난 거 아니야. 내가 나한테 하고 싶었던 말, 하지만 아무리 나한테 하는 독백이라고 해도 차마 입이 떨어지지 않아서 하지 못했던 말, 그 말을 언니가 했을 뿐이고 난 좀 놀랐을 뿐이야. 언니도 그만 들어가서 자. 자고 나면 다 괜찮아져. 나는 불을 끄고 침대에 눕는다.

사무실에 도착한다. 명자가 안에 없는지 초인종을 눌러도 응답이 없다. 나는 비밀번호를 눌러 현관문을 연다. 안에 들어가 현관문을 닫는데 침실 쪽에서 진경이의 목소리가 터져 나온다. 발악을 하듯 울어대는 소리가 그 뒤를 잇는다. 나는 바퀴를 굴려 침실로 다가간다. 방문을 열자 진경이와 희주가 보인다. 바닥에 쓰러진 희주를 발로 차던 진경이가 나를 쳐다보더니 멈칫한다.

"이 미친년이 글쎄, 고의적으로 내 방 앞에 돈을 흘려놨다니까. 내가 그 돈을 어떻게 하나 보려고. 언니, 그게 말이 된다고 생각해?"

나는 바닥에 웅크리고 누워 있는 희주를 내려다본다. 워낙 체구가 작은데다 팔이 없고 다리마저 짧은 희주가 잔뜩 몸을 웅크리고 있는 모습은 차마 눈뜨고 볼 수 없을 만큼 애처롭고 자닝하다. 나는 눈을 세모꼴로 치켜뜨고 진경이를 쏘아본다.

"그럼 이 상황은 말이 된다고 생각하니?"

진경이가 어이없다는 듯 눈만 끔벅이며 나를 본다.

"언니 지금…… 이년 편들고 있는 거야? 내가 이년한테 어떻게 했는지 몰라서 애 역성드는 거냐구! 나, 그동안 불평 한마디 없이 애 밥 다 먹이고 세수시키고 똥 누면 똥구멍까지 다 닦아줬어. 근데 이년은 고마워하기는커녕…… 그래서 몇 대 패줬어. 때린 나만 나빠? 은혜를 이런 식으로 갚는 이 개같은 년은 괜찮고 나만 나빠? 응?"

진경이가 나를 노려보며 거칠게 숨을 몰아쉰다. 희주가 바닥에 누운 채 훌쩍거린다.

"나라고 왜 진경이 언니…… 고마운 걸…… 모르겠어. 근데…… 언니 말대로…… 난 두 팔이 없어 밥도 못 먹고 똥 누고 밑도…… 못 닦으니까…… 통장도…… 진경이 언니한테 맡겨야 하는데…… 그래도 돈은 또 다른 문제니까…… 그래서…… 확인해보느라고……"

거기까지 말하고 희주가 엉엉 울기 시작한다. 진경이의 눈시울이 붉게 달아오른다. 나도 울음을 참느라 몇 번 헛기침을 한다. 다른 사람의 손 없이는 생활 자체가 불가능한 희주. 그래서 사람을 보면 믿을 수 있는 사람인지 아닌지 가릴 수밖에 없는 희주. 언젠가 희주가 했던 말이 떠오른다. 언니 난 있잖아, 발자국 소리를 듣거나 먼발치로 뒷모습만 봐도 그 사람이 어떤 사람인지 알 수 있어. 나한테 밥을 천천히 먹여줄 사람인지 아닌지, 제대로 칫솔질을 해줄 사람인지 아닌지……

나는 말없이 그 방을 나온다. 그리고 내 '작업실'로 들어가 '작업복'으로 갈아입는다. 전화벨이 울린다. 나는 수화기를 든다. 남자가 다짜고짜 내 차림을 묻는다.

"뭐 입고 있어?"

"슬립."

"무슨 색?"

"빨강."

"그 속엔?"

"아무것도 없지."

"마저 벗어볼래?"

잠깐 부스럭거리는 소리를 내다가 나는 벗었다고 말한다. 인터넷으로 화상 채팅을 하면 이런 질문 따윈 필요 없을 텐데. 남자가 끙끙 소리를 내며 무슨 얘긴가를 주워섬긴다. 나는 남자의 말을 알아듣지 못한다. 남자가 작은 목소리로 빠르게 중얼거리는 탓도 있지만 오늘따라 통화에 집중이 안 된다.

"시간이랑 장소는 자기가 정해."

"응?"

"만나기로 했잖아, 지금."

남자의 말에 나는 망설인다. 남자와는 전화 통화로 끝나야지 오프라인으로까지 끌고 가선 안 된다는 게 우리의 불문율이다. 사장님이 우리 같은 중증 장애인만 골라 일을 시키는 이유가 바로 그것 때문이다. 전화 통화가 만남으로까지 이어지면 거기서 사고가 발생하고 사장님까지 법망에 걸려들게 될 우려가 있는데, 우리 같은 중증 장애인이야 통화하다가 필이 꽂혀도 알아서 나가지 않을 것이므로 뒤탈 날 염려가 없다. 다시 말하자면 우리의 장애가 사장님에겐 더할 나위 없이 든든한 안전장치라는 것. 사장님이 그걸 말로 설명한 적은 없지만 우리 중에 그걸 모르는 바보는 없다.

"얼른 정하라니까."

남자가 다그친다. 십 초에 얼마씩 붙는 요금을 생각하면 내가 남자라고 해도 이런 대화로 시간을 끌고 싶진 않을 것이다. 마음이 조급해진다. 만나볼까? 그러다가 문제라도 생기면? 두 가지 생각 사이에서 오락가락하다가 나는 기분 전환도 할 겸 확 저질러보기로 마음먹는다. 여섯시, 동물원 정문. 내가 핸드폰 번호를 말해줄 수 없다고 하자 남자는 자신의 차림을 말한 뒤 내 인상착의를 묻는다.

"키는 165에 긴 생머리. 몸매는 봐줄 만한 정도의 글래머."

"뭘 입고 나올 건데?"

나는 생머리의 글래머에게 옷을 입힌다. 청바지와 티셔츠를 입혔다가 벗기고 반바지에 탑으로 갈아입힌다. 약속 꼭 지키라는 당부를 끝으로 남자는 전화를 끊는다. 나는 여섯시가 다 되어 사무실을 나와 동물원 정문으로 간다. 사람이 많지만 남자를 찾는 일은 어렵지 않다. 남자가 전화로 말했던 그 차림으로 매표소 앞에 서 있기 때문이다. 연신 고개를 휘휘 돌려 주위를 살피는 게 영락없이 여자를 사러 나왔다고 광고라도 하는 꼴이다. 저 멀리서 호랑이인지 사자인지 모를 동물이 어흥, 하고 울부짖는 소리가 들린다. 그 소리를 듣자 남자가 발정 난 수컷처럼 느껴진다. 발정이 나서 빨간 궁둥이를 씰룩거리는 수컷. 나는 수컷을 만나기 위해 동물원에 왔다, 라는 문장이 머릿속에서 만들어진다. 가슴이 뛰기 시작한다. 수컷이란 단어가 내 안에 잠자고 있던 암컷을 건드려 깨운 걸까. 나는 천천히 남자에게 다가간다. 남자가 나를 쳐다본다. 하지만 내가 투명인간이기라도 한 것처럼 남자의 시선은 나를 관

통해 내 뒤에 있는 여자에게 꽂히고 만다. 마른하늘에 천둥이 우르릉거리기 시작한다. 갑자기 불어온 돌풍에 남자의 향수 냄새가 내 쪽으로 날아온다. 그 순간 도저히 어찌해볼 수 없는 충동이 용솟음친다. 몸이 붕 떠오르는 것 같더니 발바닥이 가렵다. 아무리 가려워도 긁을 발바닥이 없어서 나는 팔뚝이며 목이며 닥치는 대로 긁어대지만 가려움증은 사라지지 않는다. 환장하게 가려운 이 가려움을 어쩔 수가 없어 나는 눈을 감고 고개를 뒤로 젖힌다. 그러자 기다렸다는 듯 남자가 성마른 손길로 내 옷을 벗기고 몸속으로 들어온다. 나는 허리를 비틀며 엄지발가락을 힘껏 위로 젖힌다. 발가락에 연결된 힘줄이 확 당겨진다. 나는 남자를 끌어안은 팔에 더 힘을 준다. 젖힌 얼굴 위로 빗방울이 떨어진다. 나는 눈을 뜬다. 또 한 번 휘몰아친 돌풍에 하릴없이 나부끼는 내 바짓가랑이가 보인다. 갑자기 소나기가 퍼붓기 시작한다. 사람들이 일제히 우산을 펴 든다. 아침에 뉴스를 볼 때까지만 해도 비가 올 거라는 예보 따윈 없었는데 다들 어떻게 알고 우산을 들고 나왔을까. 속수무책으로 비를 맞는 것보다 왕따를 당하는 것 같은 느낌이 더 참담하다. 나는 바퀴를 굴려 폭우 속으로 사라진다.

"저 새끼 오줌도 안 싸고 사나?"

사장님 방을 턱짓으로 가리키며 진경이가 소곤거린다. 나도 막 그 생각을 하던 참이다. 사장님은 사무실에 오자마자 방에 틀어박혀 꼼짝도 하지 않는다. 벌써 다섯 시간째다. 이 더운 날씨에 에어컨도 고장 난 방에서 문까지 꽁꽁 걸어 잠그고서 도대체 무슨 짓을 하는 걸까.

"저 변태 새끼. 오줌인지 뜨물인지도 모르고 막 싸질러대고 있는 거 아냐, 지금?"

진경이의 말에 나는 입을 틀어막고 웃는다. 제가 말해놓고도 우스운지 진경이도 몸을 흔들며 웃는다. 그러고 있는데 방문이 열리며 사장님이 모습을 드러낸다. 진경이는 웃음이 싹걷힌 얼굴로 사장님에게 정중하게 인사를 하더니 얼른 제 방으로 숨어버린다. 나도 가만히 있기가 뭐해 화장실 쪽으로 바퀴를 굴린다. 사장님은 묵직해 뵈는 주황색 상자를 들고 허둥대며 현관을 빠져나간다. 나는 사장님 방으로 간다. 그리고 손잡이를 살짝 비틀어본다. 열려 있다! 아까 사장님이 문 잠그는 걸 못 본 것 같아서 혹시나 하고 열어봤을 뿐인데. 평소엔 삼중 사중으로 철저하게 잠겨 있던 사장실이 이렇게 쉽게 열리다니 거짓말 같다. 빨려들듯 나는 그 방에 들어간다. 책상 위에 놓인, 전원이 켜진 채 열려 있는 노트북이 눈에 들어온다. 대기 모드로 전환된 모니터엔 노란 별이 총총히 떠 있는 밤하늘이 펼쳐져 있다. 나는 노트북으로 다가가 아무 키나눌러본다. 그러자 까만 하늘이 젖혀지며 여자의 벗은 등이 보인다. 나도 모르게 입이 쩍 벌어진다. 몸을 뒤척이며 알몸 위에 슬립을 걸치는 여자, 뭉툭한 허벅지를 쓰다듬으며 콧소리를 내는 여자—나다. 시시티브이는 거울에 비친 내 앞모습도 놓치지 않았다. 벌어진 다리 사이로 드러난 시커먼 음부. 나는 호흡을 가다듬으며 방을 둘러본다. 책상 옆에 놓인 커다란 상자가 보인다. 사장님이 들고 있던 것과 똑같은 주황색 상자다. 나는 상자를 열어본다. 공시디다. 수백 장의 공시디가 상자를 채우고 있다. 우리가 알고 있던 것처럼 사장님이 변태라서 우리의 모습을 즐긴 거라면 이 많은 공시디가 필요할 리 없다. 전화 통화뿐만 아니라 그 모습까지도 사장님에게 돈이 되고 있구나. 우리의 거센 반대에도 불구하고 사장님이 '작업실'에 전면 거울을 설치한 이유를 비로소 깨닫는다.

거실에서 인기척이 난다. 나는 황급히 방을 나온다. 슬립 차림으로 냉장고에서 물병을 꺼내던 진경이가 나를 보고 깜짝 놀란다.

"언니, 왜 거기서 나와?"

"응? 뭐…… 그냥……"

"거기 뭐 재미난 거 있어?"

사장님 방으로 들어가려고 하는 진경이의 허리를 나는 두 팔로 감싸 안는다.

"어? 정말 재미난 거 있나 보네? 나도 좀 보자."

나는 필사적으로 진경이의 허리를 붙든다. 휠체어에 앉은 내가 멀쩡히 제 다리로 서 있는 진경이를 당해낼 수는 없다.

진경이가 기어코 방문을 연다. 그리고 막 그 안으로 들어가려는 순간 사장님이 현관문을 연다.

"그 꼴로 있다가 누가 들어오면 어쩌려고 그래?"

사장님이 버럭 소리를 지른다. 진경이가 졸아붙은 얼굴로 얼른 제 방으로 들어간다. 진경이가 사라진 쪽을 노려보다가 사장님도 자신의 방으로 들어간다. 곧 문 잠그는 소리가 들린다. 나는 한동안 멍하니 거실에 앉아 있다가 사무실을 나온다.

나는 동물원으로 간다. 언덕을 올라 코끼리 우리로 간다. 엄마 코끼리와 아기 코끼리는 약속이라도 한 듯 먼 하늘을 바라보고 있다. 나는 고개를 들어 코끼리들의 시선이 가닿은 먼 하늘을 우러른다. 코뿔소 모양의, 악어 모양의, 치타 모양의…… 구름들. 한 남자가 지나가며 나를 힐끗거린다. 혹시 내 모습이 담긴 시디를 본 사람일까 싶어 얼굴이 뜨거워진다. 컴퓨터를 끼고 골방에 앉아 내 모습을 재생시켜보는 사람들을 상상해본다. 쭉쭉빵빵과는 거리가 먼 우리의 벗은 몸뚱이를 보고 흥분하는 사람들도 있다는 게 얼른 이해가 되지 않는다. 문득 언젠가 책에서 읽은 이야기가 생각난다. 아스텍의 황제 몬테수마 2세는 동물들 외에 기형이거나 백색증에 걸린 인간들을 수집하여 동물원에 가둬놓기도 했단다. 나는 피식 웃는다. 한번 웃고 나자 자꾸 웃음이 난다. 진경이는 어땠을까. 한쪽 유방만 있는 진경이가 그 늘어진 입술로 갖은 교태를 떨어댈 때의 모습을 시시티브이는 어떻게 담아냈을까. 명자는? 희주는? 나는 언니처럼 어깨를 들썩이며 웃는다. 그만 웃고 싶은데 웃음이 멈추지 않는다.

무언가 이마 위에 똑 떨어진다. 뜨뜻하면서도 차가운 그 어떤 것. 나는 손가락으로 이마를 더듬어본다. 비둘기 똥이다. 그 사실을 인식하는 순간 웃음이 싹 걷히고 맹렬한 분노가 끓어오르기 시작한다. 나는 똥을 갈긴 녀석을 찾아 주위를 둘러본다. 하지만 비둘기가 너무 많아 찾을 수가 없다. 나는 언덕 밑에서 과자를 쪼고 있는 회색 비둘기를 지목한다. 내가 지목한 이상 그 녀석이 똥을 갈긴 놈이든 아니든 그건 이미 중요하지 않다. 나는 먼저 녀석을 어떻게 처치할 건지 결정하기로 한다. 바퀴로 깔아뭉개? 다리를 꺾어? 나는 고개를 흔든다. 녀석의 발모가지를 쥐고 빙글빙글 돌리다가 사자 우리로 던져버리기로 결정한다. 녀석이 정신을 차리기도 전에 녀석의 몸뚱이는 사자의 입안에서 으깨지고 말 것이다. 그 생각을 하자 항문이 바짝 조여들며 힘이 솟구친다. 나는 언덕을 내려간다. 바퀴에 가속도가 붙는 게 느껴진다. 왜 저 녀석을 지목한 거냐고 묻는다면 그건 대답할 가치도 없는 우문이다. 원래 그런 것엔 이유가 없는 거니까. 함께 사고 현장에 있던 언니는 멀쩡한데 왜 나만 이렇게 되었는지, 거기에 아무런 이유가 없는 것처럼. 그래도 귀찮게 캐묻는다면 눈이 두 개인 건 안경알이 두 개이기 때문이라고 대답할 수밖에 없는 것처럼. 녀석이 위협을 느끼고 후드득 날아오른다. 나는 고개를 치켜들고 녀석을 쳐다보며 달린다. 잠깐 눈을 깜박이는 사이 녀석이 내 시야를 벗어난다. 그래도 나는 달리기를 멈추지 않는다. 녀석이 아니더라도 사자에게 야생의 본능을 일깨워줄 비둘기는 얼마든지 많다. 나는 흰 비둘기를 간택한다. 그리고 그 녀석을 향해 방향을 트는 순간 바퀴가 돌을 밟는다. 휠체어가 옆으로 쓰러지고 내 몸은 휠체어 밖으로 내동댕이쳐진다. 사람들이 나를 들어 휠체어에 앉힌다. 내가 동물원 정문에 닿을 때까지 사람들의 걱정 어린 시선이 이어진다.

집에 도착한다. 청소기를 돌리고 있던 언니가 소스라치게 놀라며 약상자를 들고 나온다. 현관 거울에 한쪽 뺨이 빨갛게 쓸려 피가 맺힌 내 얼굴이 보인다. 나는 언니의 손을 뿌리치고 방으로 들어가 문을 잠근다. 그리고 '한국의 아름다운 소리 100선'을 튼다. 언니가 듣고 괜히 마음 무거워질까 봐 헤드폰을 끼고 듣는다. 누에 뽕잎 갉아 먹는 소리, 남대천 연어 돌아오는 소리, 가시연꽃밭의 폭우 소리…… 맨발로 들판을 달리는 내가 보인다. 저 앞엔 한가롭게 풀을 뜯는 코끼리가 있다. 코끼리가 코로 감아 나를 등에 올려준다. 해가 지는 곳을 향해 우리는 달린다. 내가 노래를 부르면 코끼리는 코를 치켜들고 뿌우뿌우 트럼펫을 분다.

진동 모드로 해놓은 핸드폰이 주머니에서 진저리를 친다. 나는 핸드폰을 꺼낸다. 언니얼른와밥먹자사장새끼갔어. 진경이가 보낸 문자메시지가 떠 있다. 나는 오디오를 끄고 방을 나온다.

"어딜 가려구?"

"출근해야지."

"그 꼴을 하고?"

"일 안 하고 쉬면 형부가 나까지 먹여주겠대?"

나는 버럭 소리를 지르고 집을 나온다. 사무실로 간다. 희주와 교대하여 '작업실'에 들어간다. 슬립으로 갈아입고 나는 거울을 쳐다보며 가랑이를 최대한 넓게 벌린다. 시시티브이가 언제 거울을 향할지 몰라 그 자세를 오래 유지한다. 전화벨이 울린다. 수화기를 집기 위해 몸을 숙이는데 갑자기 눈시울이 찌릿해진다. 다행히 눈물은 흐르지 않는다. 내 눈물은 남극의 얼음처럼 단단해서, 오랜 세월 동안 얼었다가 녹았다가 다시 얼기를 반복하며 굳어버린 얼음처럼 단단해서, 쉽게 녹지 않으므로 쉽게 흐르지 못한다. 나는 수화기를 집어든다.

"여보세요?"

삶의 심연에서 건져낸 웃음

이경재(문학평론가 · 숭실대 교수)

1. 고통, 비극, 공포

채영신의 소설을 읽는 것은 인간 삶의 고통이 얼마나 극한에 이를 수 있는가를 절절하게 체험하는 일이다. 이미 상투화되어서 충분히 익숙한 고통과는 다른 종류의 날것이 그대로 드러난 작품들은 우리 감성의 내구력을 시험하는 경우가 많다. 『소풍』에 수록된 여섯 편의 작품은 하나같이 폐쇄된 공간을 배경으로 하여, 보통의 상상력으로는 가닿을 수 없는 끔찍한 장면이 연이어 등장하는 공포극이다. 아내를 칼로 자르는 남편(「4인용 식탁」), 고양이의 항문을 순간접착제로 막아 박제하는 여인(「나는 이야기다」), 어린아이를 송곳으로 깊숙이 찌르는 엄마(「맘스터」), 중증의 장애인이 음부를 벌리고 돈을 버는 사무실(「여보세요」) 등의 막장극이 펼쳐지는 채영신의 소설을 온전히 다 읽어내기 위해서는 만만치 않은 인내와 준비가 필요하다.

이러한 특징은 등단작인 「여보세요」(『실천문학』 가을호, 2010)에서부터 분명하게 드러난다. '나'는 두 다리가 없는 중증 장애인으로 고립된 방(작업실)에서 음란 화상전화를 하며 간신히 생계를 이어간다. 유일하게 의지하는 가족은 자신에게 얹혀사는 언니 부부이지만, 그들은 호시탐탐 '나'의 유일한 재산인 집을 가로채려 할 뿐이다. '나'와 함께 일하는 이들도 모두 중증 장애인으로, 명자는 앞이 보이지 않고, 진경이는 심한 화상을 입었으며, 희주는 팔이 없고 다리마저 짧다. 명자는 생리할 때마다 위생 처리를 제대로 할 수 없어서 자궁을 들어내었다. '나'의 언니도 "몸이 불편한 사람들이 강간을 많이 당한"다며, '나'에게 수술을 권한다.

처음 '나'는 제법 자신의 일에 만족하며 지낸다. "보조금에 의지하지 않고 내 손으로 날 먹여 살린다는 뿌듯함을 달콤 쌉싸래하게 음미"하기도 하는 것이다. 또한 명자와 진경이가 CCTV 때문에 사장님이 변태 새끼라고 욕도 서슴지 않지만, '나'는 사장도 이해할 수 있다고 생각한다. 사장님은 먹는 것 따위로 쩨쩨하게 구는 법이 없다고 생각하며, 월급 줄 때도 생색내지 않으며 주기로 약속한 돈은 한 푼도 깎지 않는다고 좋아한다. 그러나 우연히 '나'는 잘생겼고 돈도 많고 게다가 배운 것도 많은 사장의 방에 들어가게 되고, 거기에 자신의 알몸이 그대로 녹화되어 있다는 것을 알게 된다. 심지어는 그 녹화된 파일이 외부에 팔리고 있는 것까지 알게 된다. "전화 통화뿐만 아니라 그 모습까지도 사장님에게 돈이 되고" 있었던 것이다. 이후 '나'는 "컴퓨터를 끼고 골방에 앉아 내 모습을 재생시켜보는 사람들을 상상"한다.

'나'가 이 좁은 작업실에서 벗어나는 것은 불가능하다. 그것은 고객인 한 남자와 동물원에서 만나기로 약속을 해서 나갔지만, 그 남자가 휠체어를 탄 '나'를 발견하지 못하는 것에서 분명하게 드러난다. '나'는 남자와 약속을 성사시키기 위해서 "키는 165에 긴 생머리. 몸매는 봐줄 만한 정도의 글래머"라고 거짓말을 할 수밖에 없으며, 안타깝게도 그 거짓말은 작업실 밖에서 들통날 수밖에 없기 때문이다. 이 지옥에서 영원히 벗어날 수 없다는 것은 출근을 만류하는 언니에게 "일 안 하고 쉬면 형부가 나까지 먹여주겠대?"라고 반문하며, 다시 사무실로 나가는 것에서 확인된다.

그러나 중증 장애인만 삶의 고통에 빠져 있는 것은 아니다. 우리 주위에 흔한 일상의 풍경 역시도 채영신의 손을 거치면 괴기스런 고통의 현장으로 변한다. 「소풍」에서 어머니와 다섯 남매는 아버지가 죽은 후 처음으로 소풍을 간다. 아버지가 살아 있을 때 이 집은 누가 봐도 부러워할 만한 모습을 갖추고 있었다. 아버지는 휴일만큼은 야영이나 소풍을 가며 온전히 가족과 함께한다. 또한 아버지는 점심때마다 집에 전화를 걸어서 아내가 밥을 먹었는지를 꼼꼼하게 챙겼으며, 가족회의를 자주 열어서 일일이 자녀들에게 의견을 묻고는 했다. 그러나 아버지가 점심때마다 안부를 물었던 사람은 아내가 아닌 다른 여자였고, 아버지가 좋아하던 가족회의도 시작만 화기애애할 뿐, 아버지 눈치를 보느라 다섯 남매는 한마디도 할 수 없었다. 아버지는 "남들 눈에 우리 가정이 어떻게 보일지, 그것만 신경 쓰고 살았"을 뿐이며, 이러한 아버지의 이중성으로 인해 집은 "안으로 더 곪"아 있었던 것이다.

아버지가 떠난 이후에도 아버지의 이중성은 그대로 이어진다. 소풍 나온 이 가족이 얼마나 단란해 보였는지, 잡지사 기자가 "담소 나누는 모습이 참 보기 좋"다며 접근한다. 다음 호에 사용할 사진을 찍고, 기자가 "이건 뭐 다들 텔런트들 같으세요"라고 말할 정도로 이 가족은 단란하고 행복한 모습을 연출한다. 그러나 지금 이 가족이 나누는 담소는 다정해 보이는 외관과는 판이하다. 엄마는 자기보다 열두 살이나 어린 남자 애인이 있으며, 큰형과 큰누나는 어머니로부터 돈을 챙겨 "미국으로 뜰" 계획에 눈이 벌겋다. 이 계획을 위해 큰누나는 엄마가 아빠를 죽였을지 모른다는 의혹을 제기하고, 큰형은 큰누나가 아빠를 죽였을지 모른다는 의혹을 제기하며, 큰누나는 큰형이 아빠를 죽였을지 모른다는 의혹을 제기한다.

마지막으로 작은형에 의해 보다 끔찍한 가정 내 비밀이 폭

로된다. 작은형과 작은누나는 쌍둥이로 태어났지만 작은누나는 작은형과 달리 몸이 허약하고 키도 작았다. 거기다 작은누나는 욕을 반복해서 중얼거리는 틱을 앓고 있다. 집에 손님이 올 때마다 몸이 불편한 작은누나는 방에 갇혀 있어야 했으며, 아버지를 비롯한 이 가족은 아는 사람들에게 작은누나를 가족이라고 소개하지도 않았던 것이다. 소동 속에서 작은누나는 원숭이 방사장 앞에서 욕을 하고 있는데, 이 순간에 작은누나를 떠올리는 것도 오직 작은형 뿐이다. 결국 집으로 가는 차 안에서 작은 형은 "네가 뭐, 막내랑 영희 대변인이라도 되는 거야?"라는 말에 "가족이니깐!"이라고 단호하게 말한다. 그러나 "분명한 건 이게 우리의 마지막 소풍이 되리라는 것이었다"는 마지막 문장에서도 드러나듯이, 이 집안의 이중성은 결국 파멸로 끝날 수밖에 없다는 것이다. 채영신의 『소풍』이 보여주는 사람들의 삶은 이처럼 참혹한 삶의 막장을 보여준다고 해도 과언이 아니다.

2. 사디즘적 주체의 탄생

무간지옥(無間地獄)을 살아가는 채영신 소설 속의 사람들은 자신들의 고통에 대해 독특한 반응을 보여준다. 그것은 사디즘(sadism)적 주체가 되는 것이라고 할 수 있으며, 이때의 사디즘은 자신을 완전히 비워서 사회의 논리나 시스템에 따라 작동하는 기계가 되는 것을 의미한다.[*] 그것은 자아가 완전히 소멸되는, 일종의 '아기 되기'를 통해 극적으로 드러난다.

「맘스터」는 mom(엄마)이라는 친근한 대상과 monster(괴물)라는 가장 끔찍한 대상의 조합이 만들어낸 낙차로 섬뜩함을 안겨주는 작품이다. 「맘스터」에서 엄마와 딸이 머무는 곳도, 다른 소설의 고립된 공간과 마찬가지로 "창문 하나 없는 방"인 차고(車庫)이다. "오래전에 엄마는 자신이 여자라는 사실을 잊었다. 엄마는 그냥, 엄마였다"라는 말처럼, 이 작품에서 엄마는 '엄마'라는 성격만이 절대화된 상태이다.

「맘스터」에서는 엄마를 괴물로 만든 사회의 모습이 여러 에피소드를 통해 드러난다. 교회 마당 한쪽에서 젊은 여자들이 자기 자식만을 생각하는 이야기를 나눈다. 유빈 엄마는 자신의 자식이 임대 아파트에 사는 아이들과 어울리게 될까 봐 걱정한다. 나아가 그녀는 유빈이가 공부를 잘하게 하고 싶은 마음에, 박 집사에게 그녀의 아들이 먹는 ADHD 약을 달라고 해서 박 집사에게 큰 상처를 준다. 유빈 엄마는 기어이 박 집사가 없는 사이에 그 약을 훔쳐서 나온다. 심지어는 교회의

---

[*] 들뢰즈는 마조히스트에게는 자아밖에 없으나 사디스트에게는 반대로 초자아밖에 없다고 주장하였다. 초자아밖에 없다는 것은 그에게 자아를 뛰어넘는 제도와 시스템만이 존재한다는 말이다. (아즈마 히로키, 『관광객의 철학』, 안천 옮김, 리시올, 2020, 311쪽.)

목사마저도 "승리하세요, 자매님"이라고 말한다. 주인집 노파는 차고가 불법으로 고친 거라 아무도 안 사는 걸로 꾸며야 한다며 엄마에게 거짓말을 종용하고, 차고의 셔터 밖에서는 한 여자가 "내 새끼 왕따 시킨 년 엄마"에게 험한 욕을 퍼붓는다.[**] 무엇보다 엄마는 세상의 이기심으로 인해 아들을 잃은 상처가 있다. 아들이 교통사고를 당했을 때, 아들을 태운 구급차는 인파로 인해 앞으로 나아가지 못한다. 엄마는 아들을 안고 차에서 내려 사람들에게 호소했지만, "사람들의 벽은 꿈쩍도 하지 않았"던 것이다. 결국 죽어가는 아들의 귀에 대고, 엄마는 "아무것도 걱정하지 마. 엄마가 다시 널 낳아줄 거야"라며 아들의 목을 조른다.

이토록 이기적 욕망으로 들끓는 세상에 맞서, 엄마가 선택한 것은 다른 집의 아이를 외부와 차단된 자신의 차고로 납치하는 것이다. 「맘스터」에서 엄마와 딸, 그리고 그들이 사는 차고는 세상과 단절되어 있다는 것이 크게 강조된다. 엄마는 전쟁터와 같은 세상으로 뒤틀린 다리를 가진 딸을 절대 내보내지 않겠다고 다짐한다. 딸이 팔로라도 기어서 나가려고 한다면, 그 팔마저 부러뜨려야 한다고 생각하고 있다. 그러나

[**] 자식 가진 엄마의 이런 악다구니는 「말의 미소」에서도 등장한다. '나'는 큰아들인 은재가 자기 아들을 발로 찼으니 사과하라는 전화를 받고 실랑이를 벌이다가, 미친년을 시작으로 온갖 욕을 퍼붓는다. 심지어 전화를 끊은 후에도, 수화기를 든 채 "누구를 향한 것인지 알 수 없는 분노"로 욕을 쏟아낸다.

아이러니한 것은 이 엄마가 흡음제까지 붙어 있는 이 고립된 차고에서 벌이는 일이 바로 세상의 논리와 시스템을 몇 배로 증폭시켜 따라 하는 것에 불과하다는 점이다. 세상이 자기와 자기 자식의 '승리'를 위해서는 그 어떤 일도 마다하지 않았던 것처럼, 이 차고에서 엄마는 딸의 기쁨을 위해서 그 어떤 끔찍한 일도 마다하지 않는다.

유괴한 아이를 딸의 선물이라 생각하는 엄마는, 딸을 즐겁게 하기 위해 아이의 머리통을 후려갈기거나, 딸이 아이의 콧구멍에 손가락을 넣거나, 아이의 손등을 깨무는 등의 온갖 폭력을 가하는 걸 방치한다. 결국 납치한 아이에 대한 폭력은 점점 심해져서 노끈을 아이의 목에 매서 끌고 다니다가 송곳으로 아이의 허벅지를 "제법 깊숙이" 찌르는 단계에까지 이른다. 결국 온몸이 붉게 달아오르다가 아이가 픽 고꾸라지자, 엄마는 "딸에게 새로운 선물을 주기로 마음먹"으며 작품은 끝난다.

그런데 이 작품의 절정은 엄마가 태아처럼 몸을 말고서 "엄마"를 부르며 우는 장면이다. 엄마가 울자 딸이 울고, 납치된 아이도 힘없이 엄마를 찾으며 운다. 그 강력한 괴물(monster)이 된 엄마가 자신의 엄마를 찾으며 아기처럼 우는 이 장면을 어떻게 이해할 수 있을까? 이것은 엄마가 자신을 괴물로 만든 사회의 비정함과 이기심을 그대로 미메시스했기 때문에 발생한 일이다. 사회의 폭력을 그대로 자기 안에 받아들이는 순간, 엄마의 고유한 자아는 사라질 수밖에 없었던 것이다. 이 순간 엄마는 아무리 무지막지한 폭력을 휘두른다고 해도, 한갓 아기일 수밖에 없다.

「나는 이야기다」에서도 극한의 상황에서 사디스트가 되는 인물이 등장한다. '나'는 레스토랑 한복판에 설치된 유리 부스 안에서 열두 시간 동안 "싱거운 일상을 과장 없이 보여주는" 일을 하며 간신히 살아간다. 그 유리 부스 안에서 '나'는 사장의 감시를 받는데, 사장은 "네가 먹는 걸 보면서 널 먹는 장면을 상상"할 수 있게끔 국수를 먹어보라는 따위의 야릇한 주문을 한다. 남편을 돌볼 피붙이 하나 없는 '나'는 식물인간인 남편을 안으며, "고대 중동 지역에서 행해졌다는, 산 사람을 시체와 함께 돌무덤 안에 가두는 형벌"을 떠올릴 정도로 힘들게 살아간다. 그러나 '나'가 일하는 레스토랑 근처에 반라의 여자들이 서빙을 하는 식당이 문을 열면서 '나'가 일을 계속 유지하는 것도 장담할 수 없는 상황이 된다.

이처럼 이 세상은 '나'를 극단으로 몰아붙인다. 이에 반응하는 방식은 「맘스터」에서 그랬듯이, 세상의 비정한 논리와 힘을 그대로 미메시스하는 것이다. '나'는 이 세상이 자신을 유리 부스 안에 가두었듯이, 멀쩡한 고양이를 조그만 병에 가두어 분재 고양이를 만들기로 한다. 새끼 고양이를 바구니에 집어넣어 스물네 시간을 굶기고, 기운 없이 늘어진 새끼 고양이게 신경안정제를 주사한 뒤 하트 모양의 유리병에 집어넣는 것이다. 마지막에는 순간접착제로 고양이의 항문을 막기까지 한다. '나'는 세상의 무지막지한 힘을 자신처럼 연약한 고양이에게 그대로 행사함으로써, 자신을 텅텅 비워버린 것이다. 마지막에 '나'가 냉동실 안으로 들어가는 것은 이미 잃어버린 자아에 대한 확인 의식에 해당한다고 할 수 있다.

이와 관련해 「말의 미소」에서도 주인공이 막다른 상황에 이르자 아기가 되는데, 이 장면에서는 채영신 소설의 기원이 살짝 그 모습을 드러낸다. 「말의 미소」에서 '나'가 사귀던 M이 이별을 선언했을 때, '나'는 육감처럼 M이 자신의 절친인 혜승과 함께 있다고 느낀다. M의 방에서 혜승을 발견했을 때, '나'는 "엄마 젖을 빠는 어린아이로 되돌아"가서는 필사적으로 "젖무덤을 움켜쥐고 젖"을 빤다. 그러자 거기서는 "달콤하면서도 쌉싸름한" "떫은" "시큼하고 비릿한" 낱말이 나온다. 비로소 "글은 그 진창 속으로 그렇게 몸소 나를 찾아왔"던 것이다. 이 장면은 무척이나 인상적인데, 채영신이 토해놓은 이 많은 언어들이 결국에는 상징계 이전의 모아(母兒) 관계에서 발아하는 어머니의 모유(母乳)처럼 원초적인 것임을 암시하기 때문이다. 채영신의 작품들은 현실과 인간의 가장 어둡고도 무시무시한 차원에 발을 딛고 있는 것이다.

3. 나무 되기의 문명사적 의미

「4인용 식탁」역시 죽음을 통해서만 이 사회가 강제한 고립에서 벗어날 수 있다는 작가의 비관적 세계 인식을 보여주는 작품이다. 이 작품에서 4인용 식탁은 1인용 식탁과 대비되는 개념으로서, 1인용 식탁이 단절과 소외의 세계를 의미한다면 4인용 식탁은 사람들 사이의 사랑과 우애에 바탕한 연대를 의미한다. 어린 시절부터 어머니로부터 "감정을 질질 흘리고 다니지 마"라는 말을 듣고 자란 그는 "사람들이 이해라고 하는 건 백이면 백, 오해였다"라고 생각한다. 아내와도 아무런 정서적 유대를 맺지 못하기 때문에, 부부 싸움을 하는 옆집 부부가 부럽다고 말할 정도이다. 그에게는 "친구라고 부를 만한 사람"이 하나도 없으며, 이는 고등학교 친구가 자신의 이름을 불러도 모른 척할 정도로 사람들과의 교류를 거부하는 그의 책임이 크다.

그가 이토록 고립된 사람이 된 이유는 어린 시절 부모로부터 충분한 사랑을 받지 못했기 때문이다. 아내를 인사시키러 자신의 집에 갔을 때, 어머니는 아내 앞에 "그동안 그를 먹이고 입히고 가르치는 데 들어간 돈을 조목조목 적어놓은" 장부를 내밀 정도이다. 그는 어머니의 세계로부터 벗어나기 위해 집에서 가장 먼 도시로 이주하여 부모와 상관없는 삶을 살고자 노력한다. 부모로부터 멀어진다는 것은 부모의 삶이 강제한 소외된 삶으로부터 벗어난다는 의미이기도 하다. 사실 그와 아내가 결합할 수 있었던 가장 큰 이유는 그들이 결핍을 공유한 사람들이기 때문이었다. 그도 "따뜻한 밥상을 받고 자라지 못"했으며, 아내 역시 "빈한한 식탁에 대한 부끄러움"을 가슴 깊이 간직해온 것이다. 사람을 만나면 본능적으로 상대가 받고 자란 밥상의 온도를 추측하는 그는 아내의 결핍을 첫눈에 간파한 것이다. 아내가 툭툭 내뱉는 말들은 "결핍이란 바탕 위에 세부적인 그림을 추가하는 정도"에 지나지 않는다.

그의 부모가 사는 집에 다녀오는 길에 아내는 처음으로 식탁을 만들자고 제안한다. 아내는 그 식탁이 커야 하며 "오순도순" 모여 앉을 수 있는 크기여야 한다고 말한다. "세상에서 가장 행복한 식탁"이야말로 아내의 오랜 꿈이었던 것이다. 그러나 이 커다란 식탁은 그의 가정에서 존재의 큰 자리를 차지하지 못한 채, 끝내 한 개의 사물로 분해되어버린다. 이것은 결핍과 소외를 극복하고자 했던 그와 아내의 꿈이 깨어지는 것을 의미한다.

단절과 소외의 세계는 그렇게 간단히 극복되는 것이 아니었던 것이다. 따뜻한 정을 찾아 부모의 집을 떠나왔고 선생이 되었고 아내와 결혼했지만, 그는 자신이 그토록 떠나고 싶어 했던 단절과 소외의 세계로 귀환했다는 것을 안다. 단절과 소외의 세계는 "어차피의 세계"로 표현될 정도로, 그 극복이 쉽지 않은 인간의 기본적인 존재 조건에 해당했던 것이다. 그러하기에 이 작품의 결말이 내보이는 엽기성은 그 소재의 파격성만으로 소비되는 것이 아니라 여러 가지 의미의 울림을 독자에게 전해준다.

　그는 열심히 식탁을 자르는데, 그가 자르고 있는 식탁은 다름 아닌 아내의 몸이었음이 마지막에 드러난다. 그리고 그것은 아내가 가장 좋아하는 나무로, 아내를 환원시키는 일에 해당한다. 단절과 소외가 결코 벗어날 수 없는 인간의 숙명적 조건이라면, 그로부터 벗어나는 유일한 길은 죽음뿐일 수도 있기 때문이다. 그러고 보면 모든 인간은 바로 그 존귀한 단독자적 생명으로 인하여 고독이라는 불치의 질병을 안고 살 수밖에 없다. 그가 마지막으로 깨달은, "나무가 이제 그만 숲으로 돌아가고 싶어 한다는 것. 그는 이해한다는 듯 고개를 끄덕였다. 평생을, 평생이란 시간을 이 집에서 혼자 견딜 자신이 없겠지, 너도"라는 말이 인간의 숙명적 조건으로부터 벗어나고자 하는 모든 인간의 의지를 담고 있는 것으로 읽히는 이유이다. 그러하기에 이 작품에 드러난 그의 광기는 한 개인의 광기인 동시에 문명의 광기이고, 나아가 모든 인간의 광기이기도 하다.

4. 이해할 수 없지만, 이해한다는 역설의 윤리

「말의 미소」는 중편 분량에 걸맞게 삶의 주름이 좀 더 생생하게 살아 있는 작품이다. 이 작품에서 '나'는 "정신과 의사가 처방해준 신경안정제"를 복용하는데, 이러한 고통은 인간 사이의 이해 불능에서 비롯된다. 그것은 대학 시절의 친구였던 혜승과의 관계를 통해 드러난다.* 혜승은 대학 시절 가장 친한 친구였지만, 분명한 이유도 없이 서로 만나지 않고 있다. 그 시절에 '나'는 "나 자신보다 나를 더 잘 아는 사람이 혜승이듯, 혜승을 가장 잘 아는 사람은 나라고 믿어 의심치 않았"다. 둘은 기숙사 생활을 하며 운동장 구석에 쪼그리고 앉아 함께 오줌을 누었고, 기숙사 오픈하우스 날에는 기숙사 방의 시계들을 모두 열두시에 맞춰놓기도 했으며, 무엇보다 혜승은 '나'에게 좋은 작가가 될 수 있을 거라고 여러 번 얘기도 해주었던 것이다. 그러나 졸업식을 얼마 앞둔 날 혜승이 미대에 합격했다는 소식을 듣고 '나'는 큰 충격을 받는다. 사년을 거의 매일 붙어 있던 혜승이 그림에 관심이 있다는 사실을 전혀 몰랐다는 "상실감과 배신감" 때문이다. 그러나 '나'가 혜승에 대해 몰랐던 것은 그뿐만이 아니다. '나'는 지금 선

---

* 가장 가까운 사이인 남편 역시도 쉽게 이해할 수 있는 존재는 아니다. 남편은 성실한 사람이었지만 이 년 전부터 변하기 시작한다. 남편은 '나' 몰래 따로 방을 얻어서 혼자 시간을 보내다 온다. '나'에게 그 방은 분명 질투의 대상이지만, "머리채를 잡을 수도 쌍욕을 해줄 수도 없는" 시앗이다.

주를 통해 혜승이가 고등학교 때 심하게 왕따를 당했다는 이야기도 처음 듣는다. 거기다 혜승이 '나' 역시 "보여주는 것, 말로 표현되는 것밖에 보지 못"했으며, 자기 식대로만 이해하는 사람이라서 안타까워했다는 말을 전해 듣는다. '나'는 평소 혜승에게 정체불명의 죄책감과 부채감을 느끼고는 했는데, 그것은 결코 정체불명이 아니었던 것이다.

이 작품에서 소설 쓰기는 인간 이해의 문제와 맞닿아 있는 것으로 그려진다. 혜승에게 나를 온전히 이해시키는 것이 불가능하듯이, 소설을 통해 세상과 소통하는 것도 '나'에게는 무척이나 어려운 일이다. "나에게 비집을 틈도 허락하지 않는다는 점에서 혜승과 소설은 꼭 닮아 있었"던 것이다. 남편도 "내가 당신을 다 이해할 수 있을 거라고 기대하지 마. 내가 당신을 속속들이 이해했다면 당신은 글을 쓰지 않았을지도 몰라. 그 두려움에 대해서 써봐, 부디 용기를 내서"라고 말한다. 남편은 부부 사이에서도 이해란 불가능하다는 것을 말하고 있으며, '나'가 소설을 쓰는 이유도 바로 그 이해 불가능에서 오는 것임을 분명하게 밝히고 있는 것이다. 사 년을 한 몸처럼 지낸 혜승이나 결혼하여 아이를 함께 키우는 남편도 이해하기 어려운 상황에서, 소설이 결코 쉽게 써질 리 없는 것은 당연한 일이다.**

** 이 작품의 상당 부분은 소설 쓰기의 고통에 대한 이야기로 채워져 있다. '나'는 계속 옹모하고 계속 떨어지는 일을 겪으며 글을 쓰는 게 두려워졌던 것이다.

「말의 미소」에는 크리스 도네르의 동화 『말의 미소』(김경온 옮김, 비룡소, 1997)가 또 하나의 겹텍스트로 놓여 있다. 크리스 도네르의 『말의 미소』에서 선생님은 아이들이 무엇인가에 흥미를 느끼도록 만들기 위해 말을 사기로 결정한다. 동전까지 탈탈 털어 모은 돈으로 선생님과 아이들은 드빌셰즈 백작에게서 비르 아켕이라는 말을 산다. 사막의 도시라는 의미의 이름을 가진 비르 아켕은 아이들에게 미소를 짓고, 그 미소는 "아이들에게 믿을 수 없을 만큼 대단한 일"로 받아들여진다. 그러나 비르 아켕의 입장에서 그 웃음은 고통 때문에 얼굴을 찡그린 것에 불과하다. 말이 윗입술을 콧구멍 위까지 들어올릴 때는, 기쁨을 나타내기 위해서가 아니라 반대로 배가 몹시 아프기 때문에 그러는 것일 뿐이다. 수의학에서는 그것을 '위통'이라고 부르지만, 아이들이나 선생님은 그러한 사정을 알 수 없었다. 나중에 수의사가 비르 아켕의 장폐색증을 치료해서 다시 건강해졌을 때, 비르 아켕은 결코 웃지 않는다. 크리스 도네르의 『말의 미소』에서 말은 자신의 뜻을 인간들에게 온전하게 이해시키는 데 실패한다. 말은 고통스러워 짓는 표정을 인간들은 웃음이라고 생각하는 것이다. 이러한 이해와 소통의 어려움, 나아가 불가능성이 동화 『말의 미소』에는 담겨 있으며, 이러한 주제는 채영신의 소설 「말의 미소」에도 그대로 이어지는 것이다.

「말의 미소」는 이번 소설집에 실린 작품에서 유일하게 희망의 작은 틈을 보여주며 끝난다. '나'는 핸드폰도 삐삐도 없던 오래전, 혜승을 무작정 여섯 시간이나 기다리다 끝내 만났던 일을 떠올린다. 혜승은 미안하다는 말도 없이 그저 반갑게 웃으며 달려왔고, '나'도 혜승에게 짜증을 내거나 추궁하지 않았다. '나'는 그때처럼 혜승이 올 거라고 굳게 믿고 기다리면 "혜승은 아무렇지 않게 나를 향해 달려올 거야"라고 생각한다. 인간을 온전히 이해하는 것은 불가능하지만, 그럼에도 불구하고 이해하고자 하는 것만이 인간 사이의 유대를 가능케 한다는 역설이 탄생하는 것이다. 물론 이러한 역설은 거의한 몸이다시피 했던 대학교 사 년의 시간이 있었기에 가능한 일임에는 분명하다. 그리고 이러한 믿음은 "용인"이라는 표지판을 보고, "표지판에 적힌 '용인'을 '용인하다, 용인되다'의 어근으로 이해"하고 울었던 일에 이어지는 것이다. '나'는 혜승도 그 안내판에 눈길을 주게 되기를 바란다. 새로운 삶은 다른 사람의 말이나 행동을 너그럽게 받아들여 인정하는 용인(容認)에서 가능한 것이다. 우리는 타인을 이해할 수 없지만, 그렇기에 너그럽게 받아들여야 한다는 역설의 윤리야말로 웃음을 잃어버린 말에게 웃음을 돌려주는 유일한 방법이었던 것이다.

이러한 역설의 윤리는 무간지옥에 버금가는 날것의 고통과 자아를 무화시키는 사디즘적 주체를 거쳐온 것이기에 더욱 믿음직하다. 채영신은 근원적인 언어를 통하여 현실과 인간

의 가장 어둡고도 무시무시한 차원을 형상화하는 데 일가를
이룬 독보적인 작가이다. 우리가 채영신의 소설을 기다린다
면, 아마도 그 이유는 그녀의 고유성이 한 개인의 차원을 넘
어 인간과 문명 일반의 보편성과 맞닿아 있는 진경을 기다리
기 때문일 것이다. 소설집 『소풍』은 그러한 기대가 결코 무모
하지 않은 것임을 증명하는 아름다운 선물이다.

　어릴 때 2년간을 목장에서 살았다. 목장은 마을에서 외떨어져 있었고 그 사이엔 드넓은 옥수수 밭이 있었다. 학교 마치고 집에 가려면 마을을 지나 옥수수 밭을 에워가야 했다. 어느 날 나는 밭을 가로질러보기로 했다. 하나도 어려울 건 없어 보였다. 목장을 똑바로 바라보고 서서 그대로만 곧장 걸어가면 될 테니까. 하지만 밭에 들어가자마자 얼마 가지도 못해 방향을 잃었다. 옥수숫대는 아홉 살 먹은 나보다 훨씬 키가 커서 눈에 보이는 거라곤 옥수숫대와 하늘밖에 없었다. 뜨거운 지열과 옥수숫대가 푹푹 내뿜는 달착지근한 냄새에 갇혀 날카로운 옥수숫잎에 팔다리가 쓸리는 것도 모른 채 공포에 휩싸여 그 안을 뛰어다녔다. 땀과 눈물로 범벅된 채로 집에 돌아오면 나는 책가방을 벗어던지고 활개치고 누워 다시는 그 안으로 들어가지 않으리라 결심했다. 하지만 그 순간에도 나는 알고 있었다. 내일도, 모레도 옥수수 밭으로 들어가게 되리란 걸. 그게 나란 걸. 소설을 쓰려고 책상에 앉을 때마다 그날들이 떠오른다. 나에게 있어 소설을 쓴다는 것은 헤맬 것을 분명히 알면서도 기어이 그 안으로 들어가고 마는 일인 것 같다.

여섯 편의 중단편을 묶어 첫 소설집을 낸다. 서른넷부터 마흔 사이에 쓴 소설들이다. 내 글 속의 인물들은 어쩌면 그렇게 하나같이 나보다 더 약지 못하고 독하지 못한지. 앞으로 내가 만드는 내 주인공들은 나보다 약고 독하면 좋겠다. 욕도 잘하고 능청스럽고 모진 말도 서슴지 않고 내뱉을 줄 알면 좋겠다. 그래서 자신을 찌르는 대신 세상에 주먹을 날리는 사람이면 좋겠다. 그러나 강단 있고 뜨겁고 결곡하기를, 목에 칼이 들어와도 버릴 수 없는 신념을 품고 있기를, 그래서 내가 쓰는 모든 글이 머뭇대며 서성이며 살아온 날들에 대한 변명은 아니기를.

고마운 분들이 참 많다.
글 안에서 글 밖에서 헤매던 모든 순간 내 곁에는 황충상 선생님과 동리문학원 문우들이 있었다. 선생님께선 어떤 경우에도 작가의 자존심을 지켜내라고 가르치셨다. 마지막 순간까지 그 말씀을 품고 살고 싶다.

외숙모와 오빠와 동생, 정희와 세현이. 글쓰기가 비바람 치는 바다를 헤매는 일일 때마다 그들이 나의 등대였다.

등단이 뭔지도 모르면서 해가 바뀔 때마다 누가 시킨 것도 아닌데 새해 소망이 엄마의 등단이라고 답하던 명록이 채록이. 그 아이들이 커서 예리한 눈으로 엄마의 글을 봐주는 내 글의 최초의 독자가 되었다. 도시락 싸들고 도서관으로 찾아오던 남편에 대한 고마움도 언급하지 않을 수가 없다. 「여보세요」와 「4인용 식탁」은 남편이 준 소재로 쓴 단편이다. 이 첫 소설집이 그들에게 선물이 되면 좋겠다.

부족한 글에 평론을 써주신 이경재 선생님과 오래 묵은 이 글들을 책으로 묶어주신 도서출판 강의 정홍수 선생님께 감사의 인사를 드린다.

새벽마다 기도하시는 엄마 아빠. 두 분의 기도로 여기까지 왔다.

2020년 11월
채영신

소풍

© 채영신

1판 1쇄 발행 | 2020년 11월 10일

지은이 | 채영신
펴낸이 | 정홍수
편집 | 김현숙 임고운
펴낸곳 | (주)도서출판 강
출판등록 | 2000년 8월 9일(제2000-185호)

주소 | 서울시 마포구 동교로 17안길 21(우 04002)
전화 | 02-325-9566
팩시밀리 | 02-325-8486
전자우편 | gangpub@hanmail.net

값 14,000원
ISBN 978-89-8218-267-9   03810

이 도서의 국립중앙도서관 출판예정도서목록(CIP)은 서지정보유통지원시스템 홈페이지 (http://seoji.nl.go.kr)와 국가자료종합목록시스템(http://www.nl.go.kr/kolisnet)에서 이용하실 수 있습니다. (CIP제어번호 : CIP2020045506)

* 잘못 만들어진 책은 구입처에서 교환해드립니다.